包公案

[明] 安遇时 原著

· 青少版 ·

拓展阅读书系

富 强等 改写

中南出版传媒集团
民主与建设出版社
·北京·

图书在版编目（CIP）数据

包公案：青少版 /（明）安遇时原著；富强等改写
.--北京：民主与建设出版社，2017.6（2025.3 重印）
ISBN 978-7-5139-1552-6

Ⅰ.①包… Ⅱ.①安… ②富… Ⅲ.①侠义小说－中国－明代 Ⅳ.①I242.4

中国版本图书馆 CIP 数据核字（2017）第 104592 号

包公案：青少版
BAOGONG' AN QINGSHAOBAN

原　　著　［明］安遇时
改　　写　富　强　等
责任编辑　王　倩
封面设计　高高 BOOKS
出版发行　民主与建设出版社有限责任公司
电　　话　（010）59417749　59419778
社　　址　北京市朝阳区宏泰东街远洋万和南区伍号公馆 4 层
邮　　编　100102
印　　刷　天津旭非印刷有限公司
版　　次　2017 年 6 月第 1 版
印　　次　2025 年 3 月第 2 次印刷
开　　本　710 毫米 ×1000 毫米　1/16
印　　张　18
字　　数　268 千字
书　　号　ISBN 978-7-5139-1552-6
定　　价　29.80 元

注：如有印、装质量问题，请与出版社联系。

我们也许逃不过这样的荒诞：阅读极其泛滥又极其荒凉，文化极其壅塞又极其贫乏。

这里倒有一条安静的自救小路：趁年轻，放松心情读一点经过选择的经典。

余秋雨

多出优良书，让
中国的童年阅读
更优良。

梅子涵

经典

梅子涵

成年人文化多，知道得多，上下五千年，心里着急，恨不得把一切有价值的书都搬来给小小的孩子看。

成年人关怀多，责任多，总想着未来几千年的事，恨不得小小的孩子们都能阅读着几千年的经典，让未来因为他们的经典记忆风平浪静、盛世不断，给人类一个经久的大指望。

我们要说，这简直是一个经典的好心肠、好意愿，唯有称颂。

可是一部《资治通鉴》，如何能让青少年阅读？即使是《红楼梦》，那里面也有很多叙述和细节是不能让孩子有兴致的。孩子总是孩子，他们不能深，只能浅，恰是他们的可爱；他们不能沉湎厚度，而只可薄薄地一口气读完，也恰是他们蹦蹦跳跳的生命的优点，绝不是缺点！

这样，那好心肠、好意愿便又生出了好灵感、好方式，把很长的故事变短，很繁复的叙述变简单，很滔滔的教诲变干脆，很不明白的哲学变明白，于是一本很厚很重的书就变薄变轻了。是的，它们已经不是原来的那一本、那一部，不是原来的伟岸和高大，但是它们让孩子们靠近了，捧得起来了，没读几句已经愿意读完了。于是，一种原本是成年后正襟危坐读的书，还在小时候没有学会把玩耍的手洗得干干净净的时候，已经读将起来，知道了大概，知道了有这样的经典和高山，留在他们的记忆里当个

“存目”，等他们长大了以后再去正襟危坐地读，探到深度，走到高度，弄出一个新亮度来，当成教授和专家。而如果，长大了，实在忙得不可开交，养家糊口，建设世界，没有机会和情境再阅读，那么，小时候的阅读和记忆也已经为他的生命涂过了颜色，再简单的经典味道总还是经典的味道。你说，一个人在童年时读过经典改写本，还会是一种羞耻吗？还会没有经典的痕迹留给一生吗？

所以经典缩写本、改写本的诞生，的确也是一个经典。

它也许不是在中国发明，但是中国人也想到这样做是对经典的一种继承。经典著作的优秀改写，在世界文化先进、关怀儿童阅读的国家，是一个不停止的现代做法，是一个很成熟的出版方式，今天的世界说起这件事，已经绝不只是举英国兰姆姐弟的莎士比亚戏剧的例子了，而是非常多，极为丰盛。

所以，我们也可以很信任地让我们的孩子们来欣赏中国的这一套“新经典”，给他们一个走近经典的机会；而出版者，也不要一劳永逸，可以边出版边修订，等到第五版、第十版时简直没有缺点，于是这个品种和你的出版，也成长得没有缺点。那时，这一切也就真的经典了。连同我在前面写下的这些叫作“序言”的文字。

为孩子做事，为人生做事，是应该经典的。

导读

包公即包拯（999—1062），历史上确有其人，他是北宋庐州（今合肥）人，担任过监察御史、枢密副史等官职，在开封府尹任上以清正廉洁著称于世，深受百姓爱戴，有关他的民间传说广为流传。

宋、元时期，由于商业和手工业的发展，都市高度繁荣，城市人口激增。为了适应市民阶层的日益增强的文化娱乐需求，一种适合平民的“说话”艺术诞生于瓦肆勾栏之中。经“说话”艺人编排、演绎的故事，被称为“话本”，后来经文人整理便成为最初的通俗小说。以包公为题材的小说《包公案》即由此而生，并得以广泛流行。

《包公案》又名《龙图公案》，是明代安遇时等人根据民间传说整理而成的短篇小说集，每篇写一则包公断案的故事。全书内容虽不连贯，但是包公的形象贯穿全书，描写了包公从担任知县到枢密副使期间的许多传奇故事。这些故事内容广博，大到乱臣贼子阴谋篡位，小到平民百姓的家长里短，包公利用自己的聪明才智对案情一一抽丝剥茧，深入调查，最终使真相大白天下，使正义得以伸张。书中人物个性鲜明，故事情节曲折，成功塑造了一位不畏权贵，执法如山，铁面无私的清官形象。

有关包公的民间传说广为流传。自宋元以来，以包公为题材的文学作品不断涌现，包公形象不断被丰富和理想化，成为封建社会中最著名的清官，这种现象有其历史和社会原因。当时，由于封建专制的压迫，黎民百姓苦不堪言。对民众来说，帝王的生活既陌生又遥远，因此，民众只好把对美好生活的向往寄托在清官、贤臣身上。

《包公案》中夹杂了一些因果报应、鬼神梦兆等迷信内容，以及作品所宣扬的对封建皇权的“愚忠”，都是不可取的，应予以摒弃。

瑕不掩瑜，时至今日，包青天的故事依然家喻户晓，历久不衰。《包公案》被认为是世界上最早的推理小说，它不仅丰富了人民群众的文化生活，而且可以锻炼人们的观察力和逻辑推理能力。作为一部通俗作品，能起到这样的作用，是难能可贵的。

目 录

包公案

包公细查双底船

苏州府吴县有个船夫叫单贵，雇了妹夫叶新做帮手，专门在江上打劫商客。

徽州有一个叫宁龙的商人，带着仆人季兴，在苏州买了价值一千多银两的绸缎，准备贩到江西去卖，他雇了单贵的船。绸缎被搬上船后，四人登舟开船，一路向江西而去。第五天他们到达一个叫漳湾的渡口，在那里停船休息。

夜里，单贵买了酒肉，四人盘坐在船上开怀畅饮。宁龙主仆在单贵和叶新的频频劝酒下，醉倒在船上。二更[①]时分，夜深人静，星月当空，单贵和叶新将船偷偷地撑到江心处，把宁龙主仆二人丢入水中。仆人季兴昏昏沉醉，不省人事，很快就被水淹死了。宁龙自幼识水性，落水后清醒过来，顺势钻到水下。等他浮到水面时，恰巧碰到一根木头，便抱着木头一直向下游漂去。后来，一条大船悠悠而来，宁龙看到后高声呼喊救命。船上有一个人，名叫张晋，正好是宁龙的表兄。他听到呼救声，从声音上听出落水之人是同乡，便急忙让船家将宁龙救起。两人相见，才知道是亲戚。寒暄几句后，张晋拿来自己的衣服给宁龙穿，并问为何落水。宁龙将前前后后的事详细说了一遍。张晋听后，跟宁龙商量说："明日包公巡行此地，可以去包公那里讨回公道。"第二天，二人来到吴县衙门，把状子呈给包公。

①［二更］指晚上九时至晚上十一时。又称二鼓。

包公看到状子后，详细询问事情的经过，下令捕捉单贵和叶新。公差回禀说二人尚未回家。包公便下令把单贵全家老小都关进监牢，宁龙也被关了进去；包公又让捕快谢能、李隽二人沿河道巡逻，明察暗访。

单贵、叶新二人把货物转移到另一只船上，对外谎称自己的船被人打劫了，其实是寄存在漳湾。二人把货物运到南京，全部卖了出去，得银一千三百两，然后掉转船头回家。二人到漳湾取船，遇到谢、李二位公差，便说："既然你们要回家，可坐我们的船回去。"谢、李二人没说话，上船与之同行。船开到苏州城下，谢、李二人突然拿出枷锁将单贵、叶新锁了起来。单贵、叶新两个人吓得魂不附体，不知道是哪里走漏了风声，问道："我们犯了什么法，你们干什么无故把我们锁起来？"谢、李两公差说："等你们见到包大人就知道了。"

公差把单贵和叶新押到衙门，把他们船里的所有物品都搬进府衙中。包公升堂，正襟危坐，审问道："单贵、叶新，你们两个谋害宁龙主仆，得到多少银两？"

单贵回答说："小人从未谋害过人。这是宁龙告诉大人的吗？"

包公道："有证人看到宁龙雇你的船去往江西，半路上他却被杀，你为何还要强行争辩？"

单贵道："宁龙是雇了我的船，但中途被劫，我的命差点儿没保住，还顾得了他吗？"

包公十分愤怒，说："你把他灌醉，丢入江中，还这么嘴硬，应该打四十大板。"

这时，叶新说道："小人纵是做了亏心事，也应该有人证物证才能定我们罪。为什么追风捕影，不审明白，就对我们用刑，我们怎么甘心呢！"

包公说："事到如今，不怕你不甘心。你们从实招来，免得受刑；如果不招，那你们就等着受刑。"

随后，单贵、叶新二人均被用刑，但二人形色不变，一直为自己争辩。过了一会儿，一伙公差把船里的物品一一陈放在台阶上面的空地上。宁龙来到大堂，看了这些东西后，向包公禀报说这些物品里没有一样是自己的，被劫的主要是银子和绸缎，而这里一两银子一匹绸缎都没有。单贵趁机说："宁龙你好负心。那天夜里，贼人劫持你二人，把你们推入水中，为何不告贼人反诬告我们？真是没有天理。"

宁龙反驳说："那晚哪里有什么贼人？是你们把我们灌醉，然后悄悄地把船撑到江中央，把我们丢下水。现在货物一定寄存在别人家，你们还在这里强词夺理。"

包公见二人争辩不已，一时也拿不定主意，心想：既然谋害过宁龙，船里怎么没有一件物品是宁龙的？银两在哪里？上千银两的货物又在哪里？思索了一会儿，包公下令退堂，明日再审。

第二天早上，包公再次升堂，从牢里提出单贵、叶新二人，让单贵站在大堂东廊，叶新站在大堂西廊。包公先把叶新传来，问道："那天夜里，既然贼人劫持了你的船，那你告诉我贼人有多少？他们都穿什么样的衣服？面貌又如何？"

叶新回答说："那天三更时分，我们四人在船里沉睡。贼人们偷偷地把我们的船拉到江心。有一个粗壮的贼人先到船上，他身穿青衣，并且涂了脸。有三只小船将我们团团围住。宁龙主仆二人见贼人来劫船，惊慌地跑到船尾，跳入水中。有个贼人抓到我，重重打我。小的再三哀求说'我是船夫'，他才放手。贼人们把宁龙的货物都掳去了。现在宁龙诬告我们，这真是瞒心昧己啊。"

包公听完，让他回到西廊。又把单贵叫来，问了同样的问题。单贵回答说："那天三更时分，贼人们把我们的船拉到江中央，七八只小船围住我们。一个穿着红色衣服的小伙子，跳到我们船上，把宁龙主仆二人丢入水中，后又想要把我丢到水中，我央求说'我不是客商，我只是船夫'，他才放了我，要不然我也命丧黄泉①了。"

包公见两人的口供不一致，知道其中定有隐情，于是对二人用刑。二人辩解说："我们至今也没有回家，如果我们谋得了钱财，那钱财能藏到哪里去？"包公见二人依然不招供，一时也无计可施，只能把他们押回大牢。

①［黄泉］指人死后所居住的地方。

包公令随从打开这块木板，但里面有暗栓，打不开，随从就用斧头劈开。劈开后发现里面有很多货物，有衣物和器具，还有两箱银子。

包公亲自到贼船上查看，发现船内空无一物。仔细再一看，船底有缝隙，一块木板的棱角都被磨平了。包公令随从打开这块木板，但里面有暗栓，打不开，随从就用斧头劈开。劈开后发现里面有很多货物，有衣物和器具，还有两箱银子。包公命人将这些货物一一清点，抬回衙门。宁龙看到后说：“这些衣物、器具和这个新箱子都不是我的，只有这只旧箱子是我的。”

包公把单贵、叶新二人提到跟前，指着从船底搜出的物品问道：“你们这俩贼人，真是可恶，这些物品都是谁的？”

单贵答道：“这些都是别人寄存在我这里的。”

宁龙说：“是别人寄存在你这里的？那些不值钱的皮箱簿账我想你

早就丢了。在这只旧皮箱内，左边写有一‘鼎’字，请大人查看一下。”

包公让人打开一看，果然有一“鼎”字，于是将单贵二人重打六十大板。单贵二人实在熬不住，就把事情原委招了出来。包公最后判单贵、叶新二人秋后问斩，这两名盗贼再怎么狡猾也终究没有躲过律法的严惩，可谓是天网恢恢，疏而不漏。

包公设计抓驸马

登州有一个地方叫市头镇。这个镇子人口稠密，人们把房子并排建在河岸上。镇上作恶的人多，行善的人少。镇东边有一个姓崔的员外①，为人好善布施，从不与人相争。

①［员外］
指地主豪绅。

崔员外的妻子张氏，性情温柔，勤俭持家。她为崔家生了一个儿子名叫崔庆。崔庆年方十八，聪明伶俐，极受父母的宠爱。

有一天来了一位老僧，到崔家化斋，敲门说："贫僧是五台山云游的和尚，听说此府长者好善，特来化一餐斋饭。"崔员外知道后，整理好衣冠，请那僧人在中堂坐下。崔员外低头拱手相拜，对僧人说："有失远迎，还请恕罪。"

僧人连忙扶起崔员外，说道："贫僧是个轻率莽撞之人，特意来此见员外一面。"

崔员外很是高兴，让家人做了丰盛的斋饭款待僧人。席间，崔员外问僧人为何事而来。僧人回答说："我云游到此处来见员外，是想告诉您一件事。"

崔员外拱手说："上人②若是化缘或者化斋，老朽我不敢推托阻拦。"

②［上人］
对长老和尚的尊称。

僧人说："这足以看出您的心善了。过些日子，此地有洪水之灾。员外您准备几条船，等着避难逃跑。我来这里就是想把这件事告诉您。"

崔员外听完，连连说是，问道："什么时候才能知道洪水要来呢？"

僧人说："东街宝积坊下面有个石狮子，一旦发现它眼中流血，你就要收拾东西逃跑。"

崔员外有点儿困惑，对僧人说："既然有此大灾，应该告诉乡里才是啊。"

僧人说："你们这地方的人大多是为恶之徒，怎么会相信我说的话呢？员外您就是相信我，躲过这一劫，也还会经历其他苦难厄运。"

崔员外惊奇不已，问道："这厄运能让我丧命吗？"

僧人答："不会。发洪水那天你要牢记，遇到动物落水一定要救起，遇到人落水千万不要管。"僧人吃完斋饭后向崔员外辞别。崔员外取出十两白银赠给僧人，僧人推辞不要，说："贫僧是云游四方的人，即便是有银两，也没什么地方可用。"

僧人离开后，崔员外把僧人的话告诉了妻子张氏，并请匠人在河边打造了十几艘大船。人们问他为什么要造船，他说要发洪水了，造船躲避灾难。大家听了都笑话他。崔员外任别人讥笑，每天让一个老太太去东街查看石狮子眼睛里是否流出血。过了一段时间，街上有两个屠夫看到老太太这样跑来跑去，就问她原因，老太太如实告诉了他。两屠夫等老太太走了后，大笑说："世上怎么会有这等痴傻之人！天都旱成这样了，哪里会有什么洪水？况且那石狮子眼睛里怎么会流出血？"其中一个屠夫为了戏弄老太太一番，第二天把猪血洒在石狮子的眼睛里。老太太看见石狮眼睛流血，急忙跑回去告诉崔员外。崔员外立刻吩咐家人把该搬的物品都搬到船上。当天，空中一点儿云彩都没有，天气又热又闷。等崔员外的家人全部上船后已经是黄昏时分，突然黑压压的云层从四面聚集，顷刻间下起滂沱大雨。大雨连下三天三夜，导致河堤决口，河水冲进市头镇。很快，所有的房屋都被冲垮，两万多人被洪水淹死。因为这里的人作恶多端，所以上天才会用洪灾惩罚这些人。崔员外夫妇心地善良，得到神人相助，躲过一劫。

那天崔员外的十几艘大船随洪水流出河口，忽然一块山岩崩落，有一只小黑猿随石头落入水中。崔员外看到后，让家人用竹竿把小黑猿救到岸上。后来水面上又漂来一根树杈，上面有一个鸦巢，几只小乌鸦困在里面。崔员外让家童用船板托起鸦巢，小乌鸦解困后展开双翼飞走了。船行到一个渡口，崔员外看见一个人在水里挣扎，呼喊救命。崔员外急忙令人去救他。他的妻子张氏阻拦说："老爷您不记得僧人说过的话吗？遇到有人落难就不要管。"崔员外说："动物都要救起，何况是人呢？"说完就让家仆用竹竿把那人救上船，并取来干衣服，让那人换上。

等到雨停，崔员外让家仆回去查看镇上的情况。家仆回来禀报说，镇上的房子都被泥沙淹没了，唯有自己家的房子没有大的损坏。崔员外请工人修整房子，带着一家老小回到原来的住所。同乡的人能回到家的，十个里面也就是一两个而已，大都淹死或者失踪了。崔员外问他前几日救起的那个人，是否想回家。那人说："小人是宝积坊刘屠户的儿子，叫刘英。现在整个镇子都被洪水冲垮了，我的父母也不知道是死还是活，家里也没留下什么钱财。我情愿做仆人跟随您，来报您的救命之恩。"崔员外说："你既然想留在我家，那就做我的养子吧。"刘英连连磕头拜谢。

时光似箭，岁月如梭，转眼间崔员外已回家半年。皇宫里张娘娘①丢失了一块玉印，仁宗皇帝②布告全国，谁能找到玉印，就给他高官厚禄。一天夜里，崔员外梦到一位神人。神人对他说："国母张娘娘丢失了一块玉印，目前这块玉印在后宫的八角琉璃井中。上天看到你做了很多好事，派我特意告诉你的。让你的亲儿子去揭榜，可以换来高官厚禄。"第二天早晨，崔员外醒来，将此梦告诉了妻子。忽然，家仆进来报告说登州府衙门口挂起一张布告，说京都国母张娘娘丢失一块玉印，仁宗皇帝布告全国，谁能找到玉印，就给他高官厚禄。崔员外惊喜万分，想让儿子崔庆前去京都把玉印的下落报告给朝廷，换得高官。张氏说："我们只有这么一个儿子，怎么能让他远离我们？富贵不富贵是命中注定的，老爷您就不要指望这个了。"刘英听到后，说："小儿

①［娘娘］古代对皇后或妃子的称谓，含有尊敬意味。

②［仁宗皇帝］宋仁宗，北宋第四代皇帝。

一直想着报答您二老的恩情，只是没有机会。现在既然神人有意相助，我愿意代替弟弟前往京都。倘若换得一官半职，我便回来把官职让给弟弟。”崔员外一听，很是高兴，急忙给刘英准备银两，让他尽早启程。

第二天，刘英启程辞别养父母。不到一天时间，刘英就到了京城。他径直来到朝门外，揭了榜文[①]。公差带他见了王丞相。刘英把自己的姓名以及玉印的下落都说了出来。王丞相让他住进馆驿，在那里等消息。次日，王丞相入朝，禀告了此事。张娘娘才记起，中秋赏月时，自己曾跟宫女们在八角琉璃井边取水，不小心把玉印落入井中。随后张娘娘让宫里太监下井去查看，玉印果然在下面。仁宗好奇，把刘英召到殿上，问他怎么会知道玉印的下落。刘英把神人入梦相助之事告诉了仁宗。仁宗说：“想必是你家积有阴德[②]。”仁宗念刘英有功，降旨封他为驸马[③]，把偏后黄娘娘的第二个公主下嫁给他。刘英谢恩，不胜欢喜。过了几天，朝廷修建了驸马府给刘英居住。刘英一时富贵显达，有权有势，就把养父养母对他的恩情抛在了脑后。

自从刘英走后，崔员外日夜盼望他的消息，但两个月过去了，依然杳无音信。有个从京都回来的人，跟乡里人说刘英已被召为驸马，极其显贵。这件事传到崔员外的耳朵里，崔员外吩咐家仆小二跟随儿子崔庆一起赴京。崔庆到了京都后，找了家客店住下，第二天，就急着去驸马府。途中崔庆向一个人询问去驸马府的路，那人说：“前面鸣锣开道，就是给驸马让路的，驸马来了。”崔庆立在道边，等驸马来到，就走向前去与刘英相认。刘英一见到崔庆，大声喊道：“你是什么人，敢冲撞我的马？”便让人把崔庆抓起来。崔庆惊讶地问：“哥哥为什么不认识我？”刘英大怒道：“我有什么兄弟？”不等崔庆说话，就让人把他拿进府中，重打三十棍。崔庆被打得皮开肉绽，押入了狱中。

此时，仆人小二听说主人被抓了起来，就来狱中看崔庆，却受到阻挠，被拒在门外。崔庆在狱中把自己的冤情告诉狱卒。狱

①［榜文］

官府贴在墙上的告示。

②［阴德］

指暗中做有德于人的事。后指在人世间所做的在阴间可以记功的好事。

③［驸马］

古代帝王女婿的称谓。

正当他饥渴难耐时，一只猿猴从树上爬到窗边，钻进牢房，手里拿着一块熟羊肉，献给崔庆。

卒觉得他可怜，就时不时地帮助他。崔庆本是富家子弟，顿顿离不开肉，狱中的伙食极差，崔庆根本吃不下。正当他饥渴难耐时，一只猿猴从树上爬到窗边，钻进牢房，手里拿着一块熟羊肉，献给崔庆。崔庆突然记起，这只猿猴很像发洪水时他父亲救的那只。崔庆接过羊肉吃了起来。猿猴离开数日后，又送来食物给崔庆吃。狱卒知道此事后，叹道："动物都懂得知恩图报，人反而不知道。"

又有一日，墙外有十几只乌鸦聚集在牢房上面，哀鸣不已。崔庆想：这必是父亲当时救起的乌鸦，便对乌鸦说："你们如果可怜我，就请帮我寄封信给我父亲。”那些乌鸦明白他的意思，飞到他跟前。崔庆向狱卒借了纸笔，写了一封信，绑在一只乌鸦的腿上。乌鸦带着信很快飞到崔庆家里。崔员外跟妻子张氏正在担忧儿子没有音信，忽然看到一只乌鸦飞过来，立在自己身边。崔员外很是惊奇，仔细一看发现乌鸦腿上系着一封信，就把信解下来读。信里崔庆把他在京都的遭遇写得一清二楚。崔员外看后大哭，张氏得知后，也痛哭说：“当初叫你不要收留他，现在倒好，他恩将仇报，把儿子关入大牢，该怎么办呢？”崔员外说：“鸟兽尚且懂得仁义，人怎么能如此负恩呢？我要亲自去京城走一遭，看看到底是怎么回事。”张氏说：“儿子现在还在受苦，你赶快去吧。”

次日准备行李，崔员外辞别妻子，赶赴京城。到了京城后，他找了一家客店住下。第二天，天刚亮，崔员外正要出去打探儿子的消息。忽然看到家仆小二，穿着破烂的衣服，在房檐下乞讨。小二一看到崔员外，便跑过来抱着他痛哭。崔员外也很悲伤，细问小二事情的原委。小二将情况诉说了一遍。崔员外不怎么相信，想要亲自去驸马府找刘英。小二怕老爷到了驸马府遭毒手，抱住崔员外不放他去。忽然远处有人报驸马来了，众人都回避，崔员外站在廊下等刘英离近，叫道：“刘英我儿，现在你富贵了就忘记我了吗？”刘英一看是养父，没有搭理，只装作没听见。崔员外哪里肯罢休，一直跟着刘英，直到驸马府。刘英关上府门，不让崔员外进去。崔员外愤恨交加，喊道：“你不认我是你的养父也就算了，还把我儿子关进大牢里受苦！”崔员外没有办法，只能到开封府①告状。正好遇到包公回来，崔员外跪在包公的马前。包公带他到府中，崔员外把情况一一向包公哀诉。包公听完，让崔员外暂住开封府里，把狱卒叫来，问：“狱中有一个叫崔庆的吗？”狱卒回答说：“是有一个叫崔庆的，狱中的饮食不好，崔庆一身狼狈。”包公让狱卒善待崔庆。

第二天，包公请刘驸马到府中饮酒。刘英到开封府后，被

①［开封府］北宋时期，京都汴京的行政、司法衙门。

领到后堂。包公吩咐下人，把府门关上，不许闲杂人等来回走动。不一会儿，酒就被喝光了，但下人一直没有添酒。包公有点儿气愤，说道："为什么还不添酒？"厨子回报说："酒已经喝完了。"包公笑道："既然酒已经喝完了，那就以水代酒吧。"让下人提了一桶水来。包公命人倒了一大碗水给刘英，说："驸马您先喝一碗。"刘英觉得包公这样是怠慢了他，怒道："包大人太欺负人了！朝廷官员谁敢不敬我？哪有用水当酒喝的！"包公说："众官员尊敬驸马，唯独本官不敬。今年六月间驸马能喝河水，难道这一碗水就不能喝了吗？"刘英听后，毛骨悚然。突然崔员外走进来，指着刘英骂道："忘恩负义的小人，今天你负我，日后必负朝廷。请大人为我做主！"

包公让人把刘英拿下，摘去冠带，拖到台阶下，重打四十棍。刘英知道自己做得不对，便吐出实情，招供领罪。包公随后把刘英关进狱中。第二天，包公把这件事情详细奏给仁宗皇帝。仁宗召崔员外到殿前，详细了解情况后称赞崔员外："你如此重情重义，亲儿子应该受爵禄，朕明日就下旨。"崔员外感动万分，谢恩回家。

第二天，仁宗皇帝下旨：刘英冒领功劳，忘恩负义，残暴不仁，判处死罪；崔庆授武城县尉，即日走马赴任；崔员外平时好善，建立义坊[①]，宣扬他的德行。

①［义坊］宣扬功德的牌坊。

智拿三屠户

肇庆县有一个村子叫宝石村，离县城有三十里。村子里有一个姓黄的老人家，祖上历代务农，非常富有。老人膝下有二子，大儿子叫黄善，小儿子叫黄慈。黄善娶了城中陈许的女儿琼娘为妻。琼娘性格温柔，自从嫁到黄家，侍奉长辈尽心尽力，非常孝顺。

琼娘出嫁还不到一年，忽然有一天，陈家的小仆人进安来通知琼娘说："老爷外出回来后，得了很重的病。他很想念你，想让你回去照看他几天。"琼娘一听父亲身染重病，心里很放不下，便对丈夫说："我父亲身染重病，我想回娘家一趟，你跟公婆说一声。"黄善说："眼下正是收割的时候，伙计们没有时间送你回去，你等几天再走也不迟。"琼娘听后很不高兴，说："我父亲卧病在床，思念我。对他来说，一天就像一年那么长。我怎么还能等几天再走呢？"黄善执意阻止，不让她回去。琼娘见丈夫阻拦她，闷闷不乐。深夜，琼娘久不能寐，想："我父亲没有儿子可依靠，万一有个三长两短，我后悔都来不及。不如我瞒着丈夫偷偷回去。"

第二天早晨，黄善一大早督促伙计们去收稻子。琼娘起床后，梳妆打扮，吩咐进安从后门跟她一起出去。琼娘在前面走，进安跟随在后面。二人走了数里路，来到了芝林。因为出门早，雾气还没散，看不清前面的路，进安说："太阳还没出来，雾又这么浓，不如先回村子里，等雾气散去后再走。"琼娘是个机警的女子，便说："这个地方太偏僻了，被人看

琼娘看到三个屠夫来者不善，赶紧把首饰拔下，正想要藏进袖子里，却被姓吴的屠夫一把抢去。琼娘情急之下紧紧抱住吴屠夫，不肯放手。

到不好，先在前面那个亭子里等等吧。”进安觉得可以，便跟琼娘向亭子走去。

这天有三位屠夫要去买猪，都是一大早出门，恰好在这里遇到琼娘二人。其中一个姓张的屠夫看到琼娘穿戴很多金银首饰，悄悄跟其他同伴商量说："这个娘子肯定是入城探亲的。她身边只有这么一个小仆人，我们不如抢了她的金银首饰，比做几天生意强多了。"一个姓刘的屠夫说："这个好。我来对付那个小仆人，张兄去蒙住那娘子的眼睛嘴巴，吴兄去夺她的首饰。"

琼娘看到三个屠夫来者不善，赶紧把首饰拔下，正想要藏进袖子里，却被姓吴的屠夫一把抢去。琼娘情急之下紧紧抱住吴屠夫，不肯放手。姓张的屠夫怕这样下去会被人发现，便抽出屠刀，向琼娘的左手砍去。琼娘被砍伤后跌倒在地。三个屠夫把首饰抢完离开后，进安跑到琼娘身边，看到琼娘满身是血，已昏迷过去，就急忙跑回黄家，向黄善报告。黄善正与伙计们吃饭，听到这个消息后，十分惊讶，说："唉，让她当初不听我的话，遭到这样的毒手！"说完急忙让三四个人抬着轿子来到芝林，找到琼娘。这时琼娘已有点儿清醒，黄善把她抱进轿子里，抬回家，请郎中治疗她的刀伤。

之后黄善写了一份状子，把事情的经过详细陈述其上，带着进安到城里向包大人告状。包公看了状子，发现状子上面没有写贼人的姓名，便问进安："你还记不记得贼人长什么样？"进安回答说："长得跟一般人不一样，像是一伙屠夫。"包公说："我想那贼人没走多远，估计现在还没入城。"于是吩咐黄善回家，让他把琼娘的那件血衫秘密地拿来。包公吩咐府上差役黄胜找来一位外地人，让他穿着血衫在城里到处喊叫说："今天早上路过芝林，遇到三个屠户被劫，其中一位因跟贼人争斗，死在林中，另外两个屠夫跑了。"等他们到了东巷口，叫喊声被张蛮的妻子朱氏听到。朱氏连忙出来问道："我的丈夫今天一大早就去买猪了，只是我不知道他跟哪个同伴去的。"黄胜听见后，就坐在对面的酒店里等张蛮。

张蛮到了午后才回来，结果被黄胜一把抓住，押到包公面前，还在张蛮身上搜出几件金银首饰。包公对张蛮说："你快点儿报出同伙的姓名，我会对你从轻发落。"张蛮慌忙把吴、刘二屠夫的姓名报给包公。包公立即吩咐官差分头捉拿此二人。不久，吴、刘两人被抓到衙门里。两人开始还不知道官府为何抓他们，到了衙门一看张蛮跪在大厅里，才明白过来，一时哑口无言。官差从二人身上搜出几件金银首饰，吴、刘二人知道抵赖不过，只得从实招供。包公依法判了张蛮等三人的罪，把首饰还给黄善。后来，琼娘的伤被名医治好，与丈夫黄善团圆。

卖僧靴捉恶僧

开封府尹包大人有次巡视地方，体察民风。行至济南府，司吏[1]将以前的案卷呈给包公审视。包公把一些罪名较轻的人释放了，让他们回家安心生活。

正当包公审理案卷时，门前刮起一阵旋风，一时间尘土飞扬，堂下站立等候的官员都睁不开眼睛。旋风过后，包公的桌案上多了一片手掌般大小的树叶。包公拿起树叶，看了良久，不知道这叶子是哪种树上的，便拿给旁边的人看，问：“这叶子是什么树上长的？”

有一个叫柳辛的官员走到包公跟前，说：“城里没有这种树，也不知道这种树叫什么名字。不过离城二十五里有所白鹤寺，寺院内有两棵树，叶子跟这片一样。这两棵树又高又大，枝条茂盛，这片叶子应该是从白鹤寺吹来的。”包公说：“你没认错？”柳辛答道：“小人就居住在白鹤寺旁边，每天都会看到这样的树叶，不会认错。”

包公意识到白鹤寺一定有冤情，为了查明实情，他假意去白鹤寺上香。轿子到了白鹤寺，僧人们连忙出来迎接，把包公请到房里喝茶。不一会儿，旋风又刮起来。包公让柳辛出去查看。柳辛发现旋风从地上旋起，大概有一丈[2]高，刮到大树下就消失了。柳辛回复包公后，包公说：“这里必有缘故。”于是让柳辛

①［司吏］古代官衙中负责编写文书的小吏。

②［丈］长度计量单位，一丈约为3.33米。

包公思考到一更时，有点儿困倦，便趴在桌子上，小睡一会儿。谁知竟梦到一位女子向包公跪拜，并哭诉道……

在旋风消失处向下挖。挖了一会儿，挖出一条破席，里面竟然卷着一具女尸。死者看样子十八九岁，身上没有伤痕，只是嘴唇迸裂，两眼微睁，十分恐怖。包公令人撬开死者的口，发现口内有一根竹签，直接刺穿了死者的咽喉。包公召集寺中所有僧人，问他们这是怎么回事。众僧人都惶恐地说不知道，包公只好回府。

黄昏时，包公坐在房间里，思索这桩命案：为何寺中有女尸？如果是寺外之人作的案，也应该把尸体埋在别处，不该埋在寺内。一定是寺内的不良僧人，谋杀了这名女子，无处掩藏，所以埋在树下。包公思考到一更时，有点儿困倦，便趴在桌子上，小睡一会儿。谁知竟梦到一位女子向他跪拜，并哭诉道："小女是城外五里村人，名叫云娘。父亲姓索名隆，曾经是本府的狱卒。今年正月十五元宵节，我与家人入城看花灯。到了半夜，小女与家人走散。回家过西桥时，碰见一个小伙子，说是与我同村，可以带我回去。走到半路上，又遇到一个人，却是一个和尚。我借着月光看见他后，就想转回城里。没想到那个小伙子从袖中取出毒药，塞进我的口里，我立刻就不能说话了。后来那二人把我拖入寺中。我知道他们想侮辱我，不知道该怎么办才好。这时我看到篱笆上有一根竹签，便拔下竹签，插入自己喉中，自杀而亡。后来那两个贼人将我的首饰抢去，把我埋在树下，求包大人为我申冤。"

包公正想详细询问，却不自觉醒来，残烛依然明亮。包公起身，在房间里徘徊。看见窗前有一只僧靴，包公想这定是那女鬼留下的线索。包公思索一番，计上心来。

第二天，包公叫来亲信黄胜，吩咐说："你扮成卖鞋匠，把这只靴子混在其他靴子里，挑到白鹤寺去叫卖。一旦发现有人来认领这只靴子，你立刻向我报告。"黄胜依包公之计，来到寺中，叫喊卖僧靴。正好僧人们闲在房中没事，一听到有人卖僧靴，都跑出来看。有一个年轻的和尚，提起那只新靴子，看了一会儿说："这只靴子是我前几日做的，我把它放在房间中，你怎么偷来的？"黄胜跟他争辩不休。那和尚回去取出另一只靴子来对，果然一样。黄胜故意大闹一场，那只新靴子也被众和尚抢了去。

黄胜急忙回去禀报包公，包公立即派人围住白鹤寺，把所有的和尚都抓到狱中。升堂后，包公首先把认领新靴的那个和尚提出来审问。那和尚心惊胆战，还没用刑，便把他与同伙逼杀索氏之事招了出来。包公将其口供整理成案卷，判和尚及其同伙死刑；其他僧人知情不报者，发配充军[①]。

包公回京，向仁宗皇帝奏明此事。仁宗皇帝大加赞赏，并下旨为索氏修建坟墓来表彰她的烈女德行。

①［充军］

古代一种流刑。强制罪犯到边远地区当兵或服劳役。

智捕赵王爷

在西京河南府，有一个师姓人家，离城五里，家道富足。家中有弟兄两个，哥哥叫官受，在家中打理家业；弟弟叫马都，在扬州府当织造匠。哥哥师官受娶了一位漂亮的妻子叫刘都赛。刘都赛生下一个儿子，取名金保，已经五岁。

这一年正月元宵节，西京遍放花灯。刘娘子经婆婆同意后，打扮得十分俊俏，跟梅香、张院公入城看花灯。他们游到鳌山寺时，因为人多拥挤，刘娘子跟其他二人走散了。正当刘娘子因找不到同伴而慌张时，忽然刮起一阵狂风，将花灯全部吹落。看灯的人都各自散了，只有刘娘子因为不认识路，站在原地不动。忽然传来一声喝道①，数十个军人簇拥着一位侯爷，这个人便是仁宗的弟弟赵王。赵王见刘娘子容貌美丽，心中暗喜，问道："你是谁家的女子，半夜为什么站在这里？"

①［喝道］

封建社会时，官员出行，差役喝令行人让路，称为"喝道"。

刘娘子骗他说："小女是东京人，跟丈夫来这里看花灯。刚才人群慌乱，我丈夫走丢了，小女在这里等候他。"赵王说："现在夜深了，今晚你可以到我府中，明天再来找你丈夫也不迟。"刘娘子无奈，跟赵王进入府中。女仆把刘娘子领到房中，赵王随后也进去，笑着对刘娘子说："我是皇亲国戚，你如果做了我的妃子，会有享不尽的荣华富贵。"刘娘子怕得低头不敢出声。她哪里挡得住赵王强横之势，只能顺从。

张院公与梅香回去后见到师婆婆，告诉她说刘娘子因看灯走丢了，人不知去向。婆婆与师官受立即让家人到城里去寻找。师官受打听到刘娘子在赵王府里，但不知道是真是假，不敢贸然行事。

刘娘子在王府里住了将近一个月，虽然享受富贵，但却每天思念婆婆、丈夫和儿子。有一天，刘娘子的一套衣服被老鼠咬得都是洞，刘娘子看到，眉头不展，面带忧愁。赵王就问她："娘子为什么烦恼？"刘娘子把原因告诉赵王，赵王笑道："这有什么难的，我召西京会纺织的工匠来府中，再给你织造一件新的便是了。"

第二天，赵王张贴布告，召集会织此种衣服的匠人。恰巧师家会织这种衣服，师官受正想要去探听妻子的消息，就立即辞别母亲来见赵王。赵王对师官受说："你既然会织，就在府中依照原样织吧。"师官受领命，和其他四名匠人一起在东廊下织造衣服，并观察府中是否有刘娘子。

刘娘子听说赵王找到了能织造这种衣服的匠人，心想：在西京只有师家会织造这种衣服。丈夫的弟弟现在还在扬州，莫非我的丈夫到了府中？想到这里，刘娘子立即来到东廊，果然发现自己的丈夫正在那里织衣服，于是两人抱头痛哭。旁边的匠人不知道其中原因，个个惊讶不已。这时赵王酒醒，发现刘娘子不在房中，就问侍女，才知道刘娘子在看匠人们织造衣服。赵王急忙来到东廊，看到刘娘子与一个匠人抱在一起。赵王大怒，命令刀斧手[1]把五个匠人押到法场处斩。赵王又怕师家告发自己，命五百刽子手将师家围住，把里面的男女老少都杀了，将其家财搬进府中，最后放了一把火，把师家烧得干干净净。张院公因带着小主人师金保上街买糕点，躲过一劫。当他们回来时，发现家人全都被杀，血流满地，烧房子的火还没灭。张院公问邻居，才知道是赵王所为。张院公怕赵王知道师家还有活口会再来追杀，就抱着五岁的小主人连夜去了扬州二官人[2]那里。

①［刀斧手］负责执行死刑的人。

②［官人］古代对男子的敬称。

赵王回到府中，暗自思忖：我杀了师家满门，还有一个师马都在扬州，如果他知道了这件事，一定会去告御状①。想到这里，赵王马上写了一封信，让公差送往东京孙文仪孙监官②府上。孙文仪读完信后，为了奉承赵王，立刻让公差到扬州捉拿师马都。

这天夜里，师马都梦到全家人满身是血，惊醒后，就请了一位算卦先生来卜卦③。占卜结果是：大凶，全家有难。师马都非常担心家人，于是就雇了一匹马，离开扬州，径直向西京奔去。他到了一个叫马陵庄的地方，遇到张院公抱着小主人。张院公看到二官人后，哭着把师家遇难之事告诉了师马都。师马都经受不住这样的打击，昏倒在地。过了一段时间师马都才苏醒过来，决定前往开封府包大人那里去告状。

他们到了京城后，师马都吩咐张院公在茶馆里照顾师金保，自己一个人前往开封府告状。路上恰巧碰到孙文仪喝道而过，孙文仪的一个公差认出了师马都，告诉了孙文仪。孙文仪立刻让人把师马都抓进府中，不由分说，派下人打死了他。孙文仪从师马都身上搜出告发赵王的状子，心想：今天要不是我偶遇师马都，险些误了赵王的大事。孙文仪怕此事被包大人发现，就吩咐四名公差，将尸体放在篮子里，上面盖上黄菜叶，抛进河里。

包公骑马来到西门坊，坐骑却停足不前。包公对身边的公差说："这匹马停步不走有三个原因——御驾上街不走；皇后、太子上街不走；有屈死冤魂不走。"于是他让张龙和赵虎去茶坊、酒店等地方打探一遭。二人打探完，回来报："有四名差役抬着一篮子黄菜叶，在小巷子里躲避。"包公让人把那四人抓来，问他们为何抬一篮子黄菜叶。四人回答说："刚才孙老爷见我们把黄菜叶堆在街上很不高兴，打了我们每人十大板，命我们把黄菜叶抬到河里丢了。"包公对他们这个解释有点儿疑惑，于是说："我夫人生病了，想吃黄菜叶，你们抬到我府中来。"四人很害怕，但没办法，只得把篮子抬进包公府中。包公赏了四位差役，并说："不许让外人知道，免得别人取笑我买黄菜叶给夫人

①［御状］向帝王告的状。

②［监官］古代官名，代表皇帝监察各级官吏的官员的通称。

③［卜卦］占卜问卦，推测未来的一种迷信手法。

包公沉默良久，然后骑马来到城隍庙，对着神像说道：『限今夜三更，让师马都还魂。』

吃。”四人走后，包公揭开黄菜叶一看，里面竟有一具死尸，心想这个人必是被什么人害死的，于是吩咐狱卒暂时把尸体放在西牢。

在茶馆的张院公见师马都迟迟不回，就索性抱着师金保到了开封府。看见开封府门口有鸣冤鼓①，便上去连击三下。公差把他带进堂中，包公问他：“你有什么事要诉讼？”张院公把师家被杀之事从头到尾说了一遍。包公听完，又问：“这五岁的孩子怎么脱险的？”张院公回答说：“小主人那时因思念母亲，哭个不停，我领他上街买糕点吃，才侥幸逃过一劫。”包公又问：

①［鸣冤鼓］

古代衙门口放置的设施，供百姓鸣冤报官用。

"师马都在哪里？"张院公说："他一大早就来府上告状，至今也没消息。"包公明白了其中的原因，带着张院公去西牢查看尸体。张院公一看死者竟是二官人师马都，放声大哭。包公沉默良久，然后骑马来到城隍[①]庙，对着神像说道："限今夜三更，让师马都还魂。"说完就回去了。也许是师马都命不该绝，到了三更果然活了过来。第二天，狱卒禀报包公说师马都死而复生。包公立即把师马都召到厅前，问他情况。师马都哭着把孙文仪打死自己的事情陈述了一遍。包公让他暂时在府里住下。

①［城隍］有的地方又称城隍爷。是汉族民间和道教信奉的城池守护神。

包公为了把赵王引到东京来，想了一个计策。包公装病卧床，好几天没出家门。仁宗皇帝知道后，派御医前来给包公医病。包公的夫人对御医说："大人现在病得昏昏沉沉的，怕遇到生人的气息，还是不要见为好。"御医说："可以把金针插在大人的脉搏上，我在外面悬丝把脉，就可以诊断大人的病情。"夫人故意将针插在屏风上，御医诊脉发现脉搏不动，以为包公已经死了，急忙入宫向皇帝报告。包公等御医走后，跟夫人说："我现在假装死了，等圣上问你我临终有什么遗言，你就说西京赵王为官清正，推荐他为开封府尹。"

第二天，夫人带着开封府尹官印入朝，哭着向仁宗皇帝禀奏包公的"遗言"，文武百官都为包公的离世叹息不已。仁宗说："既然包大人临死时推荐御弟任开封府尹一职，就让使臣前去通知赵王吧。"使臣来到赵王府中，向赵王宣读圣旨。赵王听了很是高兴，立刻吩咐仆人们收拾行囊，坐船赴京。几天后，赵王到了东京，入朝面见仁宗皇帝。仁宗对他说："包拯临死时推荐你，说你为官清正。现在朕就依照他的遗言，封你为开封府尹。"

次日，赵王带着一队人马前去开封府上任，孙文仪也跟随其后。到了南街，百姓们都惧怕赵王，纷纷跑回家，关起大门。赵王坐在马上怒道："这群百姓好没道理。跟随我来的差役们在路上走得太久了，欠缺盘缠[②]，这里的每家每户都要交出一匹绫锦。"说完，他令随从们把附近的各家各户抢劫一空。

②［盘缠］路费。

赵王到了开封府，见堂上还挂着办丧事用的白幡，便让随从去打探何故。随从回来禀报说："包大人的棺木还未出殡。"赵王怒气冲天地说道："今天我选择吉日上任，他为什么还没出殡？"张龙、赵虎把赵王已到府上的消息报告给包公。包公吩咐二人准备好刑具，并让夫人出去跟赵王说半个月后才会出殡。赵王听了，大骂包夫人不识好歹。赵王话音未落，包公从旁边出来大声说道："你还认得包呆子否？"赵王吓得怔住了，一句话也说不出来。张龙、赵虎随即把府门关上，拿下赵王与孙文仪，将赵王关入西牢，孙文仪关入东牢。

第二天包公升堂，大堂两边站着二十四名大汉，赵王、孙文仪两个跪在堂下听审。包公将状子念给赵王听，并把师马都叫出来做证。赵王开始不肯认罪，包公便用刑拷问。赵王经受不住严刑，只得招出自己强行占有了刘都赛并杀了师氏全家。孙文仪也难以隐瞒其罪行，一一招供。包公把案情整理成文案，判赵王、孙文仪死刑，并亲自领着刽子手去法场将二人处斩。次日，包公上朝，把案情禀告给仁宗皇帝。仁宗听后，说："朕听说你去世的消息，好几日都伤心难过。现在才知道原来你是为此事诈死。赵王及孙文仪罪该当死，朕对你的判决没什么异议。"

包公从宫中回府后，让师马都回家办理丧事，刘都赛也回到师家守孝服丧。赵王的家眷①被降为庶民。赵府的金银器物等财产，一半充入国库，一半赏给了张院公，以表彰其勇于为主人申冤。

①［家眷］指家属，妻子儿女。

杀假僧得真情

东京城外三十里有一个姓董的长者，住在东京驿站旁边。董翁在驿站边建造了几间客店，接待四方来往的商客。每天收益很多，不久就累财万贯，成了一个富翁。董翁生有一子叫董顺，董顺长大成人后，娶了一位漂亮的妻子杨氏。杨氏不但颇有姿色，而且对公婆也很孝顺，只是有点儿轻浮，对感情不专一。

董顺常常外出做生意，一两个月才回来一次。城东十里外有个开渡船的，名叫孙宽。孙宽每天来董家店里与杨氏谈笑，天长日久，彼此有了好感，后来两人有了私情。

有一次，孙宽趁董顺外出经商，对杨氏说："我与娘子在一起不是一日两日了，虽然彼此相爱，却不能像其他人一样光明正大地享受夫妻间的欢娱，娘子不如收拾所有的金银物件，随我远走高飞，结成永久夫妻。"杨氏听了孙宽的话，答应了他。两人决定在十一月二十日晚上，一起远走他乡。到了这一天，黄昏时，有一个自称是从洛州翠玉峰大悲寺而来的和尚，带着一个小伴童，来到此地化缘，晚上投宿在董翁店里。董翁是个乐善好施的人，他给和尚开了店房，铺好床席，并送来饭菜款待一番。董翁夫妇与和尚吃完饭后，各自回房闭门睡了。

此时杨氏已经收拾完所有财物，坐在房间里等着孙宽来接她。大概到了二更时分，孙宽叩门来接杨氏。两人出门发现上空已下起雨，路滑难行，杨氏怕吃苦，于是低声对孙宽说："路太滑了，根本走不了，我们约其他时间再走吧。”孙宽听完，心想：这样拖下去，怕是会泄露此事。又看到杨氏带了很多钱财，遂生歹心，拔刀将杨氏杀死。孙宽把杨氏的金银财宝抢去，把尸体扔到古井之中，连夜逃跑了。半夜，和尚起来去厕所，不幸掉进古井中。古井有数丈深，和尚根本上不来。

一直等到天明，和尚的小伴童发现和尚不见了，找了半天也没找到，就喊醒店主董翁。董翁起床后，也跟着找和尚。直到吃饭的时候，董翁发现不但和尚找不到，儿媳杨氏也不知道去了哪里。董翁来到杨氏房里，发现屋里空荡荡的，钱财绢帛一无所留。董翁心想：杨氏定是跟和尚跑了。于是在山上山下都找了一遍，也没有发现两人的踪迹。直到他来到古井旁，发现附近杂乱的芦草丛上染有血迹，又听到古井中有人叫喊。董翁立刻喊来邻居王三，让他用梯子和绳索下到井底。王三看到和尚在井底连连叫屈，而杨氏已死在井底，于是把和尚绑起来吊到井上面。众人不由分说，对和尚一通拳打脚踢，然后把和尚送到县衙，告他谋财害命。和尚一再解释，但知县采用严刑，逼和尚招供。最后和尚忍受不住严刑拷打，只得违心招认。

后来和尚被送到开封府，包公问和尚作案缘由。那和尚长叹道：“我前生一定负了这个女人的债，要今生来还。”和尚把实情向包公说了一遍。包公心想：他是洛州的和尚，与董家相距七百多里，怎么可能在这么短的时间内跟杨氏相约私奔呢？此中必有冤情。包公将和尚暂时囚禁在牢中，派人查访此事，但案情一直也没进展。

有一天，包公突然想到一个计策。他叫来狱司[1]，吩咐狱司将一个死囚剃了头发，装扮成僧人，押赴刑场处决。包公又吩咐几名公差出城打听，看看有没有人议论此事。这几名公差行至城外三十里，走进一家茶水店喝茶水。一个婆娘看到公差，便凑过来跟公差们聊起天，问道：“前几天董翁家杨氏被杀，现在官府结案了吗？”公差们说：“有个和尚已经偿命了。”那婆娘

①［狱司］管理监狱的官员。

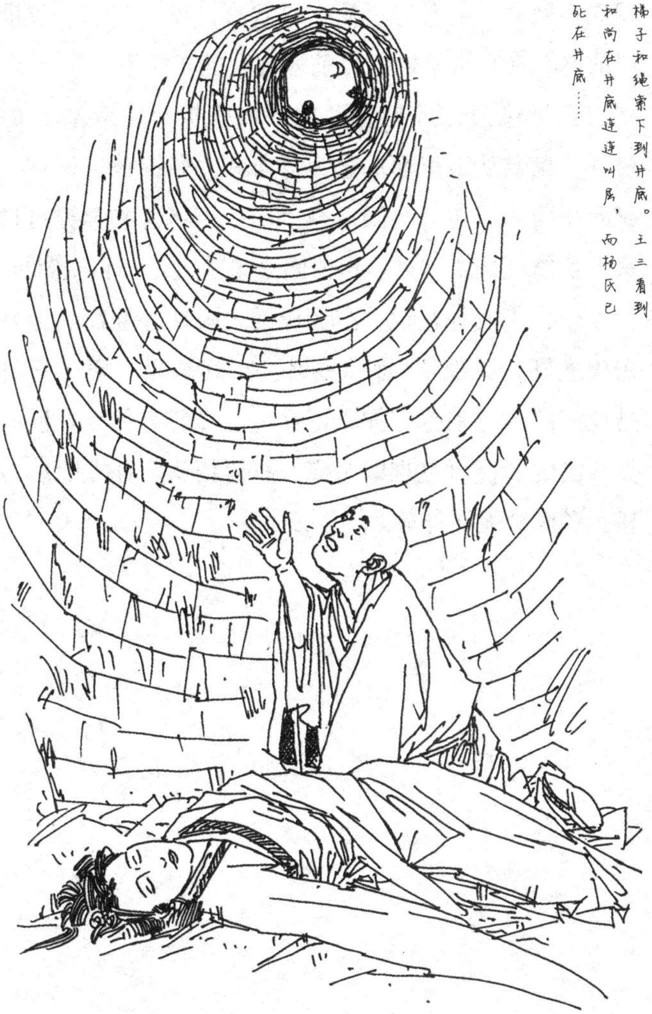

董翁立刻喊来邻居王三，让他用梯子和绳索下到井底。王三看到和尚在井底连连叫屈，而杨氏已死在井底……

听了，连连为和尚叫屈，说：“真可惜了这和尚，枉送了性命。”公差们问她原因，婆娘说：“在十里外，有个摆渡的船家，叫孙宽。他经常去董家，跟杨氏私通。听说孙宽为了谋取杨氏的钱财，用刀子杀了杨氏。这命案跟那僧人有什么关系？”公差们听后，立即回来禀报包公。

包公让差役将孙宽缉拿归案，锁进大牢。孙宽认为官府没有证据，抵赖死不招供。包公笑着对他说：“一个人被杀，只需一条命来偿。现在既然和尚已经为那杨氏偿了命，就不需要别人再偿命了。只是董翁丢失了四百余两的金银物品，还需找回。我听说你捡到了，如果你还给董翁，我就放你回去。”孙宽听后非常欢喜，说：“那一包袱金银是董家以前寄存在我那里的，目前还在我的柜子里。”

于是包公让人押着孙宽到他家把金银取来，并叫董翁前来辨认。董翁认得里面的金银器皿和一条锦被，说：“果然是我们家的东西。”包公再问董翁以前是否将这些金银财物寄存在孙宽家，董翁说从未有过。包公叫来王婆做证，再次审问孙宽。

包公审问孙宽说：“杨氏的丈夫在外经商。你贪恋女色，与杨氏通奸，又觊觎[①]她的钱财，将其杀死。现在董翁说那些财物是他家的，也未曾在你家寄存过。你还有什么可说的吗？”孙宽见自己的罪行再也难以遮掩，只得招认。孙宽随后被押至法场问斩，和尚被无罪释放。

①［觊觎（jìyú）］希望得到不应该得到的东西。

吕月娥丢银告亲夫

山东唐州有一女子叫房瑞鸾，十六岁时嫁给一个叫周大受的穷人，后来生有一个儿子，名叫周可立。世事难料，造化弄人，没多久周大受就因重病撒手人寰，留下了年仅二十二岁的妻子和刚满周岁的儿子。

房瑞鸾独自一个人含辛茹苦抚养儿子，直到儿子成人。周可立十八岁时，能挑水会做饭，还会下地耕种。周可立侍奉母亲，极为孝顺，乡里人无不称赞。儿子已长大成人，房氏便想要给他娶个媳妇。可是家里实在太穷，没有钱用来作聘礼。周可立虽然做佣工能赚些钱，但也只是勉强养活母亲。房氏心想：照这样下去，我虽能为丈夫终身守节，但儿子周可立却不能娶妻生子，不能为丈夫延续香火[①]，这反而是大不孝。于是房氏在丈夫的灵位前焚香，拿着占卜的筶[②]祈祷说："我守节十几年，诚心天地可鉴，从未想过改嫁。现在您若是要我终身守节，便赐我两个阳面；如果您允许我改嫁，换来钱财，为儿子娶妻，便赐我两个阴面。"房氏祈祷完，扔下卜筶，结果是两个阴面。房氏又对着丈夫灵位祈祷说："卜筶扔下去不是阴面就是阳面，我也不敢全信。如果您真的有灵，允许我改嫁，使周家香火延续下去，就请再赐我两个阴面。"房氏扔下卜筶，又得到两个阴面。于是房氏开始托人为自己说媒，准备改嫁。周可立知道后，哭着阻止母亲

①［香火］

原指祭祀或供奉敬神时用的线香与灯火，后多引申为祭祀祖先的事情，指子孙、后裔、继承人。此处就是后代的意思。

②［筶（gào）］

一种占卜器具，形状像牛角。

说："母亲要是改嫁，应该趁年轻时嫁出去，不该等到现在。现在您这么大年纪了，若是改嫁，十几年为夫守节不就没什么意义了吗？一定是我这个做儿子的不孝顺，待母亲有不周之处，希望母亲责罚我，我一定改过。"房氏说："我心意已决，一定要改嫁，你阻止不了我。"

邻村有一个富人叫卫思贤，年纪五十岁，妻子已经去世。卫思贤很敬佩房氏，听说她要改嫁，便托媒人来到周家说合，并送礼银三十两。房氏拿着礼银对儿子说："你把这些银子锁到匣子里，让我带走，钥匙你拿着。我六十日后来看你。"周可立说："做儿子的不能给母亲置办衣服嫁妆，怎么还能要母亲的钱呢？母亲您把钥匙也带走吧。"母子二人相拥而泣。

房氏到卫家两个月后，对卫思贤说："我本来不想改嫁，怎奈家贫如洗。为了让儿子用礼银娶妻生子，我才改嫁。现在我回去将这银子交给儿子，让他娶了媳妇，然后我再回来。"卫思贤说："你既然有这个想法，那我推荐一个女孩。前村有个佃户[①]叫吕进禄，他是个老实人，生有一女叫月娥。这个女孩端庄而不轻浮，是有福之相，今年才十八岁，跟你儿子同龄。我过些时日托媒人为你儿子去说说。"

①［佃户］指租用地主土地的农民。

房氏回到儿子家，对周可立说："以前怕你把银子浪费掉，所以我才带走。现在我听说吕进禄的女儿跟你同龄，跟你也般配，你拿这些银子去娶她吧。"周可立依照母亲的想法，拿银子娶了吕月娥进门。房氏见到吕月娥很是喜欢，果真跟卫思贤说的一样，是个端庄的好儿媳。房氏把儿子的婚事办完后，就回卫家了。

周可立很喜欢月娥，每次看见月娥都是笑脸相迎，两人关系也很融洽。但周可立每天晚上都穿着衣服睡觉，从来没有跟月娥行过夫妻之事。这种情况持续了将近一年。月娥不得已问周可立："我看你待我很好，我们俩人也算是恩爱。从去年四月结婚到现在快满一年了，而你从来没有跟我有过夫妻之事。这是何故？"周可立忙解释说："母亲改嫁，换得三十两银子我才娶了你。我不忍心用母亲的钱娶妻享受枕边之乐。我一定要攒够三十两银子给母亲才行。”吕月娥听后，很是生气，说：“你我都是白手起家，劳动所得只能解决温饱，到什么时候才能攒下那么多银子？”周可立说：“一辈子攒不够，就一辈子这样。你若怕耽误青春，那你改嫁他处吧。”吕月娥没办法，只能说：“若夫妻间不和而分道扬镳，这是不得已的事；若是因为得不到情欲的满足而分开，那是畜生的行为。我现在回娘家，跟你一起攒钱。攒够了就将银子还与母亲，你再来娶我。你若是养着我，就更难攒钱了。”周可立觉得这样也好，便送吕月娥回了娘家。

到了这年的冬天，吕进禄想把女儿送回周家，吕月娥再三推托不去，吕进禄很不高兴。月娥将实情告诉她母亲，母亲又告诉了吕进禄，吕进禄不相信这是真的。后来他把这件事跟他的哥哥吕进寿说了一遍，吕进寿说：“这是真的。前几天我到侄婿左邻王文家取银子，顺便问周可立为人如何。王文对我说：‘那是个孝子，因为没能偿还母亲的银两而不愿跟妻子同床。’”

吕进禄听后，叹息说：“我家若是富有，也会拿出几两银子来帮助他，可我现在仅能自给自足。女儿又不肯改嫁，她一直待在我家里也不是办法。”

吕进寿说：“侄女是个贤淑的人，侄婿又是个孝子，上天不会长久难为他们。为此事，我已经凑足二十两，又将田地典当出去，得十两，一共是三十两。你让侄女把这些钱拿回周家。周可立有了钱再还我；若是还不了，就当我送给他了。有了钱不用在此处，不就成了守财奴了吗，钱留着有什么用？”

吕月娥得到伯父的帮助后，不胜欢喜，拜谢完伯父后，在弟弟的陪护下回到周家。吕月娥回到房中，将银子放在柜子里，然后到厨房做饭去了。谁料右邻焦黑从壁缝中看到了刚才的一切，趁吕月娥在厨房做饭，溜进周家房中，把银子偷走了。吕月娥在厨房，听到房内门响，还以为是丈夫回来了，也没出来看。

周可立回来后，走进厨房看到妻子，二人都满脸笑容。吃完饭后，吕月娥来到房中，发现银子不见了，就问丈夫说：“你把银子拿到哪里去

吕月娥来到房中，发现银子不见了，就问丈夫说：『你把银子拿到哪里去了？』周可立感到莫名其妙，说：『什么银子？』

了？”周可立感到莫名其妙，说：“什么银子？”吕月娥说：“你别瞒我了，伯父借给我三十两银子，让我交给你来还婆婆。我用青绸帕把银子包着放在厨子里。刚才我还听到你进房开门的声音呢。你把银子拿走，故意让我生气。”周可立说道：“我回来后只去了厨房，并未进卧房。你伯父也不是富贵之人，能有三十两银子借给你？你把这事赖在我身上，是想回到周家。我决定跟你分开，决不落入你的圈套。”吕月娥也非常生气地说："你在外面是不是有女人，才不肯让我回来？把我的银子拿去，又要跟我分开，我去哪里凑银子来还我伯父？"周可立任凭吕月娥说，始终不信她。

吕月娥没想到竟遇到这样的变故，心里十分恼怒，要上吊自杀。谁知绳子自己断了，吕月娥摔倒在地上。邻居发现后，把她救了。吕月娥一气之下，把周可立告到包公那里。包公看完状纸后，立即派人查找银子下落，但一直没有找到。

包公每天对天地祝告，希望还周可立清白。有一天，天雷劈死一人。众人围上去一看，被劈死的那人是焦黑，衣服都被烧完了，浑身都成了炭，只有裤头上的青绸帕没被烧到。胆大的人将青绸帕解下，打开一看，里面包着三十两银子。大家都说："周可立夫妇正在争的银子不就是三十两吗？莫非这银子是他们的？"便把银子拿给吕月娥看。吕月娥看后，说："这正是我家丢失的银子。"大家这才明白，原来是焦黑因偷了银子，才遭到雷劈而死。大家都认为上天显灵，帮助周氏夫妇，无不赞叹周可立的孝心、吕月娥的情义、吕进寿的仗义。

吕进禄、吕进寿、卫思贤、房氏等人知道后，都跑来看。卫思贤很是佩服周可立的孝心，对房氏说："吕进寿所有的家产也就值一百两银子，能够分三十两赠送给侄女，以成全她丈夫尽孝道；我有万两银子的家产，只有两个亲生儿子，就算捐三百两银子给周可立也不算多。"于是，卫思贤立即写了一份契约，分三百两银子的产业给周可立。周可立坚决不接受，说道："只要让母亲回来，让我赡养就足够了。"卫思贤说："这个要看你母亲怎么想。"房氏回答道："我也有此想法，想终身陪伴儿子。哪怕到了苟延残喘临死之时，也要回到周家。只是我现在已经怀孕三个月了，难以抉择。"

卫思贤说："不管生儿生女，你就代我抚养吧，等长大后还给我。我让过世的妻子做他的母亲。这样周可立有母亲，你丈夫也有妻子；若是强制你回到我家，那你的儿子就没有母亲，你的前夫也就没了妻子。那我就夺走了他们最亲的人。我本想给你儿子三百银子的产业，但他没有接受。我现在交给你，来报答你对我两年的情义。"

包公知道此事后，送卫思贤一个牌匾，来表扬他的所作所为。房氏在第二年生了一个儿子，取名卫恕，养到十岁时，还给了卫家。后来卫恕参加科举中了举人。

夫妇争罪

潞州城南有一个叫韩定的人，家里很富有。他和一个叫许二的人从小一起长大。许二家里很穷，他跟弟弟许三在河边给盐商们当用人，在河口找一些临时性的工作，赚的钱只够勉强度日。

一天，许二跟弟弟商量说："我们兄弟俩都很会做生意，只是缺钱。如果一直这样下去，怎么能够发达？"

许三听后说："我很早就想跟你说这件事。我听说你与韩定交情很好。韩家这么富有，我们为什么不向他借些钱？等赚了钱，连本带利一起还他。"

许二说："你说的是，只怕他不肯借。"

许三说："如果他不肯，我们再想办法。"

许二听从了许三的话，第二天来到韩定家。韩定看到许二后，很高兴，说道："很久没见到老兄了，请到里面坐吧。"韩定把许二引到后厅，吩咐家人备些酒菜。酒喝到一半时，许二说道："很早就想跟贤弟商量一件事，只是担心贤弟不肯出手帮助，所以一直没有开口。"

韩定说："你我从小就认识，还有什么话不能说呢？"

许二说："那我就直说吧。我打算到外地贩些货物，但缺点儿本钱。今天我来找你，是想跟贤弟借些银子。等赚了钱，连本带利一起还给你。"

韩定听后，问："老兄您是自己去，还是跟别人一起去？"许二没有隐瞒，告诉韩定自己是和弟弟一起去。韩定本来想答应，一听说许二跟弟

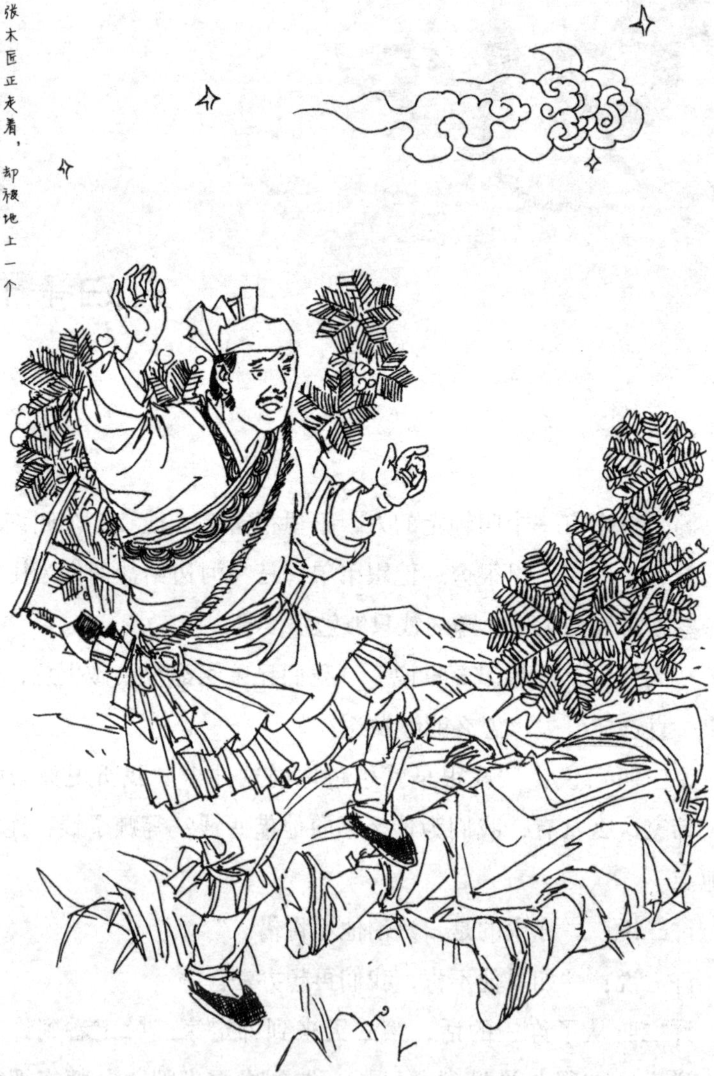

张木匠正走着，却被地上一个东西绊倒，低头仔细一看，竟是一个死人，满身是血。

弟一起去，就推托说：“眼下要缴税粮①，没有多余的钱，还望老兄谅解。”许二知道韩定是在推托，便借口说酒喝多了，辞别韩定回家去了。

许三看到许二沮丧地回到家，问道：“哥哥去韩定家借钱，想必是借到了，为什么还这么愁眉苦脸的？”许二把借钱的情况讲给许三。许三听后说：“韩定也太欺负人了，难道我们兄弟没有他的钱就成不了事？”

①［税粮］古代缴纳给官府的田赋。

韩定有一个养子叫韩顺，聪明伶俐，很讨韩定喜欢。这年的清明，韩顺跟朋友在郊外踏青，在一家酒店喝了些酒。到了晚上，韩顺的朋友都回去了，唯有韩顺因多喝了几杯酒，趴在兴田驿半岭亭里睡着了。许家兄弟二人恰巧经过亭子，认出在亭子里睡的人是韩定的养子。许三想到韩定不肯借钱，一时怒从心起，对哥哥说："不要怪我狠毒，要怪就怪韩定无礼。现在趁四下无人，把他养子杀了，一解心头之恨。"

许二说："弟弟想怎么做就怎么做吧，只是要谨慎，别被人发现。"许三拿来一把利斧，朝韩顺的头劈去，把韩顺砍死了。

当地山下有一个村子，村子里有一个叫张一的木匠。他家房子后面就是兴田驿。张木匠因去城中干活儿，早早地出门。当时正是五更，天还刚蒙蒙亮。张木匠正走着，却被地上一个东西绊倒，低头仔细一看，竟是一个死人，满身是血。张木匠惊叫道："今早出门不吉利，等到明天再去吧。"转身回家去了。

到了午后，韩顺迟迟没有回家，韩定又听说兴田驿死了人，便来亭子边查看。韩定一看正是自己的养子韩顺，便痛哭起来。韩定召集乡邻查验尸体。从伤口来看，韩顺是被斧头所杀。大家沿着血迹，一直找到张木匠家中。街坊邻居认为张木匠夫妇杀了韩顺，韩定也认为是这样，便把张木匠夫妇告到衙门。张木匠夫妇有口难辩，仰天叫屈，哪里肯招认？司官便对张木匠夫妇严刑拷打，二人不堪忍受，便争相承认说是自己杀了人。司官见这夫妇二人争相认罪，也有点儿疑惑，便把他们暂且押在牢里，将近一年也没有结案。

这时，包大人路过潞州，潞州所有官员出城迎接。包公来到潞州府衙后，问本地有没有可疑的案子。司官禀报说："有个叫韩定的人告发张木匠谋杀他的儿子，但张木匠夫妇争相认罪，事情有点儿蹊跷。两人至今关在牢里有一年了，还没结案。"包公听后，说："不论情节轻重，案件一年不破，百姓怎么能承受得了？如果全国的案件都像你这桩一样，一查就是一年，那天下能查出几个罪犯？"司官听后，很是惭愧。

第二天，包公带着两个公差来到狱中，让张木匠把情况详细说一遍。听完后，包公想：韩顺是被斧头砍杀的，血迹又一路引到张木匠家。证据这么明显，这夫妇为什么还不承认？里面必有缘故。于是把张木匠夫妇提出来审问。一连审问了好几次，张木匠的供词一直没变。

有一次，包公又来狱中审问张木匠夫妇，忽然看见一个小孩给狱卒送饭，并跟狱卒窃窃私语，狱卒点头回应他。包公便问那狱卒："刚才那个小孩对你说了什么话？"狱卒不敢直视包公，说道："那小孩告诉我，我家有亲戚来了，叫我今晚早点儿回去。"包公知道狱卒在撒谎，便把小孩带到后堂，吩咐差役拿出四十文钱给小孩，让他买果子吃。包公问他："刚才你跟狱卒说了什么话？"这孩子乳臭未干，心直口快，直接说道："今天中午，我在东街茶馆里遇到两个人，他们给了我五十文钱叫我买果子吃。然后他们让我到狱中打探包丞相有没有审问张木匠，还要打探这夫妇俩哪个认了罪。就是这些，没有其他的。"包公听后立即吩咐张龙、赵虎说："你们同这孩子前去东街茶馆，捉拿那二人。"

张、赵二人跟这孩童来到东街茶馆。正好看到许家兄弟在那里等着孩童来报告消息，张、赵二公差立即将许家兄弟捉住，押回衙门见包公。包公大声审问许家兄弟，说："你们杀了人，为什么要让别人偿命？"许家兄弟开始抵赖不承认，包公便让那小孩再将前言说一遍。许家兄弟知道隐瞒不下去，只得供出谋杀韩顺的情由。韩定被包公叫到公堂上，听说了许家兄弟的供词后，方明白，原来是因为当初没借银子给许二，才导致儿子被谋杀。包公审决之后，许家兄弟被斩首，张木匠夫妇被释放回家。

乌龟为恩人雪冤

浙西有一个人叫葛洪，家里很富贵，平时做了很多善事。

一天，一个田翁提着一篮子乌龟到葛洪家卖。葛洪问田翁："这些乌龟是从哪里抓来的？"田翁回答说："今天我经过龙王庙时，看到这些龟在庙前的洞里饮水，我便抓来送给官人您。"葛洪很高兴，说："难得你专门送来给我。"他拿出些钱把田翁打发走了。葛洪让仆人将乌龟拿到厨房里养着，准备招待明天来的客人。夜里，葛洪提灯来到厨房，听到好似很多人喧闹的声音。葛洪很奇怪："家里人都在外面休息，怎么会有喧闹之声？"到水缸边一听，才知道声音是从缸中传出来的。葛洪揭开水缸一看，竟是这一群乌龟在里面喧闹。葛洪不忍心烹煮，在第二天早晨，让仆人把这些龟在龙王庙水潭放生了。

过了不到两个月，葛洪的好友陶兴来到葛家喝酒。陶兴为人奸诈狠毒，但因很会奉承葛洪，所以葛洪没有疏远他。当两人喝到一半的时候，葛洪对陶兴说："我继承了祖上的产业，有些钱财，打算贩些货物到西京去卖。只是担心这一路的险阻，我想让贤弟您陪我去，如何？"陶兴笑着说："别说让小弟陪同您去西京了，就是上刀山下火海我也万死不辞。"葛洪听了很高兴，说："如此甚好。但是从此地去卢家渡要先走七天的旱路，才能坐船。你先在卢家渡等我，我把货物准备好后就去找你。"于是两人各自准备启程。

葛洪的妻子知道这件事后，极力阻止，但为时已晚，因为葛洪的货物已经发走了。葛洪出发时，其妻子孙氏又以孩子年幼为理由劝阻葛洪，让他不要出去。葛洪对妻子说：“我已经决定。这次出门，多则一年，少则半载就会回来。你看好门户，照顾孩子，其他的事就不用管了。”说完，便启程了。

陶兴在卢家渡等了七天才见到葛洪。所有的货物装到船上后，陶兴对葛洪说：“现在天色已晚，我请兄长到前面的村子里饮几杯酒，然后回到渡口休息，明日我们再开船启程。”两人来到前村黄家店里饮酒。葛洪被陶兴连劝几杯后，不知不觉醉了。等到快黑的时候，陶兴扶起葛洪来到一个叫新兴驿站的地方，发现一口深不见底的枯井。陶兴见四处无人，趁着葛洪酒醉没有防备，一把将他推进井里。

陶兴谋害了葛洪后，回到船上，第二天一大早开船前往西京。到西京后，货物的价格涨了两倍，陶兴把货物卖了。回到家，他把钱分成两半，一半留给自己，另一半给了葛洪的妻子孙氏。孙氏见陶兴独自一人回来，便问：“叔叔[①]，你兄长怎么没跟你一起回来？”陶兴骗孙氏说道：“葛兄喜欢游玩。我们在一家店里饮酒，听别人说当地有一处胜景，葛兄便让我陪他一起去游玩。等到了汴河，葛兄遇到一位熟人，他又想跟那人去登临某个寺院。我实在不耐烦了，就带着银两回来。银子请嫂子收好，葛兄他过几日就回来了。”孙氏听了陶兴的话，也没多想，就信了，并置备酒菜招待了陶兴。

①［叔叔］古代妇女对丈夫弟弟的称呼。

两天后，陶兴为了掩盖他的罪行，让人偷偷地从死人坑里捡来一具尸体，把葛洪的锦囊系在尸体的腰间，丢在汴河口。然后陶兴跑去跟孙氏说：“昨天我听说汴河口溺死一个人，尸体冲到河岸上。好几天都没有葛兄的消息，难道死的人是他？”孙氏听后，忙让家童去查看。家童看后回来禀报孙氏说：“尸体的面部已经腐烂了，辨不出是何人。尸体腰间系着一只锦囊，我把它拿来给夫人看。”孙氏一看到锦囊，立刻哭泣着说：“这锦囊是我母亲做的，老爷一直戴在身上。看来死者的确是我丈夫。”全家

包公坐在厅中，忽然见一只乌龟目不转睛地盯着自己，貌似有话要讲的意思。

人听后，都哀痛不已。随后孙氏让人把尸体装入棺木中抬回家，为丈夫办理丧事。陶兴等葛家办完丧事后，过来抚慰孙氏说：“人死不能复生，还望嫂子以安心抚养侄儿为重。”孙氏觉得陶兴说的有道理，对丈夫的死因也没再多想。

大概一年后，陶兴利用谋得的钱财，买田置地，他认为谋害葛洪一事做得天衣无缝，没人知道。一天包公因体察民情，经过浙西，暂歇在新兴驿站。包公坐在厅中，忽然见一只乌龟目不转睛地盯着自己，貌似有话要讲的意思。后来那乌龟转头向外爬。包公很奇怪，就让差役跟随着乌龟。在离驿馆大概有一里的地方，那只乌龟跳进一口枯井里。差役把情况报告给包公。包公立即让人到井里查看，竟发现一具尸体，皮肤还没有腐烂。差役们把当地人叫来，人们都说不认识死者。后来差役从死者身上发现了一张纸，上面写着死者的住址和姓名。包公让李超、张昭二人按照纸条上的地址去找死者的亲人。亲人来到后却说葛洪已经在汴河口溺死了。包公很疑惑：既然此人在河口溺死了，现在怎么又出现在井里，一个人怎么会死在两处？于是包公又派人找孙氏。孙氏来到后，包公让她查看尸体。孙氏一看，便抱着死者哭道："这才是我的丈夫。"包公问孙氏："为什么先前把那个溺死的人认作你丈夫？"孙氏回答："尸体上系着我丈夫的锦囊。"包公细问锦囊一事，孙氏便把丈夫跟陶兴到西京做生意的事说了一遍。包公听后，说道："你丈夫必定是陶兴谋害的。他把锦囊系在他人尸体上，让你相信那尸体就是你丈夫的。"说完立即派差役把陶兴抓捕过来审问。陶兴看到尸体后，很害怕，供出了谋杀葛洪的实情。

包公随后命人将陶兴斩首，把他的财产给了孙氏。包公把乌龟跳井为葛洪申冤之事告诉孙氏。孙氏告诉包公她丈夫曾经放生了一篮子乌龟。包公叹道："一念之善，得以报冤。"随后让孙氏把丈夫的尸骸安葬。

后来葛洪之子科考登第，官至节度使①。

①［节度使］古代官名，独揽管辖区内的军权、政权和财权，权力很大。

山中鸟替人申冤

江阴有一个布商，叫谢思泉，从巴州卖完布回家。为了节省时间，他抄近路来到一座大山里，从苦槠[1]林里穿过。

在这座山里住着两兄弟，哥哥叫谭贵一，弟弟叫谭贵二。兄弟俩人面兽心，常常以砍柴为幌子，打劫独行的商客。

谢思泉在山里走了五里路，没看到一个人。后来看到谭氏兄弟从远处过来，便喊道："二位大哥，此地离江阴还有几天的路程？"

谭贵一答道："只有三天的路程。"

谭贵二随后问道："客官从哪里来？"

谢思泉回答说："小弟从巴州卖完布回家，在此迷了路，希望二位大哥能给我指指路。"

谭氏二兄弟指着一条小路说："那条山路可以去江阴。"

谢思泉以为二人只是砍柴的樵夫，丝毫没有怀疑他们，顺着他们指的方向一路走去。没多久，小路渐渐没了，一块块巨大的岩石挡在前面。谢思泉难以攀登，只能停下来，等人问路。

谭氏兄弟偷偷地跟在后面，趁谢思泉不注意，挥刀砍向他的后脑。谢思泉当场鲜血淋漓，气绝而亡。谭氏兄弟将尸体掩埋后，拿着打劫来的银子回到家中均分，半年没出来露面。

某日，包公出巡巴州，从苦槠林经过。走到半路时，忽然

①［苦槠（zhū）］常绿乔木，属壳斗科，木材致密坚韧。

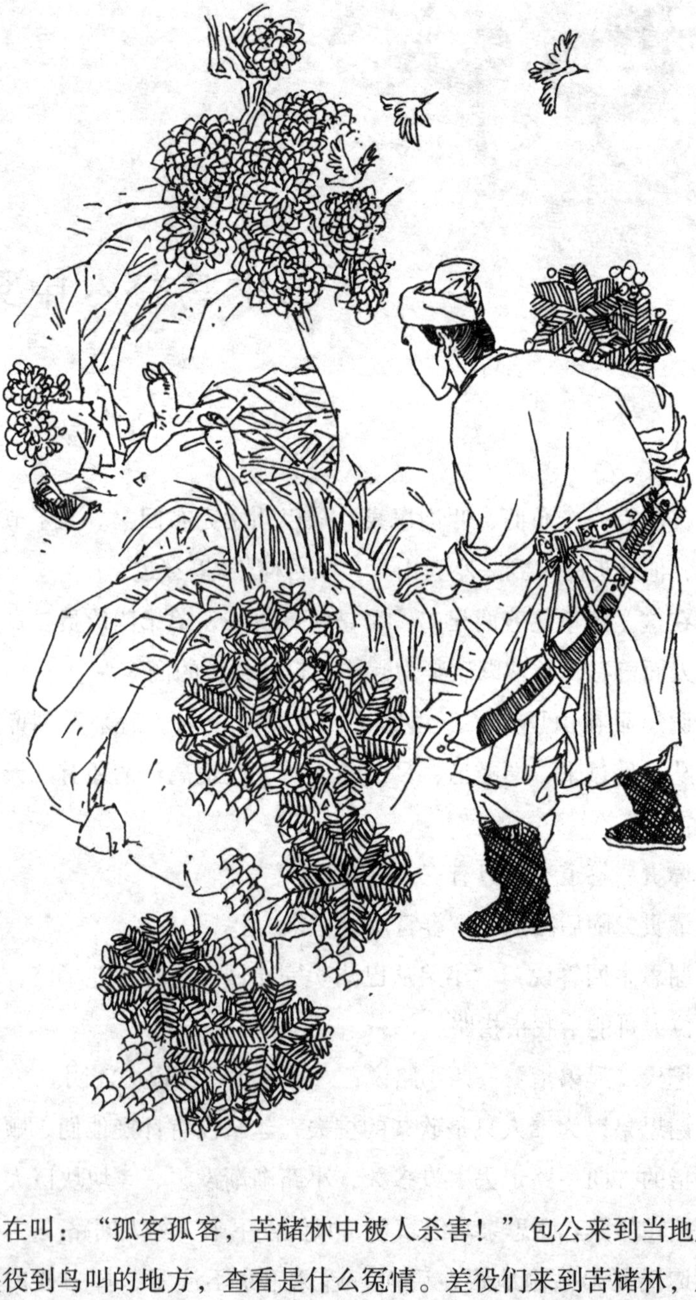

差役们来到苦槠林，顺着鸟叫声来到一个山凹中，发现一具人的尸骨……

听到有只鸟在叫：“孤客孤客，苦槠林中被人杀害！”包公来到当地府衙后，吩咐差役到鸟叫的地方，查看是什么冤情。差役们来到苦槠林，顺着鸟叫声来到一个山凹中，发现一具人的尸骨，回来后报给了包公。这天夜里，包公梦到一个人，披头散发地站在他面前，哭着唱了一首绝句，诉出了自己的冤情。唱完后，那人又说：“小人的银两都编有‘千字文’

号。大人可让人在他床下搜出银两，真相便能大白。”那人说完后便含泪而去。

包公第二天让人去苦槠林，将谭贵一、谭贵二兄弟二人抓来，审问说：“你们兄弟二人假装砍柴，伤人性命，谋人钱财，还不快快如实招来，免得身受重刑。”二人自以为包公没有什么证据，不肯招认。包公又命差役到谭家床下去搜，搜出白银若干。包公拿着白银仔细一看，上面果然有“千字文”字号，面对着谭氏兄弟二人喝道：“这就是你们劫来的银子，还不从实招来！”差役将二人严刑拷打。二人实在忍受不住，只得从实招认。包公随后命人把二贼人押到法场斩首。

乌盆告状

包公在定州做太守时，有一个叫李浩的人，家财万贯，从扬州来到定州做生意。有一次，李浩在离城五里的地方饮酒，喝得酩酊大醉，不能走路，最后躺在路边睡着了。到了晚上，有两个贼从此经过，一个叫丁千，另一个叫丁万。他们把李浩扛到偏僻的地方，从他身上偷走了百两黄金。两人将黄金平分后又商量说：“这个人酒醒后发现黄金被偷，必去衙门报案。不如现在就灭口，以绝后患。”于是二人将李浩打死，将尸首抬进窑里烧了。他们又把骨灰捣碎，和在泥里，制成一口黑色的瓦盆。

后来，定州有一个姓王的老头，把这口乌盆买去当便盆用。有一天夜里，王老头起来小便，突然听到这乌盆说话，“你为何往我口里小便？”王老头吓了一跳，战战兢兢地点起灯问道：“你这盆子，怎么会说人话？”乌盆说：“我名叫李浩，是扬州人，因被贼人谋财害命，魂魄附在这盆子上。”王老头没想到这盆子里竟有一冤魂，于是颤抖地说：“你若真是冤枉而死，就把情况跟我详说，我替你申冤昭雪。”盆子说：“前些日子，我带着百两黄金来定州做生意，因酒醉睡倒在路上。丁千、丁万二贼人，趁我熟睡，把我扛到偏僻处，偷走了我百两黄金。二贼人怕我醒后告状，又伤我性命。他们把我的尸首投入窑中火化，后又把骨灰和为泥土，制成这乌盆。请您带我去见包太守，让我告状申冤。”

王老头听后答应了乌盆的请求，第二天捧着这盆子来到府衙，将昨夜之事详细地跟包公说了一遍。包公听完后半信半疑地审问这乌盆，乌盆静

次日，王老头用衣裳盖住乌盆，又去见包公。包公听了王老头解释后，审问乌盆。这次乌盆果真开口说话了……

默不答。包公觉得王老头在胡说八道，便怒道：“你这老头，竟用如此荒唐之事扰乱大堂！”随后将王老头赶出了大堂。王老头被包公责备后，带着乌盆回到家中，对乌盆怨恨不已。

到了夜里，乌盆又叫道：“老者不要怨恨我，我身上一件衣服都没有穿，虽见到了包公，但这冤屈也难以诉说。希望老者能借我一件衣裳，再去见包太守。”次日，王老头用衣裳盖住乌盆，又去见包公。包公听了王老头解释后，审问乌盆。这次乌盆果真开口说话了，将其冤屈告诉了包公。包公听完后立即让公差把丁千、丁万抓捕到大堂上。二人不承认有此事，不肯招供。包公将丁千、丁万暂且押入大牢中，又把他们的妻子抓来审问。二贼人的妻子也不招认。包公说道：“你们的丈夫夺去李浩的百两黄金，又将其杀害，还把他烧成骨灰，跟泥土和在一起做成乌盆。黄金被你们藏起来了，你们丈夫都承认了，你们还抵赖什么？”二贼人的妻子听后都很恐慌，对包公说：“家里是有些黄金，埋在墙里。”包公立即让公差押她们回家，从墙里取出黄金，拿回衙门给包公。包公从狱中提出丁千、丁万说道：“你们妻子把黄金都交出来了，放在这里，你们还不招认谋杀李浩？”二贼人面面相觑，觉得无法再隐瞒下去，只得招认。

丁千、丁万因谋财害命，被判死罪；王老头状告有功，赏银二十两。后来李浩亲戚将乌盆和被劫的黄金领回乡里，并安葬了乌盆。

高尚静丢银城隍庙

河南开封府新郑县，有一叫高尚静的人。他家里人都从事耕种纺织，有数顷田园。高尚静年近四十，依然好学不倦，然而为人不修边幅，言谈举止跟常人不同：衣服脏了不洗，粗粮淡饭也不挑剔；从不欺骗别人，不索取他人之物；不为无益之愁而闷闷不乐，不为欢心之事而处处张扬；有时候以读书吟诗抒发情怀，有时候以弹琴喝酒获得快乐；喜欢欣赏四季的风景，常常沉湎在江河山峦的秀色之中。

有一次，他跟妻子说："人在世间，就像白驹过隙，如果不及时行乐，到了白发已生，暮年已至，再想行乐就晚了。"说完就让他的妻子拿出酒来喝。这时，新郑县的官差来到高家，催促他缴纳税粮。高尚静拿着家里的碎银子到市铺上去销熔重铸，得银四两，放在袖中。往年这时候都是里长①来收税粮。这次是包大人的公差来收，而且包大人要亲手称银。包大人为官清正，断案如神，得到百姓的敬仰，不少人跑到城隍庙为包公祈福，许个良愿。高尚静也买了些酒肉香烛之类的东西前去城隍庙拜佛。祈祷完毕后，高尚静便在庙中散福②，不知不觉多喝了几杯，袖中的银子不小心掉落在城隍庙，自己醉醺醺地回家去了。

有一个叫叶孔的人，他是高尚静的邻居。叶孔看到高尚静在铺中拿着银子前去城隍庙许愿，便跟着高尚静来到城隍庙，躲在

①［里长］相当于现在的村主任。

②［散福］古代祭祀完毕后，大家把祭祀食品分着吃，称作"散福"。

到了第三天夜里，忽然狂风四起，有一片叶子落在包公面前。

城隍宝座下。见高尚静把银子落下了，他便拾了银子回家。

高尚静回家后发现银子不见了，赶忙回到庙中寻找。他把庙里的各个角落都找遍了，也没找到银子。没办法，高尚静写了份状子，呈给包公，希望包公能把银子找回。包公看完状子后说道："你的银子在庙里丢失，不知道是谁拾了去，本官也难以找回。"包公没有接受状子，高尚静含泪而去。

包公后来心想：我是这里的父母官，应该替民分忧。他心中对高尚静也有些惭愧。包公写了一道疏文，带到城隍庙烧了。到了第三天夜里，忽然狂风四起，有一片叶子落在包公面前。包公拿来一看，叶子中间被虫子咬了一个孔。

第二天，包公对张龙、赵虎说：“你们到街上呼唤‘叶孔’这个名字，若是有人答应，就叫他来见我。”二人领命出去，满大街叫叶孔。后东街有一人回应说道：“我就是叶孔，叫我有什么事？”张、赵二人说：“包大人有请。”

叶孔来到县衙，包公问他：“前几日，高尚静在城隍庙丢失了四两银子，我知道是你拾的，你又不是偷的，为什么不还他呢？”

叶孔见包大人料事如神，只得招认说：“小人在城隍庙上香，捡到这四两银子，至今还没有使用。”

包公令差役随叶孔回家取银子，又让高尚静到府衙来认领，果然跟他丢失的银子一模一样。包公于是对高尚静说道：“你不小心丢了银子，多亏叶孔拾去。现在这四两银子还你，你可以把三两五钱税粮交给官府，剩下五钱分给叶孔做酬劳。以后两人相见，不能心存芥蒂。”高尚静、叶孔二人拜谢出了府。

后来高尚静买了些祭祀的酒肉、香烛、纸锭等到城隍庙还愿，感谢包公。

包公借神猫捉五鼠

西天雷音寺曾有五只老鼠，啃了佛祖的经书，有了神通，精通变化之术，而且往来莫测。后来五鼠偷偷走下西天，来到人间，聚集在瞰海岩下，祸害一方。他们时而变成老人，骗取客商的钱财；时而变成美貌的女子，诱引人间子弟；时而变作男子，迷惑富家小姐。他们的名字也很怪异，按五鼠的大小称呼为：鼠一、鼠二、鼠三、鼠四和鼠五。

清县有一个叫施俊的秀才，辞别妻室，与家童小二到东京参加科举考试。二人赶路来到一座山前时，天色已晚，便找客店投宿。这座山盘旋六百里，后面与西京地界接壤。山中都是些幽林深谷，悬崖峭壁，没有人迹，还听说常有妖魔鬼怪出没。这天，鼠五化作一名店主人，在这山前迷惑过客，恰巧遇到施俊。鼠五看到施俊长得清秀，问他家住哪里，来此何事。施俊都一一相告，毫无隐瞒。晚上，鼠五备了一桌子酒菜，与施俊举杯畅饮。酒间两人谈古论今，鼠五对答如流。施俊有点儿奇怪，心想：他只是一个店家，怎么如此博学，于是问鼠五说："足下①也是读书人吗？"那鼠怪笑道："不瞒兄台，我三四年前曾经赴京赶考，名落孙山。从那以后我便放弃了读书，在此开了一间小客店，聊以谋生。"

两人一直饮酒至深夜。那鼠怪趁施俊不注意，往施俊的酒

①［足下］古时对同辈、朋友的敬称。

里吐了一口毒气，施俊喝后立刻昏迷过去。小二以为主人醉了，便扶施俊到房里休息。夜里施俊突然感觉腹中疼痛难忍。仆人小二便慌慌张张找郎中，只是此地偏僻，连个郎中的人影都没有。到了第二天早晨，小二发现昨夜的店主人不见了。小二只能扶着主人走了几里，来到另外一家客店。等小二找来郎中给施俊医病，才知道主人中了妖毒。

而那只鼠妖已变作施俊模样，来到施俊家中。施俊的妻子何氏正在房中梳妆打扮，听家人说丈夫回来后，有点儿不相信，忙出来看，丈夫果然回来了。何氏疑惑地问："才离开家二十天，怎么就回来了？"

那妖怪说："临近东京时，在路上遇到一个赶考的秀才，他说科考已经结束，考生们都散了。我没有进城，转身回家了。"何氏又问道："小二怎么没回来？"妖怪说："小二带着行李走路太慢，我让他在后面慢慢走。"何氏听后也没多想，就给这鼠妖准备饭菜。亲朋好友听说施俊回来后，都来拜访，丝毫没有察觉这是假施俊。晚上何氏与鼠妖同床共枕，殊不知她真正的丈夫正在店里受苦呢。

施俊在店里苦熬了半个月，幸亏遇到董真人，求得丹药，才得以获救。施俊到了东京，考场已散，只能跟小二一起回家。回到家后，小二先进门。何氏正跟妖精在后厅饮酒，见小二，便问道："你为何这么晚才回来？"

小二说道："不要说晚回来，就连主人的性命都险些没有保住。"

何氏很疑惑，问："哪个主人？"

"跟我一起进京的那个，还能是哪个？"

何氏笑笑说："你是在路上偷懒了吧，主人已经回来二十多天了。"

小二听后惊讶地说："什么？我与主人白天一起走路，晚上一起休息，寸步不离，他怎么可能先回呢？"

何氏听后，感到莫名其妙。这时施俊走进家门，看到何氏后，就抱着她哭起来。那妖怪听说施俊回来了，走到厅前，大声说道："你是谁？敢调戏我妻子？"

施俊大怒，没想到这妖怪不但差点儿让自己送命，还来祸害他的家人。施俊上前跟鼠妖搏斗一番，却被妖怪赶出门外。街坊邻居听说后，都很惊讶。施俊没有办法，跑到岳丈那里诉说，寻求帮助。岳丈让他到王丞相府上告状。

王丞相看完状子后大为惊讶，立即让公差把假施俊、何氏抓来。王丞相一看，果然跟施俊长得一模一样。左右都说只有包大人能断此案，可惜包公目前还在边境视察未归。王丞相一时没有办法，只能把两个施俊都押入牢里，等包大人回来再审。

这妖怪在牢里怕包公回来后自己会暴露，便使神通，通知哥哥鼠四前来营救。第二天早晨，鼠四来到丞相府，变作王丞相，令相府中的人押出施俊一干人等，然后升堂审问，将真施俊重重打了一番。施俊被打得一直叫屈。恰在这时，真的王丞相来到大堂之上，见到假的丞相后，很惊讶，立即下令将此人拿下。假的毫不退让，也令公差拿下真丞相。一时间公堂乱作一团，公差们都分不清谁是真丞相，也不知道听谁的。两个王丞相在堂上争辩起来，所有人都看呆了。有一个年纪较大的人提议说："两位丞相一模一样，不能分出真假，就是争论几天几夜也没用。除非去朝见皇上。"

仁宗皇帝知道这件事后，让两位丞相入朝。二人到了仁宗皇帝的面前时，那妖怪作法，向仁宗皇帝喷出一口气。仁宗一时间眼花缭乱，看不清楚，下令将二人关进牢里，等晚上北斗星出现时，再审问二人。原来仁宗皇帝是赤脚大仙降世，到半夜，即使是天宫，仁宗皇帝也能看见，所以才决定等到晚上再审。

假丞相一看不妙，又作法唤鼠三来救。鼠三来到宫中，变作仁宗皇帝，坐在朝元殿，会见文武百官。当真仁宗来到殿中时，文武百官见到两个皇帝，十分惊讶，急忙把国母请来。国母说："你们不要慌张。真天子的左手掌上有山河的纹，右手掌上有社稷的纹。你们看哪个没有，哪个便是假的。"众官员看后，果然有一个皇帝手上没有此纹。国母下令将假皇帝押进牢里。

鼠三很慌张，作法向两位哥哥求救。鼠一非常不愉快，说道："五弟太没有分寸了，惹出这样大的事来。朝廷现在追查起来，我们怎么逃脱？"

鼠二说道："我去救他们回来。"鼠二来到宫中，变成国母模样，来到狱中下令把牢里的人都放出来。恰在此时，宫中国母传旨，让狱卒严加看管犯人，不得让妖怪逃脱。一个说要放，一个说要严加看管，狱官也不知道听谁的。

仁宗皇帝因鼠妖之事睡不着，吃不下。有大臣提议说："陛下让包拯回朝，也许包大人能判明此案。"仁宗允奏，亲自写诏，差使臣前往边关传包公回朝。包公接到圣旨后，丝毫不敢耽搁，立即启程回开封府。

四位鼠妖被囚在同一个牢中，听说包公要回开封审理此案，商量说："包拯回来后一定会去城隍庙寻求神灵的帮助，查出我们的本相。虽然他奈何不了我们，但若是上天动怒，这怎么了得？我们还是请大哥来吧。"于是鼠妖们又作法通知鼠一。此时，鼠一正在开封府打探消息，听说包拯要审理此案，笑道："我变成包丞相，看你还如何断案。"于是鼠一摇身一变，成了一个假包公，坐在堂上。这时真包公已经来到开封，去了城隍庙行香，知道了妖怪的来路。忽然有人报说堂上已经有一位包公，真包公气愤地说："这孽畜竟敢如此猖狂！"说完就径直来到堂中，命令公差将假包公拿下。那妖怪很狡猾，见真包公回来后，就走下堂来，跟真包公混在一起，让公差们分不清哪个是真哪个是假。

包公无可奈何，回到房间，对夫人说："这些妖怪诡异难辨，看来只能求助上天了。我一会儿魂魄出窍去天庭，你将我的身体盖好，不得乱动，我最多两昼夜便回来。"然后，包公取来孔雀血慢饮几口。包公魂魄来到天庭，向玉帝禀报了鼠妖之事。玉帝命检查司查看是什么妖怪在人间作乱，回报称是西方雷音寺五鼠精落入中界[①]扰乱凡间。玉帝听后，想让天兵去收鼠妖，检查司上奏说："天兵收不了这些鼠妖，搞不好会逼得他们潜入海中，那就更不好办了。我听说雷音寺佛祖那里有一只玉面猫，如果能把此猫请来，可胜过十万天兵。"玉帝听取了检查司的建议，立即派天使和包公一同前往雷音寺求取玉面猫。

天使和包公带着玉帝的玉牒[②]来到雷音寺，参见佛祖，奉上

①［中界］

人界。道家将宇宙分为三界：天界、人界、地界。人界在其他两界之间，故称中界。

②［玉牒］

天界玉帝的文书。

了玉牒。佛祖读后，与众佛徒商议。有位佛徒进言说：“现在世尊殿[1]上离不开玉面猫，殿中有很多经卷，唯恐老鼠来啃。若是玉面猫被借去，经书会被老鼠损坏。”大乘罗汉进言道：“文曲星[2]为了东京百姓，千辛万苦来到这里，我们应该以救众生为重，将玉面猫借给他。”佛祖听后，依从了大乘罗汉的建议，令小童将玉面猫取来。佛祖诵了一段经文，那猫立刻趴在地上，身体变得很小，随后钻进包公的袖子里。

①［世尊殿］即佛教中的大雄宝殿。

②［文曲星］星宿名之一，主管文运的星宿。人们认为包公是文曲星下凡。

包公带着玉面猫，出了天门，来到人间，魂魄重新回到肉身上。夫人见包公醒来，很是高兴，立即端来补汤给包公喝。包公喝完汤对夫人说：“我已经从西天佛祖那里借来除妖的宝物，不要泄露此事。”

夫人问道：“现在要怎么做？”

包公压低声音说：“你明天入宫去见陛下，告诉陛下，为了降妖除魔，需要在南郊筑起一座高台。”

夫人依包公所说，第二天乘轿进宫求见仁宗皇帝。皇上听完夫人的禀奏后，立即命令狄青[3]带领军兵在南郊筑起高台。高台建完后，包公独自一人走上高台。台下站立着真国母、假国母、假仁宗、假包公和真假两个丞相、两个施俊，文武百官分列两旁。那假包公站在台下不停地争辩。

③［狄青］北宋仁宗时的一位名将。

将近中午时，包公将玉面猫从袖中取中，并读了一段经文。那玉面猫顷刻间身体增加数倍，如猛虎一般，眼睛放出两道金光，飞身来到台下，先将假仁宗鼠三咬倒。鼠二看情况不妙，露了原形想要逃跑，却被神猫的左爪抓住。随后鼠一又被神猫的右爪抓住，也露了原形，神猫张口将此二鼠咬倒。假丞相与假施俊此时已经变身飞到云霄，神猫又迅速地飞上天，将鼠五和鼠四咬了下来。包公走下高台，看到五只老鼠躺在地上，身长足足有一丈，被神猫咬伤的地方流出了白膏。

仁宗皇帝看到鼠妖已死，很是高兴，命百官入朝。仁宗皇帝在大殿之上赏赐了包公，并设宴款待文武百官。

鼠二看情况不妙，露了原形想要逃跑，却被神猫的左爪抓住。随后鼠一又被神猫的右爪抓住，也露了原形，神猫张口将此二鼠咬倒。

后来施俊带着何氏回到家中。何氏因与鼠妖亲近，中毒很深。施俊取出董真人所给的药丸，让何氏吃下，何氏才吐出毒气得以痊愈。后来施俊得中进士，在吏部任职。

撕伞辨真伪

话说有个叫罗进贤的农民，在大雨天撑着伞出门探友。

他走到后巷亭，一个后生①跑到他跟前要求共用一把伞。罗进贤拒绝说："下着这么大的雨，我的伞怎么能遮住两个人！"这个后生是城内的光棍②，叫邱一所，擅长花言巧语，最会骗人。他对罗进贤解释说："我其实带了伞，只是被朋友借去，我在这里等他回来。现在我急着回家，才想跟你共用一把伞，你怎么这么小气？"罗进贤听完后，便同意跟他共用一把伞。

等他们到了南街尾要分开走时，邱一所拿着伞说："你可以从那里走了。"罗进贤说："把伞还我。"邱一所笑道："明日再还你。"罗进贤很是气愤，骂道："你这光棍！我让你用伞，你还想拿到哪里去？"邱一所也骂道："你这光棍！我本想不该帮你，现在你又冒认我的伞，这是什么道理？"罗进贤忍受不了这口气，拽着邱一所到衙门来见包公。

包公问道："你们二人伞上可有记号？"二人都说："伞是不值钱的小东西，没有记号。"包公又问："有没有人证？"罗进贤回答说："他在后巷开始跟我共用伞，没有人证。"邱一所回答说："我们一起打伞时，有两个人看到了，只是不知道他们的姓名。"包公又问："一把伞值多少钱？"罗进贤说："这是把新伞，值五分钱。"包公愤怒地说："五分钱的东西还来打

①［后生］

指青年男子。

②［光棍］

一般指没有结婚的成年单身男人。我国古代民间，对无所事事、惹是生非的地痞无赖，也称光棍。

罗进贤说：『把伞还我。』邱一所笑道：『明日再还你。』罗进贤很是气愤，骂道：『你这光棍！我让你用伞，你还想拿到哪里去？』

搅衙门。”随后令公差将伞扯成两半，分给二人，并把他们赶出府衙。包公秘密吩咐一位公差说：“你去听听他二人在外面说什么话，告诉我。”公差听后，回报说：“一个骂老爷糊涂；另一个说‘你没有理由跟我争伞’。”包公听后，立即把二人叫回来，问道：“哪个人骂我了？”公差指着罗进贤说是他，包公说：“辱骂地方官员，当打二十板。”罗进贤一听，赶忙说道：“小人没有骂，真是冤枉啊！”邱一所趁机说道：“他明明骂了大人，还不承认。他想白占我的伞是真的。”包公说：“你要是不说争伞之事，我差点儿误打了人。分明是你占了罗进贤的伞。我没有判对，伞又被扯破，他才会气愤，怒骂我。”邱一所说：“罗进贤贪得无厌，看到伞没有判给他，才骂大人您。伞怎么会是他的？”包公说：“你这光棍，为什么说谎话？我刚才将伞扯破是为了试探你们二人的真伪，不然，我哪里有时间给你们去找证人审理这件小事？”随后，包公打了邱一所十大板，并罚他一钱银子来补偿罗进贤。

此时，曾被邱一所在后巷骗过的两个人见包公审出了此案，对包公拍掌称赞道：“包大人真是神人啊，不需要人证就能把案子断了。”包公问二人刚才议论何事，二人都说邱一所曾经也是以共伞为由骗走了他二人的伞。包公更加确认自己的判断没有错。

竹篮观音助包公

扬州城东门有一个儒生，姓刘名真，字天然。刘真小时候很聪明，喜欢诗书，立志金榜题名，衣锦还乡。宋仁宗皇祐三年开科取士，刘真准备行李前往东京赴考。因为盘缠不够，在路上耽误了很多时间，等他到了东京时，科考已经结束。刘真叹息道："我命运怎么如此不济！"于是收拾东西，住进了开元寺苦读。

第二年的元宵佳节，东京各处都挂上了花灯。在离城三十里的地方，有个碧油潭，水深万丈。碧油潭里有一个千年金丝鲤鱼精，常常变成美貌的女子，迷惑往来的商客。这天晚上，鲤鱼精化作一个十七八岁的丫鬟，手持灯笼，慢慢地走进城来，人们看了，都被她的美貌打动。快到五更时，鲤鱼精怕天亮后露出原形，就藏进金丞相家后花园大池子里。元宵节过后，鲤鱼精也不想回到潭里去。

有一天，丞相的女儿金钱带着侍女来花园赏花，看见廊檐上有一丛红白的牡丹，十分可爱，就让侍女折了几朵来玩。金钱一边把玩牡丹，一边靠在栏杆上饮酒。她看到池中有条金色的鲤鱼，扬起鱼须，张着嘴在水面上游。金钱就将酒杯里剩下的酒倒在池子里，却被那鲤鱼一口吞尽。金钱见了哈哈大笑。鲤鱼精知道金钱小姐喜欢牡丹，便在每天夜里向牡丹花上喷气，因此牡丹花的颜色越发鲜亮，引得金钱小姐天天来后花园观看牡丹。

春去夏来，时光似箭，岁月如梭。刘真在寺庙里已经住了很久，朋友们都各自回去了，他身上的钱也差不多用光了。为了生计，刘真写了几幅字，拿到城中的官宦人家去卖。一天，金丞相探访朋友回府，恰巧碰到刘真在相府前卖字。金丞相看了刘真的字后连声称赞。他把刘真带进府内，详细询问他的籍贯和来东京的目的。金丞相觉得刘真是个人才，就让他留在府中教金家子弟读书。丞相让刘真住在后花园东轩旁边的一间房子里，并让仆人把刘真的东西从寺中搬到府中。刘真得到了丞相的提携，衣食无忧，专心读书。府内所有的书信往来，都由刘真代丞相写。

一天晚上，刘真偶然间来到后花园中，看到金府小姐与两三个侍女在花架下玩花。刘真自言自语地说："早就听说丞相有个女儿，貌美如花，现在看来，果真名不虚传。若小生今后成名，能够得此佳人为妻，这一生就足够了。"于是他就转到轩下，吟唱杜甫的诗歌来表达他的心情。

池内的鲤鱼精知道了刘真的想法，晚上便化作小姐的模样，来到刘真的门前，敲门拜访。刘真打开门一看，站在门外的竟是白天见到的金钱小姐，大吃一惊。鲤鱼精对刘真说："秀才你不要惊慌，我听到你夜半还在读书，就趁爹娘睡去，特意向你请教。"刘真请小姐进房，一起坐在榻上，谈论了很久。两人情意绵绵，后来就同床共枕了。第二天，天还没亮，鲤鱼精先起来，对刘真说："今天晚上我早点儿来陪你。"说完回去了。从此以后，鲤鱼精每天都是晚上来，早上走，并且每次都带美食给刘真吃。刘真自以为得佳丽垂爱，不胜欣喜。

一天晚上，鲤鱼精带来酒菜，与刘真边饮酒边说："你住在这里虽然好，但如果侍女发现你我之事，告诉了爹娘，那可就惨了。不如我收拾些钱财，跟你一起回乡，做长久的夫妻。"刘真说："如果丞相追究起来，我们怎么能逃得了？"鲤鱼精说道："我的母亲很爱我，况且你现在也没有结婚，纵使追究起来，也没事。"刘真听从了鲤鱼精的话。晚上，两人坐船，来到扬州。丞相得知刘真走了后，也没有追究。

自从鲤鱼精走后，池边的那丛牡丹就枯萎了，金小姐因思念牡丹生了病。虽然有良医医治，也未能调理好。小姐的母亲问她病因，金小姐说是思念牡丹的缘故。丞相知道后，想到这种牡丹花扬州有，便派家仆前往扬州，到处寻找这种牡丹。家仆听说刘秀才家里有这种牡丹，便来到刘家。

这时刘真不在家，帘子下站有一个女子，问家仆："是谁？"金府的家仆听到后有点儿惊讶，好像是小姐的声音。走到近前仔细一看，真的是小姐，家仆惊得半晌没说出话来，搞不清楚是怎么回事。这时刘真也回来了，金府的家仆认得刘真。刘真问金府家仆的来因，家仆回答说是为治疗小姐的病，特意来扬州买牡丹。刘真笑笑说："小姐随我来到这里已经半年了，哪里又出来一个小姐？"金府的家仆不明所以，便连夜回到东京将此事禀报给丞相。丞相不相信是真的，派公差来到扬州接"女儿"回去一看究竟。那鲤鱼精丝毫没有推辞，与刘真一起来到丞相府。丞相看到后大惊失色，与妻子说："女儿现在还病在房中未起，怎么又会在这里？"丞相随后问刘真其中的缘故，刘真也没有隐瞒，把以前的事一一告诉了丞相。丞相听后大惊，说："你一定是被妖怪迷惑了。"丞相立即乘轿去开封府见包公。

包公得知事情的来龙去脉后，命人去把二位小姐和刘真带到堂上。三人带来后，包公取出轩辕所铸的照魔镜，悬于堂上，登时就照出了鲤鱼精的原形。这时鲤鱼精吐出漫天的黑气，遮天蔽日。后又听到一声巨响，黑气霎时间散了，而真的金钱小姐也不见了。丞相与包公都很吃惊，在场的所有人无不失色。包公对丞相说："丞相请暂时回去，给我几天时间，一定会找到小姐。"丞相忧心忡忡地回家了。包公张挂榜文称：有知道妖精、小姐的下落的，赏钱五千贯。包公又来到城隍庙，通知五湖四海的龙君，务必捉拿鱼妖。龙君得知此事后，立即派水族神兵沿江湖捕捉鱼妖。但水族神兵都不是鱼妖的对手，每次都失败而归。龙君把此事上报给玉帝。玉帝立刻派天兵捉拿鱼妖。那妖怪越遍八荒①，最后逃入南海。

京都郊外有个姓郑的人，平时好善，家中挂着一张淡墨素装的观世音像，每天叩头供奉。忽然有一夜，他梦到一位素装的妇人跟他说："你明天到河岸边，带我去见包大人，一定会让你得到富贵。"郑某次日来到河边，果然看到一位中年妇女

①［八荒］

也叫八方，指东、西、南、北、东南、东北、西南、西北八个方向。

包公听完后，看了看竹篮中的金鲤鱼，松了一口气说道：“原来是这只鱼怪！”

站在杨柳树下，手执竹篮，竹篮里放了一条小小的金色鲤鱼。那妇人看到郑某来了，说道：“碧油潭的金鲤鱼被四海龙王追赶，逃进南海，藏在琼蕊莲花下，现在被我罩在篮子中。前日，包大人张贴榜文，只要提供鱼妖的线索，就会得到一笔钱。你带我到包大人那里，得来的钱财都归你。”郑某听后非常高兴，急忙带着妇人来到府衙，正好碰到包大人与金丞相在大厅上讨论此事。郑某把妇人所讲之事告诉了包公，包公听完后，看了看竹篮中的金鲤鱼，松了一口气说道：“原来是这只鱼怪！”那鱼怪为佛法所伏，将迷惑刘真之事一一向包公供出，并告诉包公金小姐目前困在碧油潭旁边的山洞里。包公想将妖鱼从篮子中取出来煮，那中年妇人阻止说：“这条鲤鱼已经修炼了一千年，即使用水煮也杀不死它，我将它带回去自有发落。”包公同意了，让人拿出五千贯钱给了妇人。

中年妇人从府衙出来后，将五千贯钱交给郑某，对他说：“你诚心供奉我三年，这些钱是我对你的报答。”说完后，那个妇人就不见了。郑某这才醒悟过来，原来老妇人就是家中供奉的观音大士。郑某带着钱回家后，请人绘制观音手提鱼篮的画像，京都的人知道后都纷纷效仿。

公差到碧油潭找到金小姐时，发现金小姐已经昏厥过去了，心口还有点儿余温。公差把金小姐抬到丞相府，请来郎中诊视。郎中说只有有缘人的气息才能救小姐。包公对丞相说：“莫非小姐与刘真有缘？老夫今日做媒，成就这段姻缘。”于是叫来刘真，让他对着金小姐呵气，小姐果然醒了过来。旁边的人看到后都觉得金小姐和刘真确是有缘，包公也非常高兴。后来刘真与金小姐成亲。第二年，刘真科考得中，数年后官至中书[1]，夫妻俩生了两个儿子，也都做了官。

①［中书］古代的官名，负责典章法令编修撰拟、记载、翻译、缮写等工作。

小家童为主人申冤

扬州有一个叫蒋奇的人，家里十分富有，平时也很好善。

一日，有一个老僧来到蒋奇家化缘，蒋奇用丰盛的斋饭招待他。僧人吃完后对蒋奇说道："贫僧是山西人，在东京的报恩寺中削发为僧。现在寺东堂缺少一尊罗汉像。我听说您平时乐善好施，所以贫僧不远千里而来，求施主能施舍些银两塑造罗汉像。"蒋奇说："这是件大善事，我不敢推托。"随后他让妻子张氏取来白银五十两，付给僧人。僧人拿到银两后，笑笑说："用不了这么多的银子，一半就足够塑造一尊佛像了。"蒋奇说："若是罗汉像塑造完后，还有剩余的银两，就请大师您去做些功德，普度众生吧。"

僧人见蒋奇如此好善，便收了银子，辞别蒋奇。僧人没走几步，心想："刚才见到施主的相貌，眼角下有一股不祥之气，应该会有大灾。他如此好善，我应该告诉他。"于是僧人转身回去，对蒋奇说："贫僧通晓麻衣之术[①]，从您的相貌来看，今年会有厄运。只要谨慎不出门，就可以避开祸事。"僧人再三叮咛后，才离开。蒋奇等僧人走后，来到后屋对张氏说："化缘的僧人说我今年有厄运，真是可笑。"张氏听后说道："僧人见多识广，你还是谨慎些好。"

到了百花齐放的时节，蒋奇跟妻子在后花园里赏花。有一

①［麻衣之术］一种迷信说法，通过观察人的相貌推算此人未来吉凶。

个姓董的家仆，平时不务正业，在亭子里跟蒋家女仆春香嬉戏玩耍。蒋奇看到后，把二人痛斥了一顿，董仆记恨在心。

一个月后，蒋奇在东京做通判[1]的表哥黄美，写书请蒋奇去一趟。蒋奇接到书信后，对张氏说明情况，并告诉她自己要去东京。张氏阻拦说："前些日子那个僧人说你今年有厄运，不能出远门，现在儿子又年幼，不去为好。"蒋奇不听，吩咐姓董的仆人收拾行李，第二天就辞别妻子出发了。

①［通判］古代官名，主要掌管州府的粮运、家田、水利和诉讼等事项。

蒋奇、董仆还有一名家童，三人一起走了几天的旱路，然后来到河口坐船走水路。晚上，船停在水湾里。两个撑船的船夫，一个姓陈，另一个姓翁，都是不善之徒。董仆因为被蒋奇责骂，怀恨在心，于是夜里悄悄地跟两个船夫商量说："我家官人箱子里有百两白银，带的行李衣物也很多，不如我们三人把这些财物劫来平分，怎么样？"陈、翁二人笑道："你不这样说，我们两个也有这样做的打算。"

船上，蒋奇和家童睡在前舱，董仆睡在后舱。在将近三更时，董仆大喊："有贼！"蒋奇被惊醒，从船舱里探出头来看发生什么事。姓陈的船夫趁机用刀子捅了蒋奇一刀，并把他推到河里。家童被惊醒后，想要逃跑，却被姓翁的船夫打了一棍子，落入水中。三人打开箱子，把银子均分后，陈、翁二人撑船回家，董仆带着财物逃到苏州。

家童被打下水后，侥幸没死。他游到岸上后，大哭起来。天渐渐亮了，河上游有一条渔船慢慢地向家童驶来。船上的渔翁听到岸边有人在哭，便撑船过来一看，是一个十七八岁的孩子，满身是水。渔翁问他为何坐在岸边哭泣，家童把被劫之事详细告诉了渔翁。渔翁可怜他，就把他带到家中，取出干衣服给他穿，并问道："你是想回去，还是想留下来跟我生活？"家童说："我的主人遭难，下落不明，我怎么还能回去？愿意在这里伴随公公。"渔翁说道："你先找到劫贼，再做打算吧。"

蒋奇被贼人推下水后，当即死了。他的尸首漂到芦榆港里，

家童看后哭诉道：『这正是我的主人，是被这两个贼人杀的！』

隔岸是清河县。有一天，清河县慈惠寺中的和尚们在港口做斋事，忽然看到河上漂着一具尸首。僧人说道：“此人一定是遭到打劫的客商，被贼人抛尸河中，漂流到这里。”一个老僧说道：“我们把这具尸体埋了，也算是做了一桩善事。”众僧捞起尸体，埋在岸上。

包大人赈济完濠州后，回东京经过清河县时，他的坐骑前突然刮起一阵旋风，并且马哀嚎不已。包公很奇怪，就让公差张龙跟随旋风。张龙回来禀报包公说旋风到了河岸上就消失了。包公暂时留在清河县。第二天包公让本县的县官带着公差到旋风消失的地方挖掘，挖出一具死尸，脖子上有一道很深的刀痕。知县检查过后，问左右："前面是什么地方？"公差回答说是慈惠寺。知县叫来慈惠寺的僧人查问，僧人都说道："昨天我们在此做斋事，看见一具死尸，就把他埋了。至于这个人是怎么死的，我们不知道。"知县听后说道："分明是你们这些人谋害死的，还有什么可说的？"于是不由分说地把僧人们抓到狱中。包公从知县那里了解完情况后，把众僧人从狱中提出来升堂审问，僧人们都称冤枉。包公心想：若是僧人杀了人，何不将尸体丢在河中，为什么还埋在岸上？包公觉得可疑，命狱卒宽松看管僧人。二十多天过后，依然没有找到线索。

到了四月末，荷花盛开，很多人到河里乘游船赏花。一天，贼人陈、翁二人在船上赏花饮酒。到了河口，二人停船买鱼。那卖鱼之人正是家童和渔翁。家童认出了贼人，便赶紧低下头，不让贼人看到。等贼人买完鱼走后，家童把情况悄悄地告诉渔翁，渔翁说："终于可以为你主人雪冤了。现在包大人在清河县因一件案子滞留此地，你快去向他告状。"家童赶忙上岸跑到县衙，向包公哭诉主人被杀一事，并说那两个贼人正在船上饮酒。包公立刻让公差跟随家童来到河口，将陈、翁二人抓到府衙。包公让家童去认死尸，家童看后哭诉道："这正是我的主人，是被这两个贼人杀的！"陈、翁二人看到家童，吓得赶紧把实情报给了包公。僧人们被放了出去，陈、翁二人戴着长枷，被关到狱中。第二天，包公把贼人从狱中提出来，追回被劫的钱财，二贼人被押到法场斩首。

包公把追回的银两交给家童，让他带着主人的棺木回乡埋葬。后来蒋奇的儿子蒋士卿科考登第，官至中书舍人[①]。而那个董仆得到钱后，成了巨商，却在扬子江被强盗杀死。真是天理昭彰，分毫不爽。

①［中书舍人］古代官名。明清时期，其主要职责是起草诏令等。

包公智拿曹国舅

潮水县铁邱村有一个秀才，叫袁文正，从小学习儒学，成年后娶了张氏为妻。张氏美貌贤惠，生有一子，今年三岁。袁文正听说东京将要开南省①，便跟妻子商议说要去赴试。张氏说："家中贫寒，儿子还小。你要是去了，我依靠谁？"袁文正说："十年苦读，就是为了一举成名。你在家里无所依靠，干脆收拾行李跟我同去。"

①［南省］也叫"南选"，一种选拔人才的制度。

两人带着孩子来到东京，投宿在王婆的客店。到东京的第二天，一家人吃完早饭后，一起到城里游玩。忽然听到前面有人高喊开道，夫妻二人忙抱着孩子躲在一边。原来是曹国舅二皇亲骑马经过。二国舅偶然间瞥见张氏的美貌，便动了心，让差役请袁文正一家到府中做客。袁文正听说国舅来请，哪里敢推辞，便和妻子一起到了曹府。二国舅亲自出来迎接，以礼相待。二国舅询问袁文正到东京的目的，袁文正说为赴考而来。曹府女仆把张氏领到后堂招待，二国舅摆出筵席与袁文正一边聊天一边喝酒，袁文正喝得酩酊大醉。二国舅让家丁把袁文正拖到偏僻处用麻绳勒死了。可惜袁文正满腹的才华还没有来得及施展，就命归黄泉。而后二国舅又把三岁的孩儿打死。等到张氏从后堂出来要同丈夫回客店时，二国舅说："你丈夫喝醉了，在房中休息。"张氏心慌，想等丈夫醒来后再出府。到了黄昏时，二国舅让女仆告诉张氏袁文正已死，并劝张氏做二国舅的夫人。张氏听后号啕大哭，说什么也不肯。后来她被关进房间里，被人看管起来。

一天，包公从朝廷回府，骑马路过石桥边。忽然马前刮起一阵狂风，旋绕不散。包公心想：此处必有冤情，他便让差役王兴、李吉二人跟随狂风。王、李二人领命，跟着狂风一直来到曹国舅府门前，那狂风到此消失了。二人抬头一看，府门上写着几个大字：有人看者，挖去眼睛；用手指者，砍去一掌。二人不敢进去，回报包公。包公听后大怒说：“又不是皇家宫殿，竟如此狂妄！”他带人亲自来看，果然是一座豪宅，但不知是谁家庭院。包公让公差去问附近的一位老人，那老人禀报说：“这是皇亲曹国舅的府院。”包公听后说：“即便是皇家的庭院，也不会建造得如此豪华，更何况他只是一个国舅。”老人叹息道：“大人不问，我也不敢说。国舅的气焰比当今的皇上还盛。他手里的犯人，是用铁枷关起来的；看到别人的妻子漂亮，就抢来霸占，不服从的就活活打死。都有好几个人被他打死了。现在府中闹鬼，国舅不敢住，全家移到别处去了。”包公听完后，赏了老人一些钱财，便回府了。

包公叫来王兴、李吉，让他二人到曹府引那只旋风鬼到府衙告状。到了晚上，二人站在曹府门前大喊：“冤鬼到包公的府上去！”忽然一阵风刮起，一个冤鬼抱着一个三岁的孩子，跟随公差来到府衙。这个冤鬼披头散发，满身是血，见到包公后，把曹国舅谋害自己后弃尸花园井中的事，从头到尾跟包公讲了一遍。包公听完后问他：“你的妻子在哪里？为什么不让她来告状？”那冤鬼说：“我妻子被曹国舅带到郑州，已经三个月了，我见不到她。”包公听后便让冤鬼离去。

第二天升堂，包公对公差们说：“昨夜冤鬼说曹府后花园的井里有千两黄金，有谁肯下去取来，就赏他一半。”王、李二人自告奋勇，来到井下，却摸到一具死尸。二人十分害怕，回来禀报包公。包公道：“我不信，就是尸体也要捞起来看看。”二人又来到井中，把尸体取出来，抬到开封府衙的东廊。

包公从公差那里得知大国舅现在已经搬到狮儿巷住，便让张千、李万准备了羊肉和好酒，去曹家新府祝贺。包公到曹府时，大国舅还在朝中没回来。国舅的母亲郡太夫人见包公来祝贺，很是生气，辱骂了包公。包公无奈，正要转身回开封府，大国舅回来了。大国舅见到包公，下马寒暄了一番。听说包公被郡太夫人辱骂后，大国舅赔不是说道："不要见怪！"随后包公回府了。

大国舅来到府内，对母亲郡太夫人说："刚才包大人来祝贺，母亲你把他骂走了。现在二弟犯下了滔天罪行，倘若被包拯知道了，二弟的命就难保了。"郡太夫人说道："我女儿现在是正宫皇后，还怕他吗？"大国舅说："当今皇上犯了错，包拯都敢指点批评呢。他还怕皇后吗？不如现在写封书信给二弟，让他把袁文正的妻子杀了，以绝后患。"郡太夫人觉得大国舅说得有道理，立即写了一封信差人送到郑州。二国舅收到信后，很是无奈。他用酒把张氏灌醉，正要拿起刀杀她时，看到张氏的容貌又不忍心下手。二国舅走出房来，看到家仆张公在院子里，便把情况跟张公说了一遍。张公听后，建议说："国舅若是在这里将她杀了，则冤魂不散，又来作怪。我家后花园有口枯井，深不见底。把她推到井中，岂不是更干净？"二国舅很高兴，赏了张公十两银子，让他把张氏绑起来，扔到井里。

张公其实是想救张氏。张氏醒来后，张公偷偷地打开后门，把十两银子送给她做路费，叫她去东京包大人那里告状。张氏拜谢完张公后出门，想到自己只是个弱女子，一个人怎么能去得了东京？张氏的悲哀怨气感动了天上的太白金星，太白金星化作一个老翁，把张氏带到了东京，然后化作清风而去。张氏很惊讶。她抬头一看，面前正是王婆的店门。王婆也认出了张氏，等她听完张氏诉说自己的遭遇后，王婆流着泪说道："今天五更时，包大人要去行香。你等他回来后，可以在街上拦住他的马告状。"

张氏请人写了一份状子，走到街上，刚好遇到一个官员坐着轿子经过。张氏便拦马告状。谁知轿子里的人竟是大国舅。大国舅看完状子，立即把张氏抓了起来，让人用棍子将张氏打死后丢在一个偏僻的巷子里。王婆听到消息后，忙跑到巷子里去看，发现张氏尚留有一口气，连忙叫人抬回店中救醒。

过了两三天，包大人在王婆的门前经过。张氏得知后，捧着状子跪在

这时张氏从屏风后走出来，指着大国舅说道：“想打死妾身的就是此人！”

包大人马前喊冤。包公看完状子后，让公差领着张氏到府上辨认尸体。张氏看到丈夫的尸体，悲泣不已，说这正是自己的丈夫。包公叫来王婆，审问明白后，让王婆回店，张氏暂住开封府中。

包公为了抓住大国舅，诈病在床。仁宗皇帝听说包拯病了，就让群臣去探望。大国舅来到开封府，包公吩咐差役们准备捉拿人犯。包公把大国舅领到后堂，对大国舅说：“国舅，下官前几日接到一份状子，说她的丈夫、儿子被一官员打死，自己又被掳走。后来这位娘子逃到东京，又险些被仇家打死。我正要想找国舅商议，想问问国舅那个官员姓甚名谁。”大国舅听后，才明白原来包公要抓自己，不禁毛骨悚然。这时张氏从屏风后走出来，指着大国舅说道："想打死妾身的就是此人！"大国舅对张氏大声呵斥说："无故诬赖国戚，该当何罪？"包公让公差把大国舅捉住，扣下大国舅的官印，上了长枷，投入牢中。包公吩咐府上的人一定要严密封锁消息，不能走漏半点儿风声。包公写下一封书信送到郑州二国舅那里，并用大国舅的官印盖章。信中假称郡太夫人病重，要二国舅急速赶来。二国舅得到书信后，急忙赶到东京，还没到曹府，就被包公抓到开封府，投进大狱。

郡太夫人得知二位国舅都被包公押在狱中后，急忙进宫，向曹皇后求助。曹皇后又向仁宗皇帝求助。仁宗皇帝不理睬。曹皇后只得私自出宫，来到开封府为二位国舅说情。包公不理会，说道："国舅已经犯下大罪，娘娘您私自出宫，明日我向皇上禀奏此事，您也逃不了干系。"皇后无话可说，只得回到宫中。

第二天，郡太夫人又向仁宗求助。仁宗很无奈，让大臣们到开封府为国舅求情。包公知道大臣们会来，事先在开封府门前张贴了一个告示：有为国舅求情者，与之同罪。众大臣见了都不敢进开封府。郡太夫人又向仁宗皇帝哀求，仁宗皇帝只能亲自来到开封府，为两位国舅求情。包公向仁宗奏道："今天又不是祭祀天地的日子，陛下私自出宫，会给天下带来大旱的。"

仁宗皇帝说："朕此次来开封府是为了两位国舅的事，看在朕的分儿上，饶恕了他吧！"

包公说："既然陛下要救两位国舅，下一道赦文就足够了，为何要御驾亲临呢？现在两位国舅恶贯满盈，若陛下不依臣所启奏的那样办理，臣情愿辞官务农。"仁宗皇帝没办法，只好回宫。

包公从牢中押出两位国舅赴法场。郡太夫人得知后，又入朝哀求圣上下一道赦书救两位国舅。皇上立即下了一道赦书，让使臣到法场宣读，称赦东京罪人及两位皇亲。包公听后，说道："都是皇上的百姓犯罪，为何不赦天下，只赦东京！"包公不从，先把二国舅斩了，等到中午再斩大国舅。郡太夫人听到二国舅已经被斩，急忙哭着禀奏皇上。王丞相向皇上建议说："陛下须大赦天下，才可保住大国舅。"仁宗皇帝立刻草诏颁行天下，不论犯罪轻重，一律赦免。包公听说大赦天下，便放了大国舅。

大国舅回到府中，见到郡太夫人，母子相拥而泣。大国舅说："儿子不肖[1]，让父母受辱。现在我死里逃生，想到母亲会有人侍奉，儿子情愿辞去官职，入山修行。"郡太夫人劝留不住。后来曹国舅遇到真人点化，入列八仙。

①［不肖］指某人品行不好，不才。也作谦辞。

包公判完此案后，将袁文正的尸首葬在南山之南，又从库中拨出三十两银子给张氏，让她回乡。所有得到赦免的犯人及家属都称颂包公的仁德。包公杀一个国舅，袁文正的冤情得以昭雪；赦一个国舅，天下的罪囚们都被释放，就像是大旱之后降下了一场甘霖。

破窑里的皇太后

包公赈济完灾民后回京，路上暂时在桑林镇停歇，张贴告示说："本官在东岳庙停留三天，此地若有不平之事，可向我告状。"

镇上有一个住在破窑里的妇人听说此事后，跑到东岳庙来找包公。包公见这妇人两眼昏花，衣衫褴褛，便问道："你是何人，有何冤屈？"想不到那妇人竟指着包公骂道："你要我说出姓名，你就罪该万死！"包公很惊讶，那妇人又接着说，"我的状子，只有真包公才能断，我怕你不是真的。"包公问那妇人："那你有什么办法能分得清我是真是假？"妇人说："我眼睛看不见，要摸你的颈后。若是有肉块，就说明你是真包公，我才会跟你诉说我的冤情。"包公走到妇人面前，让她摸。那妇人抱住包公的头，摸到包公的颈后，果然有肉块。谁知那妇人却趁机打了包公两巴掌，旁边的人看了都大惊失色。包公倒不生气，问那妇人说："你到底有什么冤屈？"妇人道："这件事只能你我二人知道，你把旁边的人遣走我才能说。"

包公于是让其他人都退下，那妇人一边哭一边说："我是亳州亳水县人，父亲姓李名宗华，曾是节度使，只生了我一个女儿。后来家道衰落，为了养活自己，我十三岁的时候到太清宫修行，被尊为金冠道姑。有一次，真宗皇帝到宫中行香，见我美貌，就纳我为偏妃。后来我生了一子，而南宫刘妃生了一位公主。我们俩人几乎是同时生产。谁知后宫总管郭槐与刘妃串通一气，把刘妃的孩子跟我的孩子调了包。我一时气急攻心，倒

包公于是让其他人都退下，那妇人一边哭一边说：『我是亳州亳水县人，父亲姓李名宗华，曾是节度使，只生了我一个女儿。』

在地上，误杀了小公主，后被囚禁在冷宫。一个姓张的奴仆知道我的委屈。有次他趁太子在内苑游玩，稍微跟他说起了这件事。郭槐知道后就报给了刘皇后。刘皇后把这个奴仆绞死，杀了他全家十八口人。真宗去世后，我的儿子继承皇位，赦免了所有冷宫里的罪人，我才出了宫，来到桑林镇隐姓埋名。万望包大人将我的冤情奏明圣上，让我们母子团聚。”

包公听后吃惊地问道：“娘娘您生太子时，太子身上可有什么记号？”妇人说：“我生下太子后，发现他双手伸不直。我让宫人掰开，发现他左手写着‘山河’二字，右手写着‘社稷’二字。”包公一听，这正是当今圣上的胎记，连忙把妇人扶到椅子上，跪拜说："请娘娘恕罪。"随后娘娘换上锦衣，跟随包公一起回到了东京。

包公回京后，上朝向仁宗禀奏说："臣在回京路上遇到一个道士，那道士哭了三天三夜。臣问他为什么哭，他说：'山河社稷倒了。'臣感到很奇怪，又问他：'为什么说山河社稷倒了？'那道士又说：'当今没有真正的天子，所以说山河社稷倒了。'"仁宗听到后哈哈大笑说："那道士口出狂言。朕左手有'山河'二字，右手有'社稷'二字，怎么不是真天子？"包公说："望陛下让小臣看看。"仁宗摊开两只手让众臣看，果然是这样。包公又叩头说道："可惜真命天子做了草头王[①]。"大臣们听包公这样说，都大惊失色。仁宗皇帝生气地说："我太祖皇帝仁义得到天下，现在传到我这里。你为何说我是草头王？"包公说道："既然陛下是嫡系真主，那您知不知道自己的亲生母亲在何处？"仁宗皇帝说："昭阳殿刘皇后就是寡人的亲生母亲。"包公又禀奏说："我已经查明，陛下的生母在桑林镇。倘若圣上不信，就问文武百官，其中必有人知道。"于是仁宗问群臣说："包拯所言可是事实？"王丞相禀奏说："这是陛下的内事，除非问后宫总管郭槐，只有他知道。"仁宗立即宣来郭槐询问。郭槐说："刘娘娘是陛下的生母，这还用问吗？包拯这是妄生事端，欺瞒陛下。"仁宗听后很愤怒，要将包公斩首。王丞相劝解说："包拯这样说，必有原因。望陛下把郭槐交给西台御史处[②]查个明白。"仁宗批准了丞相所奏，命御史王材追查此事。

刘太后得知此事后，怕事情泄露，秘密地跟一个姓徐的监官商议，决定用金银珠宝买通王材。王材这人贪财，得到一大笔财物后，便放了郭总管，并摆出酒席盛情款待徐监官。在他们喝酒时，门外闯进一个黑脸汉。王材问这汉子是什么人，黑脸汉说："我是三十六宫四十五院的都节使，今天是春节，特意来向王大人讨些节日礼品。"王材吩咐家人给他十贯钱，又赏了三碗酒。黑脸汉喝完三碗酒后，醉倒在门前叫屈。旁人听后很

①［草头王］旧时指占据一块地盘的强盗头子。

②［西台御史处］监督官员的机构。

疑惑，问他为何叫屈。黑脸汉说道："天子不认生母是大屈，官府贪赃受贿是小屈。"王材听后，呵斥道："天子不认亲娘，关你什么事？"说完后就让家仆把黑脸汉吊起来。忽然有人来报说包大人来了，王材慌忙让郭槐回牢中，让徐监官从后门出去，自己则跑出门迎接包大人。王材走出府门，看见包公的随从在外面站着，包公却不知在哪里。王材问随从："包大人在哪？"随从董超回答说："刚才大人进您的府内议事，要我们在这里等候。"王材、董超等人来到府内，一看吊在堂中的正是包公，慌忙解下来。包公大怒，让人把王材拿下，并从其府中搜出珍珠三斗，金银各十锭。包公对王材说："你贪赃枉法，该处以极刑。"随后让人把王材推到法场斩首示众。

包公带着从王材家里搜出的赃物面见圣上。仁宗看到赃物沉吟不决，问包公："这些金银珠宝是谁送去的？"

包公说："臣查明是刘娘娘宫中的徐监官送去的。"

仁宗皇帝召来徐监官问话。徐监官难以隐瞒，只得招认。仁宗听后，龙颜大怒说："既然是我的生母，为何私下贿赂王材，其中必有缘故！"仁宗把徐监官发配边关充军，令包公拷问郭槐。包公领旨后，回到开封府，严刑拷问郭槐，但郭槐不肯招认。包公觉得这样下去也不是办法，便想出一个计谋。

这天，董超、薛霸二人来到狱中，私自打开郭槐的枷锁，拿来一瓶好酒与郭槐一起喝，并告诉他："刘娘娘秘密传旨给你，让你不要招认。事情过后，会重重赏你。"郭槐听后很高兴，不知道这是包公的计谋，也没多想，喝醉了。郭槐对董、薛二人说："你们二位只要在狱中给我方便，等我回宫见到刘娘娘后，一定会好好地犒劳二位。"没想到董超听后，竟严肃起来，把郭槐拖进内牢，严刑拷打了一番，说道："郭槐，你分明知道案件的内情，还不快快招认，免得受皮肉之苦。"郭槐终于熬不住，将他知道的情况都招了出来。

第二天，包公听说郭槐说出实情，非常高兴。郭槐被押到大殿上，由仁宗皇帝亲自审问。没想到郭槐在殿上变了卦，对仁宗皇帝说："臣禁不住他们的严刑拷打，才会胡乱招认。"仁宗问包公现在该如何办理，包公请奏说："陛下把郭槐吊在张家院里，此案就会真相大白。"仁宗皇帝听从了包公的话，把郭槐押到张家院子里吊了起来。

将近三更时，忽然天昏地暗，星月无光，一阵狂风过后，郭槐感觉自己被什么人捉了去。等他睁开眼，前面竟有两排鬼兵，再往前一看，发现阎罗王坐在大堂之上。阎罗王问身旁的判官[①]："张家一十八口该灭吗？"判官禀报说："张家该灭。"阎罗又问："郭槐该灭吗？"判官禀报说："郭槐还有六年的阳寿。"郭槐听后，叫道："大王，我若是能躲过这一劫，我一定把您的恩德告诉刘娘娘，让她好好感谢您。"阎王说道："你把刘娘娘当初做的事情跟我陈述一遍，我就饶了你。"郭槐做多了亏心事，丝毫没有怀疑这阎王的真假，将全部实情说了出来。阎王听完后，大声骂道："奸贼！现在你还要抵赖吗？朕是真天子，不是阎王！"原来这又是包拯设计的一出好戏，他让皇上假扮阎王，而自己扮成判官。郭槐见状吓得低着头哑口无言，只求速死。

①［判官］本为古代官职名，隋朝时始置。后也指阴曹地府中审判鬼魂的官员。

审完郭槐后，仁宗起驾回宫。待到天明，文武百官都来上朝，仁宗命人排好銮驾，迎接李娘娘。母子二人见面后，悲喜交加，相拥而泣。文武百官都欢呼庆贺。仁宗让宫女送李娘娘到宫中休息，下令将刘娘娘处以油锅之刑，以发泄心里的怨恨。包公禀奏说："王法中没有斩天子的剑，也没有煎皇后的锅。皇上若是想要她死，就赐她一丈白绫吧；而郭槐当受鼎镬之刑[②]。"仁宗同意依包公建议断了此案。这真是亘古一大奇事。

②［鼎镬（huò）］古代酷刑，把人投入盛着沸水的大鼎中煮死。

墙壁上的铜钱

龙阳县有个叫罗承仔的人，为人轻薄，不遵法度，常常跟一些狐朋狗友来往。罗承仔家中房子宽大，开了一间赌场，他从中抽取头钱[1]。他还代人典当借贷，当保头[2]。家中常有一些道德败坏行为猖狂的人出出入入。有人劝他说："交朋友应该选择那些胜过自己的人，比自己差的人就不要交往。"罗承仔却说："天高地厚，方能纳污藏垢。大丈夫在天地之间，怎么能分辨清浊好坏？为什么不敞开胸怀，接纳众人？"别人又劝道："交友不慎，终会有得不偿失的时候。一点儿的差错，会引来天大的祸端。常言'火炎昆冈，玉石俱焚'。你为何这么固执？"罗承仔回答说："一尺青天盖一尺地，上天是不会被蒙蔽的。只要我自己端正，就不会有事。"罗承仔对别人的劝诫一概不听。

罗承仔的一个同乡卫典很富有。一天夜里，五十多名贼人举着刀枪火把闯进卫典的家中，抢劫财物。等贼人们走后，卫典一家大小悲泣不已，亲朋好友都来安慰。罗承仔在卫家门前经过，叹息道："家里太富有，难免被劫。除非是贫穷人家，才能无忧无虑，夜夜睡得香。"卫典听到这句话，心里很不痛快，对他两个儿子说道："亲戚朋友个个都可怜我，唯独罗承仔说这种话。想必那些贼人都是在他家赌博的光棍，缺衣少食，败了家业，就来打劫我们的家财。不把他告上官府，此恨难消。"于是卫典写

①［头钱］

赌博中抽头得到的钱财。

②［保头］

为别人做担保的人。

包公来到观音阁东，又听到有人说：『城隍爷爷真灵，包公爷爷真好，若不是他糊涂，我辈都有烦恼。』

了状子，把罗承仔告到巡行到此地的包公那里。

包公看了状子，命公差把罗承仔抓来，严刑审问。罗承仔辩解说：“现在卫家被劫，没有抓获一名贼人，又没有人证物证，平白无故地诬陷我，我怎么肯心服口服？”卫典对包公说：“罗承仔既不耕种，又不经商，终日开设赌场，抽取头钱，还代人典当借贷。在他周围都是些不知来历的人。他家犹如贼窝一样，难道不该剪除吗？”包公慎重思考后，在公堂上宣布说："罗承仔你不安分守己，做一些不务正业的事，难免被别人怀疑。"但是入户劫财案情严重，若要定罪，最好是当场抓获，其次是有物证，最少也需有人证。卫典状告罗承仔抢劫，难以下定论。状子中，言辞大多是怀疑罗承仔之意，没有证据。所以包公允许罗承仔保释出狱，但要改掉恶习，若有再犯，一定严查。

罗承仔经过这次教训，不再开赌场也不做保头了，人们都为他改过自新而高兴。唯独卫典心里很不舒服，到处抱怨说："我家被贼人打劫，钱财都被洗劫一空，状子告到衙门，不但没有受理，反而受了一肚子气，实在是不公平！"包公听说后，将卫典抓起来，打了二十大板，骂道："刁恶的奴才，我什么时候判断错了？你自己不小心被盗，那盗贼已经远走高飞了，你应该自认倒霉，怎么怨恨起本官来了！"随后包公下令把卫典关进了牢里。

城中城外的人都知道卫典被抓进了牢里，官府也不再调查盗贼之事，所以贼人铁木儿、金堆子等人听到后很高兴，召集众贼人买酒买肉，到城隍庙还愿，相互庆贺。到了深夜，有贼人笑道："人们都说包大人神明，也不过如此。但愿他的子子孙孙都做官，而且专门在我们这里做官，让我们自由自在，无惊无扰。"这时包公正穿着布衣在为卫典被劫之事明察暗访，走到城隍庙西街听到了这些话，他心想：愿我的子子孙孙做官当然好，但让他们无惊无扰这种话，有点儿可疑。随后就用小锥子在墙上写了三个"钱"字。包公来到观音阁东，又听到有人说："城隍爷爷真灵，包公爷爷真好，若不是他糊涂，我辈都有烦恼。"包公又心想：说我好也就罢了，但都有烦恼的话又很可疑，这句话和前面听到的那句话好像是盗贼说的。包公把三个铜钱插在墙壁中，然后回府休息。

第二天，包公同众官员前往城隍庙行香，完毕后，乘轿子到庙西街。看到墙上有三个"钱"字，命人围起此屋，抓到铁木儿等二十八人。又来到观音阁东，找到墙壁三个铜钱处，让人围住，捉到金堆子等二十二人。包公将人带到衙门后，把铁木儿等人用长枷夹起，问道："卫典与你们有什么仇恨，你们在夜里抢劫他家钱财？"铁木儿等人不肯承认。包公又审问道："你们愿我来此地做官，得以自在，无惊无扰，原来是因为不遵王法，做了贼人。”铁木儿听后，才知道自己昨夜所说被包公听到，只能招认打劫过卫典家。包公又审问金堆子等人说道：“你们为何同铁木儿等人抢劫卫典？”金堆子等人不肯承认，包公怒道：“你们这些人都说‘城隍爷爷真灵，包公爷爷真好’，今日若不招认，个个‘都有烦恼’！”金堆子等人听后，个个惊慌失措，都招了出来。

后来，包公把追回的财物还给了卫典；判金堆子、铁木儿等人死罪，秋后处决。

地窖中的阴谋

河南汝宁府上蔡县，有名巨富叫金彦龙，娶妻周氏，生有一个儿子叫金本荣。金本荣刚刚二十五岁，娶了一位面容姣好的妻子叫江玉梅，年方二十。

有一天，金本荣到街上去算命，算命人说在一百日之内他会有血光之灾，除非出门躲避才可免除。金本荣心想：我有一位结拜兄弟在河南洛阳经商，不如先到他那里躲灾避难，顺便在那里做做生意。金本荣回家后，将想法跟父母说了一遍，父亲金彦龙说："既然你已决定，我就给你一双玉连环，百颗珍珠。你拿到你义兄那里去卖，可得钱十万贯。"金本荣的妻子江玉梅向前说道："公公婆婆，丈夫他在家每天都饮酒，若是带这么多财宝出门，恐怕路上会喝酒误事。怎么能让人放心？现在家里也没有什么事，我想跟丈夫一同出去。"金彦龙听后觉得可行，说道："我也想过他会喝酒误事，你能同他一道出去更好。今天就是个吉日，现在收拾下出发吧。"随后金彦龙将珍珠、玉连环都交给金本荣，并嘱咐一百天后一定要回家，不可在外面只顾着游玩，让父母亲担心。金本荣点头答应。夫妇俩辞别父母，一同上路了。

到了晚上，金本荣夫妇俩入住到一家客店。两人正在喝酒聊天时，一位全真[①]先生走进店里。金本荣信奉道教，见到全真

①［全真］即全真教，是中国道教后期的分支之一。

先生，便说：“先生请来这里，坐下一起饮酒。”全真先生坐下后，问金本荣：“金本荣，你夫妇二人到哪里去？”金本荣大惊说道：“我与先生素不相识，怎么知道我的姓名？”先生说：“贫道得到真人的传授，能够预测人的吉凶。我观察你们二人的气色，眼下会有大灾，一定要小心谨慎。”金本荣听后，说道：“我俩都是凡人，不知道避灾的方法，请先生指点我们。”先生说道：“贫道看你们夫妇两个平时都做了不少善事，岂能坐视不管？我给你们两颗丹药，服下去后自然能够免除灾难。但你们要记住把身边的宝物藏好。如果你们遇到大难，可以到山中寻找雪涧师父。”全真先生说完就辞别了。

夫妇俩将到洛阳县时，听到路上的人说西夏国王赵元昊兴兵犯界，人们纷纷逃生。金本荣想了一会儿，对妻子说：“我有个朋友叫李中立，他在开封府汜水县居住。去年他来我们县做生意时，我曾有恩于他。现在到了此地，不如先去拜访下他。”江玉梅同意了丈夫的决定，跟着金本荣一路打听来到李中立家中。李中立出来迎接金本荣夫妇，请二人到厅中喝茶。李中立见江氏貌美，又觊觎金本荣的财宝，便心生一计，对金本荣说道：“洛阳与本地都由京都管辖。西夏国军队若是犯界，此地也会遭到抢掠。小弟这里有个地窖，若是贼兵来袭，就钻进地窖里躲避，一定保证你没事。贤兄就放心在我这里住着吧。”说完，让家人拿来酒菜招待。

过了几天，李中立暗地里跟家仆李四说：“我去上蔡县做生意时，金本荣把我的本钱都骗了去，现在他带着百颗珍珠和一对玉连环来到我家，你如果能替我报仇，把金本荣领到没人的地方杀了，我就养你一世，绝不虚言。你杀完金本荣后，刀上一定要有血，然后带着他的头巾和珍珠玉环作为凭证前来见我。”李四听后，觉得有好处，就答应了他。第二天，李中立对金本荣说道：“我有一所小庄院，院子里有一个地窖，贤兄可以去看看。”金本荣不知是计，应和说：“那就去看看吧。”李中立就派李四带路。李四把金本荣带到没有人的地方，抽出刀子想要杀金本荣。金本荣吓得魂飞魄散，忙问李四为何要杀他。李四把主人李中立的想法告诉了金本荣。金本荣听完后跪在地上求饶，说道：“李四哥你听我说，我在上蔡时，多次有恩于李中立，现在他恩将仇报，想谋得我的财富，还要霸占我

金本荣连忙说：『宝物在我身上，你拿去吧，求你放了我。』

的妻子。我家有七旬的父母没人奉养，你饶了我吧！”李四听后说：“我只是奉我主人的命令，把财宝拿走，快告诉我宝物藏在哪里？”金本荣连忙说：“宝物在我身上，你拿去吧，求你放了我。”李四见了宝物又说：“我听说得到财富，就不害人性命。现在我已经拿到宝物，但还要取你的头巾作为凭证，而且这刀上一定要有血迹，才能回去跟主人交代，不然我也很难交差。”金本荣说：“这很容易。”他脱下头巾，咬破舌尖，把血喷在刀上。李四说：“我现在饶了你性命，你一定要去别处躲藏。”金本荣说：“我既然保住了性命，自当远离此地。”说完便逃走了。

李四得到宝物后，就急忙回去向李中立交代。李中立大喜，置酒席犒劳李四。到了黄昏，江玉梅见天色渐晚，丈夫依旧没有回来，问李中立：“我丈夫去看地窖，为何现在还没回来？”李中立带着一脸淫笑说：“我家大业大，嫂嫂可以跟我结为夫妻，必能快乐一世，何必挂念你丈夫呢？”江玉梅听后很吃惊，说道：“叔叔为何说出这等不知羞耻的话？”李中立向前想搂住江玉梅，却被江玉梅一把推开。江玉梅说：“我听说守妇道之人未出嫁时要听从父亲，出嫁后要听从丈夫。我的丈夫从没有嫌弃我，我怎么能伤风败俗，玷污了我的名节！”李中立不耐烦地说：“你丈夫现在已经被我杀了。你若不信，我将他的东西拿来给你看。”说完，就将李四带回的头巾和刀丢在地上，说道：“娘子，你看看这头巾，刀上还有血迹。你若不归顺我，别怪我无情，连你一块儿杀了。”江玉梅看到丈夫的头巾后，哭倒在地，李中立赶忙将她抱起，说：“嫂嫂不要烦恼。你丈夫已经死了，我与你成了夫妇，也不算玷污了你，你为何还这样执迷不悟呢？”江玉梅心想：贼人将我的丈夫害死，不但谋得财物，现在又想占有我，我若是不从了他，必定会遭到毒手。想到这里，江玉梅对李中立说：“我现在已经有了半年的身孕，你若是想要跟我做夫妇，就等我生完孩子，否则我就是死了也不从你。”李中立心想：等你生了孩子，谅你也逃不掉。他叫来一个叫王婆的妇人吩咐说：“在深林里山神庙边，我有一所空房子，你把她藏在那里。等她生完孩子后，不论是男是女，都要丢进水里溺死。”王婆领命，把江玉梅领走了。

江玉梅在山神庙旁的空房子里住了几个月后，生下一个男孩。王婆跟江玉梅说：“这个孩子要丢进水里，不然李中立知道后会责怪我。”江玉梅再三哀求说：“他父亲惨遭横祸。孩子刚刚出世，等到他满月后，再丢了也不迟。”王婆见江玉梅可怜，便同意了。等到了满月，江玉梅写了孩子的出生年月，贴在孩子身上，把他放在山神庙里，希望有人能抱去抚养。不承想江玉梅在庙中遇到金彦龙夫妇。原来金彦龙在家等着儿子儿媳，过了一百天，仍然杳无音信，就出来寻找。二人来到这山神庙中，想问个吉凶，却碰到江玉梅。公婆二人见到江玉梅后大惊，问她丈夫在什么地方。江玉梅哭着向公婆诉说前事。金彦龙听了不禁流下眼泪。他写了状子，到官府去告状。

刚好包公访察此地，得知此事后，命人把李中立捉拿到府衙，先打了一百大板，然后押在牢中。

且说金本荣，逃出汜水县后，想到在客店遇到的全真先生对自己说的话：如遇大难，去找雪涧师父。于是金本荣来到山中找到雪涧师父诉说自己的难事。雪涧师父让他暂时留在庵中，直到某一日对他说："你现在去府衙，你的亲眷都在那里。"金本荣辞别了师父，径直来到府衙，正好遇到包公升堂审理李中立。金彦龙夫妇、江玉梅及王婆都在堂上做证。金本荣见到父母与妻子，全家人又重新团聚，喜悦之情溢于言表。金本荣又将前后之事向包公陈述一番。李中立不敢抵赖，如实招供。包公随后将李中立用长枷脚镣锁起，投入死牢，又将劫去的宝物归还了金本荣。

指腹之盟[1]

①［指腹之盟］
指腹为婚，旧时的一种婚俗。即双方家长在孩子还没出生之时就为他们订下婚约。

潮州府邹士龙、刘伯廉、王之臣三人是莫逆之交，情同手足。

后来邹士龙、王之臣二人一起坐船到京都参加会试[2]。邹士龙在船上情绪有点儿低落，王之臣以为他因为别离友人刘伯廉而烦恼，便安慰他说："大丈夫志在功名，离别之情不值得这样忧愁。"

②［会试］
中国古代科举考试制度中的中央级考试。

邹士龙说："我这样不是因为刘兄，而是因为我妻子已怀孕七个月，正月即将临盆，所以有点儿不放心。"

王之臣说："我的妻子也一样。吉人自有天相，她们一定会平安无事的，你不必挂念。"

邹士龙说："你我二人小时候拜同一个老师读书，后来一起进了学校，前几日乡试上又同时金榜题名，现在我们俩的妻子都怀有身孕，这不是偶然啊。王兄若是不嫌弃，如果我们的妻子都生男孩，就让他们结为兄弟；如果是两个女孩，就让她们以姐妹相称；如果是一男一女，就让他们结为夫妻。王兄意下如何？"

王之臣听后，说："你这样说再好不过了。" 两人让仆人端上酒来，开怀畅饮。

二人到了京城，会试完后，邹士龙高中，而王之臣名落孙山。王之臣先辞别回家。邹士龙送他到京城郊外，嘱托说："我有一封家书，麻烦王兄带回家，交给我妻子。我家中事务烦劳王兄代我主持。”

王之臣接过信说道：“邹兄家中的事务，我一定会效力的，你不用挂念。你只管努力准备殿试[①]，争取考入前三名。”然后他擦了擦眼泪，辞别了邹士龙。

①［殿试］

中国古代皇帝亲自出题的考试，考生都是从会试中挑选出来的。

王之臣回到家后，其妻子魏氏已经生了一个男孩，取名朝栋。王之臣问孩子的生日，魏氏说：“正月十五辰时生。邹大人的妻子也在这一天生了一个女儿，取名琼玉。”

王之臣把书信送到邹家。邹士龙的妻子李氏从信中知道了王之臣与丈夫在船中的约定，李氏很高兴，让家人准备酒席招待王之臣。之后，邹家内外之事都由王之臣主持操办。王之臣兢兢业业，毫无私心。几个月后，邹士龙做了知县。回到家中后，他请刘伯廉为邹、王两家交换聘礼。王之臣家以金镶玉如意作为聘礼；邹士龙家用碧玉鸾钗还礼。邹士龙赴任后，每月与王之臣都有书信往来。虽然王之臣后来几次考试都没中，但他也做了官，曾在松江府做同知[②]。后来王之臣病重，写了一封书信给邹士龙，信中嘱咐他一定要扶持自己的遗孤。过了不久，王之臣死在任上。

②［同知］

古代的官名，知府的副职。

王家的丧事办完后，邹士龙想接朝栋到邹府读书。朝栋辞谢说：“父亲刚刚去世，母亲在家守寡，怎敢远行？”邹士龙觉得朝栋很孝顺，便给了他一些财物供他读书。但朝栋只知读书，家里的积蓄越来越少。

邹士龙历任参政[③]，后来辞职回到家中。朝栋和刘伯廉前往邹家拜访。邹士龙见朝栋衣衫褴褛，很不高兴。朝栋十六岁时，托刘伯廉到邹家说亲，想择吉日跟邹家小姐完婚。邹士龙要求行六礼[④]才可完婚。朝栋很不高兴，说道：“我家这么穷，怎么会承担得起，为什么为难我？”后来他只顾读书，没有再提婚姻之事。

③［参政］

古代的官名，丞相之副。

④［六礼］

古代婚姻的六种礼节，既纳采、问名、纳吉、纳征、请期、亲迎。

一天邹士龙跟夫人说：“女儿已经长大，该出嫁了。”夫人说：“前些日子，王家的公子来商议婚事。我只有这么一个女儿，王家现在很贫穷，为什么不让王公子入赘到我们家？这样两处都方便，何必让他纳采？”邹士龙说：“我看王朝栋将来也就是个穷儒生。以我现在的身份，怎么能选一个穷儒生做女婿？谅他也没有钱纳采。再过一年，我叫刘兄去告诉他，再不纳采就给他百两银子让他另娶别家女子。我给女儿选一个好人家嫁出去，也不至于耽误了我女儿。”夫人听后，不同意，说道：“他虽然穷，但喜欢读书，将来一定不会沦落成穷儒生。他父亲虽然死了，但我们两家有过约定，怎么可以毁约呢？”邹士龙说：“不是你想的那样，我自有办法。”琼玉刚好在屏风后，无意间听到父母的这段对话。

一次，琼玉与婢女丹桂在后花园赏花。丹桂看到朝栋在墙外经过，就指着朝栋对琼玉说：“这就是王公子。”琼玉见朝栋虽然衣衫褴褛，但风姿俊雅，心中暗喜。第二天，琼玉又到后花园游玩。朝栋经过，见此女子星眸月貌，光彩动人，跟婢女一起赏花，想必是琼玉。琼玉看到朝栋后，让丹桂喊道：“王公子！”朝栋怕被人看到，不敢走过去。丹桂又连喊几声。朝栋心想一定是有事告诉我，便来到墙边，从小门进入后花园。琼玉把她从父亲那里听到的话跟朝栋说了一遍，朝栋说：“这门亲事是父亲定下的，现在我虽然贫穷，但亲事绝不会退，银子也绝不会接受。现在你父亲想悔婚，我也没有办法。”琼玉说：“我父亲虽然有此意，但我绝不服从。你要用心读书，我们终究会在一起。晚上你来这里，我有事跟你说。现在我怕有人来，你先回去吧。”

朝栋等到夜深人静时，来到邹家的后花园。丹桂看到朝栋，便对他说：“小姐请公子进房中说话。”朝栋说：“万一被你家老爷发现，不太好吧？”丹桂说：“老爷和夫人已经睡了。”朝栋这才放心地进入琼玉房中。琼玉准备了些酒肴，与朝栋一起坐下饮酒。后来琼玉拿出三匹丝绸、一对金手镯和数双银钗给朝栋，让他拿去暂补家用。琼玉说：“我父亲让我嫁给别人，我绝对不会答应。古人云，一丝已定，岂容再易。”朝栋说：“恐怕到时候会为情势所逼，身不由己。”琼玉说：“我父亲若是以势压人，我宁肯以死明志。”随后她拉起朝栋的手，对天盟誓，而后两人又饮酒相互倾诉爱慕之情。琼玉不胜酒力，不知不觉醉倒在床，穿着衣服

琼玉见贼人闯了进来，藏在一个暗处，躲过一劫。圣八来到房中，把一些财物偷了去。

睡着了。朝栋本想离开，但见琼玉睡在床上，如同一支含苞待放的海棠，忍不住抱起琼玉。琼玉醒来，也是情意绵绵，没有推开朝栋。两人同寝直到天明。尔后，朝栋每晚都来与琼玉幽会，这样持续了两个多月。

一天晚上，朝栋因为母亲生病没有去见琼玉。丹桂在门口等了很久，不见朝栋过来，忽然听到有脚步声，连忙告诉琼玉："公子来了。"想不到来的人是一个叫圣八的贼人，到府上偷东西。丹桂一看是贼人，慌忙逃跑。圣八急忙在后面抓住丹桂，拔刀杀了她。琼玉见贼人闯了进来，藏在一个暗处，躲过一劫。圣八来到房中，把一些财物偷了去。等贼人走后，琼玉叫醒父母说："丹桂被贼人杀死了。"邹士龙听后，急忙让人到官府报案。

包公恰好巡行此地，接到案子后，立即派人展开调查。但连续好几天都没找到一点儿线索，案情一直没有进展。

有一天，朝栋因没有钱为母亲买药，就将琼玉给他的一个金手镯拿到街上店铺中换银子。恰巧邹家仆人梅望在店铺门外经过，看到了朝栋手里的金镯子。等朝栋走后，梅望把金镯子买了去，交给邹士龙，说："这件东西好像是我们家的，请夫人、小姐来认。"夫人看到后说："这的确是小姐的东西，你从哪里得来的？" 梅望说："是王朝栋拿到金银匠那里卖的。"邹士龙说道："原来是这后生因贫穷干起偷盗的勾当。"他立即写了一份状子，把王朝栋告到了包大人那里。

包大人接受了状子，让公差把朝栋捉拿到大堂上，审问道："你这金镯子是从哪里来的？"朝栋说："是邹小姐给我的，可让小姐给我做证。"包公想了一会儿，问道："难道你与琼玉小姐有私通？"朝栋欲言又止，最后说了句："不敢。"包公看出了朝栋的心思，把他带到后堂，让左右随从退下，问道："既然没有私通，那她怎么给你这么多财物？"朝栋很无奈，叹息说："现在要不是我蒙受这么大的冤屈，绝对不会把实情说出来，让别人嘲笑琼玉。但事情到了这种地步，我只能直言相告了。"朝栋将他与琼玉的事详述了一遍，包公听后，说："明日我让邹参政与他女儿在大堂上听审，你再将此事详细地说一遍。如果此事属实，我不但判你无罪，还会为你们做主，让你们完婚；若是不属实，我一定要让你偿命。"朝栋再三叩头说："望大人成全。"

第二天，包公又升堂审理此案，拍惊堂木，对朝栋说："你父亲是名清官，你却成了盗贼，你怎么能忍心玷污自家门庭？"朝栋说："学生一向遵从礼法，信守仁义，不会做盗窃之事的。"包公说："既然你没有偷窃，这些赃物是从哪里来的？"朝栋回答道："是邹家小姐送给我的。"邹士龙一听很生气，说道："明明是他理亏，无言以对，就把责任推到我女儿身上。"包公又接着对朝栋说："你详细地说一遍。"朝栋又将他与琼玉之间的事说了一遍。邹士龙听后，说道："他这是一派胡言，我女儿知书达理，安分守己，怎么可能会像他说的那样？”包公说：“这种情况下只能问令爱[①]了，问了，事情自然明了。”可是琼玉因为羞愧，不肯作答。朝栋对琼玉说：“既然是你给我的，你就直说了吧，难道你忍心置我于死地吗？”小姐始终不肯回答。包公连敲桌子厉声骂朝栋：“你这可恶的后生，嘴里讲着孔孟，实际上却是作恶多端的盗贼。你现在编造这些谎话来欺瞒本官，重打四十板，判你死罪。”这时，朝栋倒在地上，大哭说：“早知今日，何必当初？小姐，你当时跟我定下的誓盟，如今在哪里？我死不足惜，可是家中老母，谁来侍奉？”小姐听后，低下头，流出眼泪，说道：“金镯的确是我给朝栋的，杀丹桂的不是他。那贼人来到房中，趁着灯光，我看见他有点儿老，留有胡须。”包公听完，对朝栋说：“这是公道话，我饶了你。”琼玉见朝栋的头发散落下来，跪到朝栋边，给他绾起头发。邹士龙见了，心里很恼怒，说道：“我女儿是一派胡言。她被贼人吓得花了眼，没有看仔细。”包公对邹士龙说道：“现在小姐为朝栋绾发，足以见证两人的真情。丹桂对这后生来说，如同红娘一般，他又怎么忍心杀害丹桂呢？何必再苦苦争辩？”邹士龙此时也无话可说，对包公说：“任凭包大人决断吧。”

包公又对邹士龙说道：“依我之见，你当初与王大人既是同窗[②]，又有指腹之盟，现在这两人又相互恩爱，为何不让他们快点儿完婚？”邹参政说道：“照现在的情况来看，虽然丹桂不是他杀的，但此事也是因他而起，必须让他查出凶手，才能完婚。”包公说道：“七日之内必能查出这个贼人，然后让他们择日完婚。”

当天夜里，朝栋回到家中，在父亲灵位前燃香祷告说：“孩儿不幸，遭遇这样的祸事，辱没了门庭。如果不查出贼人的下落，我和琼玉就会没有结果。父亲在天之灵，请帮帮孩儿吧。”朝栋祷告完后就回房睡下。到了半夜他果然梦见父亲坐在自己前面，朝栋上前行礼，他父亲扔出一双竹筷，这双筷在地上摆成一

①［令爱］也作“令嫒(ài)”，指对方的女儿，一种尊称。

②［同窗］指在一起读书的同学。

个“八”字。

包公当天夜里也梦到一个人，峨冠博带，走到包公面前拱手谢道：“小儿不肖，望大人多多培植。”说完扔出一双竹筶走了。包公一看，双筶像一个“八”字。

第二天，包公将朝栋召来，将昨夜所梦告诉了他。朝栋很惊讶，说自己也做了此梦，并说道：“这是我父亲感谢大人您对我家的恩情，特意来拜谢。”包公说：“我昨夜想了很久，这贼人可能姓祝，名圣，或者名筶，在家排行第八。”包公旁边的一个差役听后，禀报说：“前任刘老爷曾经抓过一个叫圣八的小偷，念他是初犯，就刺臂[1]释放了。”包公一听大喜，说：“就是此人。”

① [刺臂] 古代的一种刑罚，在犯人的手臂上刺字。

包公立即让公差把圣八捉到大堂，升堂审理，对着圣八呵斥道：“你这畜生，黑夜杀人劫财，好大的胆子！”圣八争辩说：“小人一向遵守法度，并无此事。”包公说：“若是你一向遵守法纪，前任刘大人为何要抓你刺臂？”圣八说：“刘老爷误抓了我，后来审明了，就把我放了。”包公说：“你初犯刺臂释放，贼心不改。现在又杀人劫财，重打四十板，从实招来。”圣八受刑后，依然不肯招认。包公见他腰间有两把钥匙，便心生一计，叫来两名公差，吩咐一番。

两名公差拿着邹家丢失财物的单子和钥匙，来到圣八家，见到他的妻子，说道：“你丈夫在公堂上承认劫了邹家的财物，我们拿钥匙来是叫你开箱，取走赃物。”圣八的妻子信以为真，打开箱子，依单子一一取出赃物。公差把赃物拿到公堂上。圣八看见后，无词争辩，只能招供说是他杀了丹桂。

后来，王朝栋、邹琼玉择日成婚，夫妇恩爱，对长辈之事也事必躬亲，很是孝顺。次年朝廷举行科举考试，王朝栋赴京赶考，荣登皇榜，朝廷授他翰林[2]之职。

② [翰林] 官名，也叫“翰林学士”，主要负责起草机密的诏书。

江名玉谋害好友

江州城中有两个盐商，一个叫鲍顺，另一个叫江名玉。鲍顺敦厚老实，而江名玉则奸诈狡猾。鲍顺因盐商们抬举，家业越做越大，后来娶了城东黄亿女为妻，生有一个儿子叫鲍成。鲍成喜欢打猎，父母多次禁止他打猎，他都不听。

一天鲍成领着家童万安出去打猎，看见潘长者园子里有棵树，上面站着一只黄莺。鲍成打了一弹，那黄莺中弹掉落在园中。鲍成让万安到园中捡黄莺，万安见园中有很多女孩在嬉戏，不敢进去。鲍成问："为什么不给我捡黄莺？"万安说："园子里有一群女孩，不敢闯进去。等她们走了，我再去捡。"鲍成就坐在亭子里休息。直到中午，女孩子们才离去。万安翻墙进去后，没有发现黄莺，想必是那群女孩捡了去。万安回来告诉了鲍成。鲍成很是愤怒，往万安脸上打了一拳，万安的鼻子被打出了血。万安不敢作声，回到鲍家后也没有对主人说。

黄氏见万安鼻子下有血痕，问道："今天让你跟鲍成去学堂，你们去了吗？"万安沉默没有回应。黄氏再三询问，万安才说出打猎之事。黄氏听后生气地说："人家的孩子能好好读书，为父母争气。我们家的孩子就喜欢游荡，还打伤家人。"随后黄氏将鲍成的猎狗打死，把打猎的器物毁坏，并让鲍成住进学堂，不许他回家。鲍成于是非常痛恨万安，常想找个机会报复他。

江名玉虽然也是盐商，但他的生意总是赔钱。看到鲍顺变成了富豪，江名玉就想谋取他的钱财。一天，他跑到鲍顺家中喊道：“鲍兄在家吗？”刚好鲍顺从外面回来，看到江名玉，很高兴，让黄氏置备酒席招待。二人在酒席上一边饮酒一边谈做生意的事。江名玉说：“我这里有一个赚钱的好机会，只是我缺少本金，特意来跟鲍兄商议。”鲍顺问：“什么生意？”江名玉说：“一个苏州巨商有一百箱上好的布料，打算低价出售。我算了一下，差不多用一百两黄金就可以收了他的货。然后我们再待价而沽，盈利能有百倍。”鲍顺是个爱财之人，听到这种好事，就立刻答应江名玉一起去，并约定在江口相会。江名玉走后，鲍顺把这件事情告诉了黄氏，黄氏不同意，但鲍顺态度很坚决。他收拾百两黄金先去江口，让万安挑着行李在后面跟上。

第二天清晨，鲍顺带着百两黄金出门，天微微亮就到了江口。江名玉和他的两个侄儿以及仆人周富在船上备好酒菜，等着鲍顺。几人将鲍顺扶上船，江名玉说：“太阳还没有出来，大雾弥漫江面，我们几个先喝几杯酒再开船。”鲍顺毫无警觉，连喝了十几杯酒，觉得有点儿醉了。江名玉还劝鲍顺多喝几杯，鲍顺说：“早上不应该喝这么多酒。”江名玉埋怨说：“我好心好意招待你，为什么推托？”遂从袖中取出秤砣砸向鲍顺，正中其头顶。鲍顺昏倒在船上。江名玉等人把黄金抢走，把鲍顺推到了江里。

万安挑着行李到了江口，不见主人。一直等到中午，也没有发现主人的身影。万安只得回去，对黄氏说：“主人不知道从哪条路去了，我没找到他，所以就回来了。”黄氏感觉此事不顺利，也没说什么。过了三四天，江名玉来到鲍家说：“那天我等了鲍兄半天，不见他来，我自己就开船去了。”黄氏听后很惊慌，连忙让家人四处打听鲍顺的下落。鲍成在学堂里听说后，心想：一定是万安在那一天谋害了我父亲，故意挑行李回来以瞒天过海。想到这里，鲍成立即写了一份状子，将万安告到王知州[1]那里，说万安是个刁滑奸诈的奴仆，父亲一定是被他谋害的。王知

①［知州］中国古代官名，为各州的行政长官。

州信以为真，用严刑拷问万安，万安熬不过酷刑，屈打成招。王知州给万安夹上长枷，关进牢里，案子就这样结了。

这个冬天，仁宗皇帝命包拯审理天下的死囚案，万安被押到东京听审。包公看完万安的案卷，重新审问万安。万安哭泣不已，将实情告诉了包公。包公心想：白天杀人，怎么会没有人看见？若是万安劫了主人的财物，应该远逃才对，怎么还会回去？于是下令把万安的长枷去掉，宽松地押在狱中。包公秘密地吩咐公差李吉道：“你去江州鲍家查访此事，若是有人问万安如何，你就告诉他已经处斩了。”李吉按包公的吩咐来到江州。

且说江名玉谋得了鲍顺的百两黄金，成了富人。他听说万安为鲍顺抵命后，心神不宁，唯恐被人发觉是他杀了人。有一天，江名玉夜里梦到一位神人警告他说：“你谋得鲍顺的财物，他的家仆又冤屈抵命，日后会有一个穿着红衣服的妇女揭发此事，你要小心。”江名玉从梦中惊醒，牢牢地记下了此事。一个月后，他果然遇到一个穿红衣服的妇人，带着五百贯钱向他买盐。江名玉把这妇人请到家中，厚礼相待。妇人很奇怪，问道：“我与你素不相识，为何用厚礼招待我？”江名玉说：“娘子难得来我这儿一次，你若是需要盐，我就专挑一些好盐给你送去，你何必亲自来买呢？”妇人听后说：“我的丈夫在江口贩鱼，需要用盐腌起来，特意让我带钱到你这里买盐。你若是不肯出价格，我就到别处买。”江名玉无奈，只得从命，给了妇女双倍的盐。妇女刚要辞行，江家仆人周富端着一盆脏水经过，脏水滴到妇人的衣服上。妇人很不高兴，江名玉急忙赔礼道歉，说：“这个小仆一时不注意，请你原谅。衣服的钱我会赔给你。”妇人还是很不高兴地走了。江名玉很气恼，将周富绑起来打了一顿，两天后才放了他。周富心里怨恨主人，于是他跑到鲍家，把江名玉杀鲍顺的事告诉了黄氏。黄氏听完后正打算到官府状告江名玉，这时李吉来到鲍家，称自己是东京来的，缺少路费，想向鲍府借些盘缠。黄氏问李吉：“你从东京来，有没有听说万安的案子审判的结果？”李吉回答说：“万安已经处决了。”黄氏听后，伤心地哭起来。李吉不解，问黄氏是何故，黄氏说：“我现在已经知道谋杀我丈夫的凶手了，万安是被冤枉了。”李吉听后直

有一天，江名玉夜里梦到一位神人警告他说：『你谋得鲍顺的财物，他的家仆又冤屈抵命，日后会有一个穿着红衣服的妇女揭发此事，你要小心。』

接告诉黄氏说自己是包公派来调查此案的。黄氏取出十两银子，让李吉带着周富连夜赶到东京，把实情禀报包公。包公审理完，李吉让公差到江州把江名玉一干人等抓捕到府衙，详细审问。江名玉几人隐瞒不下去，只能如实招认。包公将江名玉叔侄三人夹上长枷，关进狱中，定为死罪；将万安从狱中释放出来，鲍顺的冤情终于昭雪。

巧扮新妇

扬州吉安乡有一个人叫谢景，家中很富有。他的儿子谢幼安，娶了城里苏明之女。苏氏很贤惠，谢家人很是满意。

一天，苏氏的一个侄儿苏宜到谢家探亲。谢幼安觉得他是个无赖之徒，怠慢了他。苏宜心里很不满，怀恨而去。过了半个月，谢幼安到东乡查看耕种情况，因为路途遥远，就没有回家。有一个贼人李强听说谢幼安不在家，趁黄昏人影朦胧时，偷偷藏进苏氏的房中。到了半夜，李强出来偷苏氏的首饰等财物。偷完后，李强正要开房门逃走，苏氏恰好醒来。苏氏看到房中进了贼人，急忙喊："有贼！"李强很惊慌，怕被捉住，就抽出一把尖刀，把苏氏杀了。

第二天，谢景夫妇早早地起床，看到媳妇房间的门已经开了，就朝房里喊："怎么这么早开门？"喊完后，媳妇房中一点儿动静都没有。婆婆觉得有点儿奇怪，走进房里，发现媳妇躺在地上，满身是血，婆婆惊呼："是谁杀了我家媳妇？真是大祸啊！"门外的谢景听到妻子的喊叫后，赶忙来到媳妇房中，也惊慌失措，不知道怎么办才好。谢幼安回到家中，知道了这件事，悲伤不已。父子俩到处寻找杀人者，十几天也没有找到线索。乡邻们不清楚事情的来龙去脉，只觉得这事有点儿蹊跷。苏家认为苏氏的死跟谢家有关，不是强盗所杀。苏宜一直因谢家曾怠慢自己而怀恨在心，便趁此机会，把谢景告到官府刘大人那里，称谢景奸淫儿媳，因苏氏不从而杀人灭口。刘大人看完状子后，把谢景抓到府衙审问。谢景一再说儿媳是被盗贼杀的，盗贼还偷走了屋内的金银首饰。刘大人询问谢家乡邻，乡邻们都说未必是被盗贼杀的。刘大人又审问谢景："有盗贼要杀你儿媳，为什么她不喊？现在没有一个人听到喊声，一定是被你杀的。你快点儿招供，免得受皮肉之苦。"谢景不能辩白，只能叫冤枉。后来谢景受不了严刑拷打，只得承认杀了人。刘大人把谢景用长枷夹起，投进牢里。虽然案卷已经写完，但将近一年后也没有判决。

后来包公巡行至扬州，审问狱囚。谢幼安知道后，来到府衙向包公陈述父亲的冤情。包公让人取来谢景的案宗，升堂重新审问谢景。虽然谢景的供词与原来一样，但包公明白其中定有冤情。

贼人李强杀了谢家媳妇，盗走了她的金银首饰，按理说他应该潜形匿迹，低调处事，但没过多久李强又再次作案。城内有个人叫江佐，极其富有。他的儿子新婚时，李强趁乱潜入新人房中，藏在床下。本想到了深夜爬出来偷东西，可新人房间里的蜡烛一直亮到天明。这样一直持续了三个晚上，李强在床下不敢出来，又不能动，饥渴交加，最后只能爬出来向外跑，却被江家人捉住。众家仆把这贼人乱打了一顿，要把他送到官府。李强说道："我没有偷窃你们家的财物，就被你们打了一顿。如果押我到官府，我就告你们乱打人。"江家人怕他使诈，没有把他押到刘大人那里，而是送到包公那里。

包公升堂审问李强，李强却争辩说："我不是盗贼，我是郎中，他们误会我了。"包公问："你既然不是盗贼，为什么藏到人家房子里？"李强回答说："那个妇人患有一种罕见的病，让我时刻相随，以便给她用药。"包公听后心想：这女子才嫁到江家，即使有病，也应该让李强后来，两人怎么会同行？此人形迹可疑，一定是个贼人。包公根究此事，李强就把新娘家从事的职业和平常都和哪些人交往告诉包公。等包公到了江家，向新娘询问李强所讲之事，居然跟李强讲的一模一样。包公很疑惑：若是这贼人初到江家，他怎么知道这么多新娘家的事；若是他跟新娘一起来，那他就不是盗贼了。想了一会儿，包公让人把李强关进狱中。退堂后，包公又思考这件事，怀疑这个盗贼莫非在房中太久了，听到新婚夫妻的谈话。包公遂生一计，秘密地让公差找来一个歌伎，让她穿上江家媳妇

谢景不能辩白，只能叫冤枉。后来谢景受不了严刑拷打，只得承认杀了人。

的衣服。第二天升堂，李强看到堂上的歌伎，便叫了江家媳妇的小名，并说："是你请我治病的，现在反而说我是盗贼。"歌伎不作声，堂上的其他人都掩口而笑。包公笑道："你这个贼人，既然你跟江家媳妇很熟悉，为什么还把这位歌伎当成她？想必谢家的媳妇就是你杀的。"包公吩咐公差到李强家中搜查赃物。公差发现床下有新土，挖开一看，有一匣子首饰。包公召谢幼安前来辨认，谢幼安说里面有几件是妻子苏氏的。李强只能如实招供。

审理完毕后，李强被夹上长枷，投入狱中，判了死罪；苏宜被判诬告之罪；谢景获得清白，被释放出狱。

猜字谜破凶杀案

袁州有一个叫张迟的人，娶妻周氏，生有一子。

一天，周家的一个小家童来到张家，见到周氏，告诉她周母生病在床。周氏听后很着急，连忙告诉张迟说要回娘家看望母亲。张迟答应后，周氏便收拾行李，抱着孩子，回到了娘家。没过几日，周母的病痊愈了。周氏在娘家多住了一个月。

某日，张迟接到一位故人的来信。这位故人在临安做官，写信让他到临安相聚。张迟立刻回了一封信，答应了那人。张迟找来弟弟张汉，告诉弟弟："临安有位朋友邀请我前去相会，我答应了他。但我一走就没有人看家护院，你赶快去周家，把我去临安的事告诉你嫂嫂，让她回来。"张汉答应了。

次日，张汉来到周家，把哥哥嘱咐的事告诉了嫂嫂。周氏是个贤惠的妇人，很敬重小叔子，吩咐下人置备酒菜招待张汉。喝了几杯酒后，张汉起身对嫂嫂说："路途遥远，我们尽早动身吧。"周氏便辞别父母，抱着孩子，跟张汉一起回去。他们来到一座高岭上，周氏感觉酷暑难耐，又抱着孩子，实在是走不动。周氏说："这里离家也不远了。我们在这林子里休息一下，等暑气消散了再走。"张汉说："不如我先抱侄儿回去，然后雇轿夫来接你。"周氏觉得可以，就把孩子交给张汉，让他回去了。

张汉回到家，看见哥哥张迟在门口等着。张汉对哥哥说："天太热，嫂子走不动，派人去接吧。"张迟立刻雇了两名轿夫，让他们到高岭上接

包公说：『卦辞如何？』术士回答说：『卦辞很深奥，需要大人自己揣测。』

周氏。但是轿夫在山里找了半天也没见到一个人影，便回来报告张迟。张迟听后很慌张，连忙叫上弟弟一起到高岭上找人，还是没找到。弟弟张汉猜测道：“莫非嫂嫂有什么东西忘在娘家，又回去拿了？”张迟觉得有可能，便来到周家询问。周家人说：“她已经离开半天了，没见到她回来过。”张迟心更慌了，跟弟弟回到林子里又仔细找了一遍。突然在一处幽僻的地方，他发现了妻子的尸体，但头已经没了。张迟悲痛欲绝，哭了很久。最后张汉雇来人，把妻子尸体抬回家，用棺木装起来。

周氏的哥哥周立喜欢诉讼。他听说此事后，怀疑张汉在路上想强奸周氏，被拒绝后又怕周氏回家告诉张迟，就杀人灭口。周立写了状子，把张汉扭送到曹都宪[1]那里，告他谋杀了周氏。曹都宪相信了周立的话，升堂审问张汉，张汉哪里肯承认？曹都宪就严刑拷打张汉，但张汉始终不肯屈服。曹都宪让都官查找周氏的人头。都官来到高岭找了很久也没找到，就偷偷地打开一名妇人的墓，取了她的头冒充周氏的。曹都宪再次升堂审问张汉，仍严刑拷打。张汉实在是熬不住了，只能屈服，被关在狱中，等待处斩。

① [都宪]

明朝时都察院、都御史的别称。

半年后，包公巡审东京罪人。他看完张汉的案宗后，把张汉叫到厅前问话。张汉把前情诉说了一遍。包公很疑惑：当时周氏的丈夫找了很久也没找到她的头，都官用几天的时间就找到了，这件事很可疑。包公让公差到街上找来一位江湖术士，问术士说："现在你给我占卜一件事，一定要虔诚。"那术士问道："大人要占卜什么事，能否让我知道？"包公说："你只管占卜，这件事只能我一人知道。"之后，术士推出一个"天山遁[2]"的卦，告诉包公："此卦中，遁者，匿也，大人是想寻找某个人。"包公说："卦辞如何？"术士回答说："卦辞很深奥，需要大人自己揣测。"卦辞是：

② [天山遁]

也叫"遁卦"，是易经六十四卦中的第三十三卦。

遇卦天山遁，此义由君问。聿（yù）姓走东边，糠口米休论。

包公看完卦辞，想了一会儿，不明白是什么意思。术士得到了一斗米赏赐，回去了。包公问当地的官员："这里有没有一个叫'糠口'的地方？"众人都回答没有。

晚上，包公回到房间，秉烛而坐，揣摩卦辞，苦思一段时间后，恍然领悟。第二天，包公叫来张迟的邻居萧某，吩咐他说："你带着两名公差，到建康驿站的各个旅馆查访张家之事，限你三日之内查出个结果。"萧某听后，觉得事关重大，难以在三日之内有结果。但他看到包公满脸怒色，只能随二名公差出府，来到建康驿站，分头打听张家命案的情由。

某日中午，萧某来到一家旅舍，准备吃午饭。萧某看到店里面有两个客商，带着一个年轻的妇人在厨房里做饭。不一会儿，二客商觉得有些困倦，躺在床上睡了。萧某看了看那个妇人，觉得很眼熟；妇人看到萧某，也觉得认识。二人互看了很久后，那妇人带着满脸愁容，走到萧某面前，问道：“这位官人是从哪里来？”萧某回答说：“我从萍乡来，姓萧。”妇人听到萧某是她的同乡，又赶忙问：“你认识张迟吗？”萧某大惊道：“你看起来很像张家的周娘子！”妇人潸然泪下说：“我正是张迟的妻子。”萧某很吃惊，没想到竟在这里遇到周氏，心里暗暗佩服包公。萧某把张汉被污蔑坐牢之事告诉周氏，周氏哭着说：“真是冤枉啊！当时叔叔抱着孩子回家，我在林子里等着。忽然来了两个客商，他们挑着箬笼[①]，见四处无人，就拔出利刀，逼我脱下衣服。我很害怕，只能把衣服脱下来。那二客商又从笼子中叫出一个妇人，让她把我的衣服穿上。这两个贼人真是丧尽天良，他们砍下那妇人的头，装进笼子，把尸体丢在林子里。之后，又逼我进了笼子，挑我来到建康驿。一路上让我替他们乞讨赚钱，受尽了苦难。今天有幸遇到同乡，这真是老天开眼啊！希望你可怜我，通知我的丈夫，让他来救我。”说完后，周氏悲咽不已。萧某感慨良久，对周氏说道：“包公正是为了破你的案子，让我带着二位公差来这里调查，没想到遇到你。我这就去告诉二位公差，让他们来救你。”周氏收起眼泪，点头同意，然后进入旅舍，照顾那两个客商。很快，萧某带着二位公差冲进旅舍，见那两个客商正在和周氏吃饭。公差说：“我们奉包大人的命令，捉你们俩回去。”二客商一听到“包大人”这三个字，登时吓得魂飞魄散，瘫倒在地。

公差把二贼人带到包公面前。包公大喜，立即叫来张迟，让他与妻子团聚。夫妻二人重逢，感慨万千，相拥而泣。很快，包公升堂审理此案，周氏把她的遭遇向包公诉说了一遍。那二贼人也不敢抵赖，如实招供，随后被夹上长枷押进大牢。包公又叫来

①［箬笼］用箬叶与竹篾编成的盛器。

都官，追究妇人首级之事，都官知道隐瞒不下去了，只能如实供出首级的来历。包公整理案卷，上报朝廷。

几日后，仁宗皇帝下旨：二客商谋杀妇人，手段残忍，立即处决；曹都宪审案不明，险些造成冤案，立即革去官职，贬为庶民；二客商所有财物都赐给萧某；释放张汉；周立诬告他人，发配远方；都官私自打开他人棺木，盗取头骨，冒充物证，定为死罪。

案子审理完毕后，众人问包公如何从卦辞中破案。包公说："阴阳之事，报应不差。卦辞的前两句没有意义，第三句是'聿姓走东边'，天下哪里有姓聿的？'聿'字旁边加一'走'字，就是个'建'字；第四句是'糠口米休论'，'糠'字去掉'米'，就是'康'。离此地九十里的地方有个建康驿站，那是个客商聚集的地方。我怀疑周氏是被人拐走，所以叫她的乡邻到那里查访，果然查到她的下落。"众人听后，无不佩服包公的神见。

持假银抓盗贼

平凉府前有一群人围着一位术士，看他给别人算命。这群人里有一个卖丝绸的客商，叫毕茂。他身上有十余两银子，用手帕包着，藏在袖子里。

有一个混混把他的银子偷了出来，却不小心掉在地上。毕茂正要俯首去捡，那个混混也弯腰捡。两人争执起来。毕茂生气地说："这银子是从我袖子里掉下去的，与你何干？"混混也毫不退让地说："这银子不知道是谁掉的。我先看到的，你凭什么说是你的？现在不如给在场的所有人平分，如何？"众人一听要平分，都来替混混说话。毕茂坚持说银子是他的，不肯与众人平分，却被人们扭送到包公那里。混混对包公说："小的叫罗钦，在府前看术士相人。不知道谁的一包银子丢在地上，小的去捡，他却跟我争。"毕茂说："那是我的银子，从袖子里掉出来，他却要跟我分。我看这人是个江湖混混，银子可能就是被他割破衣服掉出来的。不然我两手拱着，怎么会掉出来？"罗钦说："既然他这样说，看看他的衣袖破了没。况且我跟家人在此地卖锡，赚了不少钱，现在南街李店中住。怎么会是个混混？"

包公看罗钦面相不善，便让公差到南街，把他家里的账目拿来看，上面果然记有卖锡，账目写得很明白，这才不怀疑罗钦。包公问毕茂："既然你说银子是你的，那可记得有多少两吗？"毕茂回答说："这银子是随便放在身上用的，我不记得数目。"包公又让手下到府前找来两个知情人

有一个混混把他的银子偷了出来，却不小心掉在地上。毕茂正要俯首去捡，那个混混也弯腰捡。两人争执起来。

询问，二人都指着罗钦说："是他先看到的。"再指着毕茂说："这个人先捡到的。"包公说："罗钦看到后，有没有说话？"二人说："说了。罗钦说，'那里有个包'。毕茂听后就捡起来。打开一看，里面是银子，二人便争执起来。"包公说："毕茂，你不知道银子的数目，那这银子一定是别人丢的，应该与罗钦均分。"说完，当堂把银子分成两半，毕茂与罗钦各得八两。

包公叫来一名公差，对他说："你悄悄跟着这两个人，听听他们说什么。"不久，公差回来禀报说："毕茂一直埋怨老爷，他说银子被那混混骗走了。罗钦出去后，那两个证人跟他要银子。他们去了店里，不知道后来怎么样了。”包公又叫来书吏任温、俞基，对他们说：“你二人去换五两假银，掺几分真银。你们在路上故意让罗钦看见，然后到闹市去。如果有人剪破你们的衣服，偷银子，就把他抓来交给我。我自会奖赏你们。” 任温与俞基拿着假银子来到街上，恰巧遇到罗钦。任温故意打开银包买樱桃，俞基也将银包打开，说：“还是我请你吧。”二人吃完樱桃后，就到东岳庙看戏。俞基是个年轻小伙，袖中的银子什么时候被偷走了，全然不知。任温虽然眼睛在看戏，其心思都在银子上，只要有人剪袖口，就立刻捉拿。过了一会儿，身旁的人就挤挤攘攘起来，其中一人在后面托着任温的袖子，将银包从袖子里偷了出来。任温察觉后，马上转身抓着那贼人说：“有贼在此！”没想到此时有两个人紧紧地挡住任温，那个贼人趁机逃跑了。任温随后把挡着他的两个人抓住，说：“包大人让我二人在这里抓贼，现在贼人已经跑了，你二人跟我一起去回复包大人。”二人说：“你叫有贼，我们正想抓，可是被人挤着，走不了。现在贼人已经跑了，见包公还有什么用！”任温说：“没有别的原因，只是要你们做证人。证明我不是捉不住贼人，而是因为在人群中不好捉。”旁边的人见任温是书吏，都过来帮助他，把二人送到包公面前。

包公问二人的姓名，一个叫张善，一个叫李良。包公说：“你们为什么故意放了贼人？现在我要你们二人代罪。”张善说：“看戏的人太多，谁知道他被人偷银子呢，怎么归罪于我们？望大人明察。”包公说：“看你二人姓张姓李，又名善名良，一听便是盗贼惯用的假名。任温捉拿你二人，没有什么不当的地方。”于是各打二人三十板，判两年徒刑。随后二人被押到驿站。包公密信给驿丞[①]说：“李良、张善二人犯到后，可以向他们索要财礼，得到的银子交给我。”

①［驿丞］管理驿站的官。

李良、张善来到驿站后，驿丞摆出各种刑具，恐吓他们说：“各打四十大板。”张善、李良说：“小的是被贼人连累，代他受罪，求您饶了我们的小命。”随后二人托人把四两银子献给驿丞，请求驿丞三日后放他们回去。驿丞将银子送到包公府上。俞基看到银子后说："这些假银子正是我前日在庙中被偷去的。"包公把张善、李良提拿到堂上，问道："你们赶快报上偷任温钱财的贼人姓名，我就饶了你们的罪过，免受皮肉之苦。"张善说："小的如果知道，早就说出来了，怎么会替别人受皮肉之苦呢？"包公把四两假银子扔下堂去，给二人看，并说："这些银子是你们送给驿丞的。俞基认过，说是他的。你们二人跟剪袖子的人是一伙的。"张善、李良见事情败落，只得从实招供说："我们一共二十人，都是剪袖子偷银子的。昨天逃走的那个人叫林泰，前天是罗钦。目前除了我们四个，其他人都没有犯法。我们之间有约定，至死也不透露其他人的姓名。"

包公把林泰、罗钦二人捉来，让罗钦把八两银子还给毕茂；判林、罗二贼人两年监禁。

和尚报仇

西京有一个叫程永的人，是个商人。他开了一家旅店，接待来往的商人。旅店由家人张万管理，程永亲自拉客人。凡是前来投宿的人，都会把名字记在本子上。

一天，有一个叫江龙的和尚来到店里投宿。晚上，江龙在房中收拾衣服，将身上的银子摆在床上。恰巧，程永从亲戚家喝酒归来，见和尚的房间里亮着灯，走到窗前，看到了床上的银子。程永心想：这和尚不知是从哪里来的，带了这么多银子。钱财易动人心，程永就起了邪念。夜深人静的时候，程永拿一把尖刀，撬开僧人的房门，进去大声喝道："你谋了别人许多财物，怎么不分给我些？"僧人听了大惊，还没反应过来，就被程永一刀刺死。程永在床下挖了一个坑，将僧人的尸体埋了起来。收拾完衣物银两，就回房睡了。

次日，程永拿着劫来的银子去做生意，几年后，他便成了富人。他还娶了城里女子许氏为妻，生有一子，叫程惜。程惜长得十分俊秀，被父母视为心头肉。这程惜年纪稍大后，喜欢游荡，不爱诗书。程永就这么一个儿子，也不怎么管他，若是好言相劝，儿子反而愤恨而去。

一天，程惜让匠人打造了一把鼠尾尖刀，来到父亲的好友严正家。严正见到程惜，很是高兴，让妻子备酒席招待他。严正问道："贤侄难得到此，你父亲可好？"程惜听到"父亲"二字，立刻睁大眼睛，怒气冲冲，像有什么话要说。严正感到很奇怪，问道："侄儿这是怎么了？"程

程惜听到『父亲』二字，立刻睁大眼睛，怒气冲冲，像有什么话要说。严正感到很奇怪，问道：『侄儿这是怎么了？』

惜道："我父亲是个贼人，我一定会杀了他。我已经准备好了刀子。我来你这里，是特意告诉你，我明天就下手。"严正听了，吓了一跳，说道："侄儿，父子至亲，怎么能说这种大逆不道的话呢？如果被外人听到，非同小可。"程惜说："叔叔不要管。"说完，就起身走了。严正很慌张，把这件事告诉了妻子黄氏。黄氏担心地说道："这件事非同小可。程惜如果不告诉你，他父亲有什么不测，也不会连累我们；但他现在已经把想法告诉了你，万一他真做出大逆不道之事，我们怎么脱得了干系？"严正问道："现在该如何是好？"黄氏说："现在看来，只能报告官府，以免受到牵累。”严正同意了。次日，严正来到府衙告状。

包公看完状子，觉得很奇怪，说道：“世间哪会有这等逆子！”立即吩咐人把程惜的父母召来问话。程永直接表明儿子有弑父之心。他妻子也说道：“不肖子常常在我面前说要杀了他父亲，每次我都会谴责他。”包公又抓来程惜审问。程惜低着头，不作声。又唤来程家的乡邻，邻居们都说程惜有弑父之心，而且身上还藏有利刀。公差们在程惜身上搜了一遍，没有发现刀子。父亲程永说道：“一定是藏在他的睡房里。”公差们又来到程惜的房中，果然在席子下搜出一把鼠尾尖刀。包公把刀放在程惜面前，让他说出实情。程惜依然默不作声。包公无奈，只得把所有嫌疑人暂时关进牢里。

包公退到后堂，暗自思忖：他俩是亲生父子，为什么无缘无故出现这种情况？这件事一定有其他不为人知的原因。四更时，包公做了一个梦。梦中包公在江边，江中忽然出现一条黑龙，龙背上坐着一位神君。那神君手持牙笏[①]，身穿红袍，对包公说道：“包大人不要怪罪他儿子不肖，这是二十年前的孽缘。”说完，神君与黑龙都消失不见了。包公惊醒，想了想梦中之事，明白了神君所说的话。

①［牙笏（hù）］用象牙做的手板，古代官员持牙笏朝见皇帝。

次日升堂，包公问程永说：“你家的财产是祖上留下的，还是自己辛苦赚取的？”程永回道：“我曾经做客店生意，赚了些钱。”包公又问：“出入都是由你管理吗？”程永说道：“那些都是由家人张万管理。”包公立即让人找来张万，拿出账本，从头到尾仔细看了一遍。发现中间有一个叫江龙的，是个和尚，投宿的日期写得很清楚，正是二十年前的这时候。包公想到昨夜梦中之事，豁然明白，单独把程永领到屏风后，对他说：“你儿子大逆不道，按律该严惩，但你的罪过也休想逃脱。赶快把你当年之事从实招出来，免得连累别人。”程永回道：“我儿子不肖，即便处死，我也心甘情愿。我没有什么事可招。”包公道：“我早就知道了，你还想瞒我多久？僧人江龙状告你二十年前的事，你难道不记得了？”程永一听，仓皇失措，以为包公知道了二十年前的事，不敢再抵赖，只得招供。

包公回到大堂，再次审问。公差来到程家，从客房的床下挖出一具僧人的尸骸。程永被关进监狱，其他证人都回了家。包公心想一定是那和尚死后，阴魂不散，特意来到程家投胎取债。包公又叫来程惜，问他：“他是你父亲，你为何要杀他？”程惜依旧不说话。包公又说：“免了你的罪，你回去做些生意，不要见你父亲了，如何？”程惜终于开口说话了，说道：“我不会做什么生意。”包公说：“我给你一千贯钱，想做什么就做什么吧。”程惜说：“如果能有一千贯钱，我便买张度牒①出家为僧。”包公相信了他，说道：“你去吧，我自会有处置。”

①［度牒］古代官府允许人出家为僧的凭证。

次日，包公将程家财产变卖出去，得钱千贯，给了程惜。程惜果然出家为僧。程永被发配到辽阳充军。冤冤相报，何其不爽！

马客商身死水塘

武昌府江夏县有个人叫郑日新，他跟表弟马泰的关系一向很好。郑日新常常到孝感贩布，有次马泰也跟了去，赚了不少钱。

第二年的正月二十二日，二人各带二百多两银子，来到阳逻驿。郑日新说道："你我二人如果一起到城中，一时很难收完货。不如我们分开，你到新里街，我去城中。怎么样？"马泰说道："正合我意。"二人来到店中买酒，店主人李昭跟他们很熟，连忙出来迎接。李昭摆开酒席，劝道："二位一年就来一次，多喝几杯。"喝了一会儿，郑、马二人觉得醉了，拿出酒钱给李昭，跟他辞行。李昭再三推让，才勉强收下。三人拱手相互辞别。郑日新嘱咐马泰说："你收了布匹，就让人挑到城里交给我。"马泰答应后就离开了。

马泰走了不到五里地，因酒力上头，脚下无力，坐在地上休息。后来不知不觉倒在地上睡着了。醒来的时候，已是日沉西山。马泰急忙赶路。走了五里地，来到一个叫南脊的地方。一看，此地前不着村，后不着店的，马泰心里很是慌张。高冈上有一个叫吴玉的人，常常以牧牛做掩护，谋取过客的钱财。他看见马泰后，就说道："客官，天快黑了，怎么还不找家客店投宿？这个地方不比以前了，前面十里地，都是荒野山冈，可能会有贼人。"马泰一听，心里更慌了。他问吴玉："你家在哪儿？"吴玉道："前面源口就是。"马泰说道："既然不远，能不能让我借宿一宿？明早辞行时，必有重谢。"吴玉假装推托说："我家又不是客店酒馆，怎么能留人住宿？家里没有多余的床铺，你向前走也好，向回走也好，我家里住不得。”马泰再三恳求后，吴玉说道：“我看你是个忠厚之人，既然这样说，我就收了牛带你回去。”

吴玉把马泰带到家后，对妻子龚氏说：“有一个客官到我们家借宿，你备些酒菜。”龚氏与吴母都知道吴玉又要谋害人，见到马泰后，二人很不高兴。马泰不知何故，以为二人不想让外人投宿，便安慰道：“夫人、娘子不要担心，我一定会有重谢。”龚氏向马泰使眼色，马泰不知其意。过了一会儿，酒席摆好，吴玉、马泰二人便喝起酒来。吴玉接二连三地劝酒，马泰饮了数杯又醉了。吴玉又用大杯劝了马泰两碗酒，马泰喝完就趴在桌子上不省人事了，原来酒里下了蒙汗药。吴玉拿走了他身上的银子，又背他到水塘边，找了一块石头裹到马泰衣服里，将其推进了水塘。吴玉就是用这种方法谋害了不少人。

郑日新到了孝感，两三天后，收了二成的货，但没见到马泰发货来。又过了十天，马泰还没有消息，郑日新有点儿担心，就来到新里街找他。郑日新来到牙人[1]杨清家。杨清问他：“今年怎么这么晚才来？”郑日新愕然，说道：“我表弟很早就来到你家收布了，我在城中等他，怎么迟迟没有发来？”杨清很纳闷地说：“他什么时候来的？”郑日新答道：“二十二日我跟他在阳逻驿分开的。”杨清说从没看见。郑日新很担心，又问了其他几个牙人，都说没见到。

当天夜里，杨清为郑日新摆酒接风。众人都很愉快，唯独郑日新闷闷不乐。大家也知道他是担心马泰，安慰道：“他可能到别处买货去了，不然，我们怎么会没见到？”郑日新想：他都不熟悉其他地方，还能去哪里？次日一大早，郑日新来到阳逻驿李昭店里打听，也说从分别后就没有见到过。郑日新想是不是在途中被打劫了，便又回到新里街，一路打听，都说未有死人。到了新里街，又向别人询问杨清店中客商是什么时候到的，都说是二月到。郑日新心想：一定是牙家见他带了很多银子，又孤身

①［牙人］相当于现在的中间人，撮合买卖双方，从中获取佣金。

一人，把他谋害了。于是跑到杨清店中对他说：“我表弟带了二百多两银子来收布，一定是你谋财害命。我在路上问了很多人，都说没见到死人。如果我表弟在路上被人杀了，一定会有尸体。一个大活人怎么就能没了呢？”杨清辩解说：“我这店中都是客人，如何能做出这种事？”郑日新又愤怒地说：“你家的客商都是二月份到的，我表弟是正月来的，那时你家还没有这么多客商呢，一定是你害死的！”杨清说：“如果他来我这里，邻里的人一定会看见。你怎么平白无故地冤枉我呢？”二人争论了很久，还大打出手。后来郑日新让人把消息报给家中，并在第二天写了一份状子，把杨清告到县衙。

孝感知县接到状子，便命人把杨清等相关人员押到堂上听审。知县问道：“郑日新你告杨清谋害了马泰，有什么证据？”郑日新回答道：“杨清诡计多端，作案谨慎，不会轻易露出马脚，请大人详查。”杨清抱怨说：“郑日新说的话真是瞒心昧己，毫无道理。马泰从没来过我家。若是我见到他一面，甘心受死。马泰一定是被郑日新谋害的，反而告我。”郑日新说：“小人在李昭店里喝酒后，就跟表弟分开了，怎么会害他？”知县问李昭可有此事，李昭说道：“那天他俩到我店里买酒，因为是新年第一次，小的照例设酒招待他们。喝完后他俩就分开了，一个向东，一个向西。确有此事，不敢隐瞒。”杨清说：“小的家中客人很多，如果马泰到了我这里，一定会有客人见到。大人可以问问我店中的客人，还可以问问周围的邻居。”知县问杨清店中的客人，都回答说没见到。郑日新说：“这些人都和杨清有关系，即使见到，也不会说。他们都是二月份到的，马泰是在正月里到的，怎么能看见？一定是马泰先到，杨清见他一个人，便起了不良之心，请大老爷依法让他偿命。”知县勒令杨清招认。杨清本来就是无辜的，哪里肯招？知县又命人打了他三十大板，杨清依旧不承认。知县严刑拷打杨清，杨清受刑不过，只好屈打成招。知县又问道：“既然承认了，那尸体藏在哪里了？”杨清说：“我真的没有谋害人，因为实在是熬不住苦刑，才胡乱招认的。”知县听后大怒，又命人用刑具把他夹起。杨清昏迷过去，很久才醒来，心想：不如暂且承认，他日再寻机会申冤。遂招供说：“尸体丢在长江里，银子已经用完了。”知县见他招

包公读了此案后，感觉有点儿
困倦，便靠在案桌上小睡了一
会儿。睡梦中见一只兔子，戴
着帽子，跑到案桌前。

了供，就给他上了长枷，押进大牢，等待处斩。

不到半年，包公奉旨巡行天下，来到武昌府。夜里，包公详查当地案卷。包公读了此案后，感觉有点儿困倦，便靠在案桌上小睡了一会儿。睡梦中见一只兔子，戴着帽子，跑到案桌前。包公醒来，心想：兔子戴了顶帽子，不就是“冤”字吗！想必这案中定有冤情。

次日，包公提来案件的有关人等升堂审问。李昭依旧说“他们喝完酒后就分开了”，杨清及他的邻居都说“没见到”。包公心想：一定是在途中被害。第二天，包公托疾不坐堂，带着两个家丁，微服到阳逻驿察访。

行到南脊，包公见此地偏僻，就停下来仔细勘察。他见前面源口池塘边鸦雀成群，很是奇怪，便走过去看看什么情况。只见一个死人浮在水面上，还没有腐烂。包公让家丁到阳逻驿调来驿卒。驿丞听说是包公，也跟了过来。包公想让驿卒下水抬出尸体，但不知道水有多深。其中一个驿卒自告奋勇地道："小人我略懂水性，愿意下去。"包公很高兴，让他下水塘。尸体拖上岸后，包公又让驿卒下水仔细搜搜，看看还有什么其他东西。狱卒又搜出几具尸体，但都已经腐烂，不能托起。包公立即吩咐驿卒捉来附近的十几户人家，问他们："这池塘是谁家的？"都说："这是用来灌溉庄稼的池子，不是一家的，也不是一个人的。"包公又问："这尸体是哪里人？"众人都说不认识。包公将这些人押到驿站，路上心想：这么多人，怎么审问？岂能每个人都用刑？细细一想，心生一计。

包公回到驿站坐定，令抓来的人都跪在厅下，报出各自的姓名。然后包公说道："前天我在府中，梦到有几个人到我这里告状，说被人谋害，丢在池塘里。今天我过来查看，果然找到数具尸体。这个杀人犯就在你们当中。"说完，用朱笔在名册上乱点了一点，然后高声喝道："无辜者起来，杀人者跪在地上听审。"厅下的人都觉得心中无亏，纷纷站起来。唯独吴玉吓得心惊胆战，两腿发软。他正想努力站起来，包公狠狠地拍了一下惊堂木，骂道："你这个杀人犯，还敢起来！"吴玉吓得登时又跪在了地上，不敢说话。包公命人打了他四十板，问道："杀了哪些人，从实招来，免得再受皮肉之苦。"吴玉战战兢兢说道："都是些远处来的孤客。小人在晚上以牧牛为由，花言巧语，骗他们到家中休息。然后用毒酒将他们灌倒，丢进池塘。我不知道他们的姓名。"包公问："有具尸体没有腐烂，是什么时候谋死的？"吴玉说："是在正月二十二日晚上杀的。"包公听后，心想：郑日新跟他表弟分别时，也是这个日期，莫非此人就是马泰？

包公命人将吴玉锁起来，带回武昌府。府上的官吏都不知道是怎么回事，听说包大人从郊外来，纷纷出来迎接。众官吏询问缘故，包公一一作答，大家无不叹服。又过了一日，包公让郑日新前往南脊认尸，回来报称死者确实是马泰。包公调出杨清等人，审问杨清道："你从没杀人，为什么还要招认？”杨清说：“小人再三喊冤说没有杀人，可是我店里的客商都说是二月份来的，邻居们怕受到连累都推说不知道，这才让知县刘大人生疑。我被严刑逼供，晕过去好几次。后来心想：不招供可能也会死，不如先暂时招了，可能有一天冤屈能被昭雪。老天开眼，让我有幸遇到包大人，查出真凶，还我清白。”包公让人打开杨清的枷锁，转身又问郑日新：“你当时没有详查，为什么诬告他？”郑日新说：“小人问了路上所有人，都没有打听到表弟的下落，没想到贼人做事如此缜密。小人状告杨清，也是迫不得已。”包公又问：“当时马泰带了多少银子？”郑日新说：“二百两。”包公又问吴玉：“你谋得马泰多少银子？”吴玉说：“花了三十两，剩下的都还在。”包公立即让人到吴家去取赃物。吴母看到官差，以为是来抓自己，跳水自杀了。龚氏见婆婆跳水，自己也跟着跳了下去，幸亏被公差及时救起。龚氏被带到大堂，向包公哭诉道：“我丈夫是凶恶之徒，母亲屡次劝他，都被他骂，何况是我呢？现在婆婆已死，我也愿意随她而去。”包公安慰道：“你既然苦劝过他，这件案子就不会连累你了。”包公又对郑日新说：“本该定你诬告之罪，但见你没有恶意，只是想为表弟申冤，就免了你的罪，罚你搬尸回葬。”郑日新磕头叩谢。吴玉被斩于法场。

王倍冒充赵家女婿

开封府祥符县沈良谟，生有一子，名叫沈猷（yóu）。同乡的赵进士赵士俊，娶妻田氏，生有一女名阿娇。阿娇有沉鱼落雁之容，闭月羞花之貌，遂与沈猷结为秦晋之好①，但赵家只有赵士俊见过沈猷，其他人都没见过。

后来沈良谟家中遇到水患，家道衰落。赵士俊见沈家贫困，寻思着退婚。其女阿娇贤良淑德，对母亲田氏说："父亲将我许配给沈家，我岂能再嫁给他人？"田氏见女儿长大成人，急着想让她成亲，只是沈猷没有钱下聘礼。

一天，赵士俊外出，田氏趁机派人来到沈家，告诉沈猷要给他一笔银子，让他作为结婚的聘礼。沈猷听后很高兴。但他连一件完整的衣服都没有，不好意思见田氏，就来到他姑母家，向堂兄借件衣服穿。姑母见到沈猷问他有什么事，沈猷说："岳母见我家贫，叫我过去，想给我一笔银子做聘礼。只是我现在连件像样的衣服都没有，不好意思去，所以来这里向堂兄借件衣服穿。"姑母听后也很高兴，留他吃过午饭后，让儿子王倍去取一件新衣服。没想到王倍是个小人，他对沈猷的事了解得一清二楚，于是故意骗堂弟说："难得堂弟来我们家，先休息一天，我去拜访一位好友，明天回来再把衣服给你。"沈猷只得在姑母家等着。

①［秦晋之好］春秋时期，秦国与晋国多次联姻。后泛指两家联姻。

王倍冒充沈猷，来到赵家。田夫人与女儿阿娇出来迎接，田氏见王倍举止粗俗，行为不雅，问道："贤婿是读书人，为何如此粗率？"王倍回答说："财是人胆，衣是人帽。小婿家道衰落，住的是茅屋。突然来到贵府，心里有点儿慌张，才会如此。"田氏也没有多想，以为是真女婿，就留他住下。到了晚上，田氏故意放松女儿，让她跑出来与王倍偷情。次日，田氏拿来八十两银子和一些金银首饰、珠宝等，交给王倍。王倍拿着这些金银回到家，见到沈猷，只说是看望朋友回来了。沈猷又被王倍留了一日。到了第三天，沈猷坚决要去赵家，王倍只好把衣服借给了他。

沈猷来到岳丈家，遣人报给岳母。田氏觉得很奇怪，出来问："你是我女婿，说些你家中的事给我听听。"沈猷一一道来，有根有据。田氏见他言辞文雅，气度不凡，有大家风范，猛然醒悟，这才是真女婿，上次来的那个是冒充的，但悔恨也来不及了。田氏进女儿房里，对女儿说："你出去见见他吧。"阿娇不肯出去，隔着帘子对沈猷说："叫你前日来，为何拖到今天？"沈猷回答说："我身体有点儿不舒服，所以来晚了。"阿娇又说道："你早来三天，我就是你的妻子，金银也都会给你。可你现在才来，就什么也得不到。这是你的命。"沈猷有点儿不解，说道："令堂①约我到府上，是要赠我银子做聘礼。如果不给也没关系，为什么拿前天今天推辞？我若不写退婚书，你再等三十年也是我的妻子。令尊②虽然有些权势，也不能将你嫁给别人。"说完后，他想要起身离开。阿娇急忙叫住他，说："是我跟你没有缘分。你以后会娶到一位好妻子。我这里有金钿一对、金钗二股，你拿去读书用吧，希望我们来生再续良缘。"沈猷说："小姐怎么跟我说这么绝情的话？把这些金银首饰给我，难道是要退亲吗？即便是你父亲给我，我也不会接受的。"阿娇说："不是退亲，明天你就会明白。你快点儿把这些财物拿去，不然会拖累你的。"沈猷不肯走，端坐在堂上。过了一会儿，内

①［令堂］古代对对方母亲的敬称。

②［令尊］古代对对方父亲的敬称。

房有人喊："小姐上吊了！"沈猷和田氏急忙跑进去，解下绳子。可惜晚了，阿娇已断气身亡。田氏抱着女儿痛哭起来，沈猷也泪如雨下。田氏督促沈猷说："你快点儿出去，不可滞留。"沈猷急忙回到姑母家，还回衣服，并把这件事告诉了姑母。后来，沈猷的姑母知道了是自己的儿子王倍诈骗了赵家银子，奸淫了赵家女儿，导致阿娇上吊身亡，登时五雷轰顶一般，几天后因怨愤竟死去了。王倍的妻子游氏，美貌贤德，刚刚入门一个月。她知道了王倍所做之事后，骂道："既然得到了银子，就不该玷污人家的身子。你这种人，简直天理难容！我不想再与你做夫妻了。"王倍说道："我现在有了钱，还怕娶不到妻子吗？"他写了一封休书①，让游氏回了娘家。

①［休书］

封建社会，男女双方解除婚约，由男方出具的书面证明。

赵士俊回到家后，想不到出去几日家里竟遭受如此大的变故。田氏告诉他："女儿娇生惯养，常常欺负婢女，瞧不起这些下等人。前天沈女婿来求亲，她见人家衣衫褴褛，很是羞愧，一时想不开，就自缢而死，这跟女婿没有任何关系。"赵士俊生气地说："我以前就跟你说，要跟他退亲，你却与女儿执拗不肯。现在他玷污赵家门风，坑死了我女儿。你反说与他无关！我一定要让他偿命。"说完，赵士俊写了状纸，把沈猷告到官府叶府尹那里。赵士俊家财万贯，势力极大，他贿赂官府，上下打通了关系。叶府尹捉来沈猷，判了死罪。

快到秋天时，赵士俊写文书通知包公，嘱咐他快点儿处决沈猷，不要拖延时日。田氏知道后，也写了一封信，让家人交给包公，求他不要杀沈猷。包公心里很疑惑：都是同一个女婿，丈人说要杀，丈母娘却说不杀，其中必有缘故。包公单独提出沈猷审问，沈猷把情况一一向包公陈述。包公问道："当时赵小姐怨你来得迟，你为何晚去两天？"沈猷说："因为没有像样的衣服，我就去姑妈家，向堂兄借，却被他留住，延误了两天。"包公听后，心里明白了。于是他化装成布客，来到王倍家卖布。王倍想买二匹布，包公故意抬高价格，激得王倍大骂道："小商小贩

于是他化装成布客，来到王倍家卖布。王倍想买二匹布，包公故意抬高价格，激得王倍大骂道：『小商小贩真是可恶！』

真是可恶！”包公也骂道：“谅你也不是买布的。我这里有二百两的布，你若是买得起，我就便宜你五十两，不要欺骗我这个小商贩。”王倍说：“我又不是商人，买这么多布做什么用？”包公说：“我就知道你是个不如我的穷骨头！”王倍心里盘算着：家中有七八十两银子，再加上金银首饰，差不多一百五十两。于是说：“我现在有不到二百两的银子，若是添上些首饰，足够买了你的布。”包公说：“你只要能买，首饰也行。”王倍随后拿出六十两银子，又拿出价值九十两银子的首饰，把包公二十担的好布买去。包公拿着这些财物回府，找来赵士俊让他看。赵士俊认得其中的几件首饰，说道：“这钗钿大多是我家的，怎么会在这里？”包公命人捉王倍到大堂上，反问道：“你用来买布的金银首饰是赵家小姐的。你还做了哪些好事？”王倍抬头一看，堂上的包公就是前日的卖布客。现在赃物都摆在面前，王倍知道自己难以逃脱罪责，只能招认。包公对王倍的恶行非常气愤，重责他六十大板。王倍当日就死在了杖下。赵士俊怒气冲天地说道：“骗了我家银子已是罪不可恕，还玷污了我家女儿，又险些害死女婿，此恨难消，必须把所有的金银财物追回，还要抓来他的妻子，判她死刑，方泄此愤。”

游氏听说后，急忙来到赵家，对赵士俊夫妇说：“我嫁到王家还不到一个月，发现丈夫骗取贵府的钱财，深恶痛绝，请求离异。我被休后就回到娘家，快有一年了，现在我跟王家没有任何关系，有休书为凭。至于贵府被骗的金银首饰，我一件也没有，希望大人能可怜我，查清楚。”赵士俊看了看休书，想到此女子因为丈夫诈骗钱财而自求离异，叹息道：“你不碰不义之财，不附无德之夫，知礼知义，名门望族的女子也不过如此。”田氏因思念女儿，又听到丈夫如此赞美游氏，便说道：“我把女儿当作掌上明珠，可惜遇此不幸。我想收你做我的义女，你愿意吗？”游氏跪在地上，说道：“若能得到夫人的垂怜，您就是我的再生父母。”赵士俊说道：“既然做了我家义女，又尚无婚配，不如让沈猷与你结婚，如何？”游氏心中非常欢喜，说道：“愿听从父亲母亲的吩咐。”于是赵士俊立即派人将沈猷请来，入赘到赵家，与游氏成亲，皆大欢喜。

光棍抢人妻子

金华府有个叫潘贵的人，娶妻郑月桂，并生有一子，刚八个月。

一天，夫妻二人要给潘贵的岳父贺寿，便带着孩子来到清溪渡口坐船。在船上，孩子饿了，哭闹不止。郑氏只好解开衣服，给孩子喂奶。同船的一个光棍洪昂，看到郑氏左乳下有一颗黑痣，便起了不良之心。

等下了船，来到岸上，潘贵夫妇正要往东走，光棍洪昂却一把扯住郑氏，往西边拉。潘贵怒道："你这无耻之徒，无缘无故拉扯别人的妻子干吗？"洪昂却挺起胸膛说："她明明是我的妻子，什么时候成了你的了？"潘贵没想到碰到这种无赖，上去与洪昂厮打起来。后来二人扭打着来到府衙。知府邱世爵升堂审问说："你们俩为什么打架？"潘贵首先回答道："小人和妻子给岳父祝寿，到清溪渡口坐船。上岸后，这个光棍想夺走我的妻子，遂跟他打了起来。请大人明断。"知府叫来郑氏，问道："你是谁的妻子？"郑氏回道："潘贵是我的丈夫。"这时洪昂说道："我妻子厚颜无耻，与他有私通，不承认我是她丈夫，请大人详查。"知府问洪昂："你既然说她是你妻子，有什么凭证？"洪昂说道："小人妻子的左乳下有一颗黑痣。"知府便让一名妇女解开郑氏的衣服检查，果然有一颗黑痣。知府责打潘贵二十板，将其妻子郑氏断给洪昂。

这时包公奉旨巡行，恰巧来到金华府。看见三个人走出府衙，其中一男一女哭着抱在一起，不忍分别，另外一个男的强行扯着那妇人。包公问道："你们二人为什么在这里哭闹？"潘贵就将前事细说了一遍。包公听

郑氏说："这光棍以我乳下的痣为凭证，得到了知府大人的信任，知府大人就把我判给了他。求大人明察，把我判还给我丈夫。"

后说："你们先在这里站着，不许走开。"包公进府，见到知府邱世爵，说道："刚才在府前看见两个人抱头痛哭，不忍离去。我询问一番后，才知道事情的原委。听说邱大人已经断了此案，但恐怕刁民狡猾，其中可能有冤枉。"邱世爵说："包大人既然这样说，还请您再审此案，辨出真伪。"邱知府重命人把人带到衙门。

包公升堂后，先问郑氏："你自己说，哪个是你丈夫。"郑氏说："潘贵是我丈夫。"包公问："你跟洪昂以前认识吗？"郑氏说："未曾谋面，只是昨天与他一起坐船。船上我给孩子喂奶，大约是他见我的乳下有颗痣，起了谋心。等上了岸，我与丈夫向东走，他却扯住我向西走。因此我丈夫跟他打了起来。来到堂上后，这光棍以我乳下的痣为凭证，得到了知府大人的信任，知府大人就把我判给了他。求大人明察，把我判还给我丈夫。”包公问道：“潘贵既然是你丈夫，那他与你都多大年龄了？”郑氏回答说：“小女子今年二十三岁，我丈夫二十五岁，成亲已经有三年了，有了一个孩子，现在有八个月大。”包公又问道：“你公公婆婆都在吗？”郑氏说：“只有婆婆还在，今年四十九岁。”包公问：“你父母姓什么，有多大年纪，你有没有兄弟？”郑氏回答：“父亲叫郑泰，今年八月十三日正好五十岁；母亲姓张，今年有四十五岁；我有两个哥哥。”包公听完，令郑氏到西廊休息。又叫来潘贵，问道：“这妇人既然是你的妻子，那你说说她叫什么，多大年纪。”潘贵回答道：“我妻子叫郑月桂，今年二十三岁。”包公听完，让他到东廊等着。又把洪昂叫来，问道：“你说这妇人是你的，潘贵又说是他的，怎么分辨？”洪昂说：“小人妻子左乳下有颗黑痣。”包公问：“那颗痣在乳下，她喂孩子的时候，人们都会看到，怎么能作为证据？你把她的姓名年龄报给我。”洪昂一时无言以对，想了很久后，说道：“我妻子叫秋桂，今年二十二岁，岳父姓郑，明日五十岁。”包公问：“你们结婚几年了，孩子什么时候生的？”洪昂胡乱答道：“成亲一年，儿子半岁。”包公怒道：“你这光棍好大的胆子，竟然想凭空霸占别人的妻子，真是不知廉耻！”随后打了洪昂四十板，发配边外充军。

彭裁缝选官

山东有一位监生[①]，姓彭名应凤，跟妻子许氏一起来京都听选[②]。他们住在西华门王婆的客店里。离选期还有半年，而二人的银两差不多用完了，许氏便在楼上刺绣枕头、花鞋，卖出去换来钱做家用。

浙江举人姚宏禹住在王婆客店对面的楼上，看见许氏面若桃花，就跑去问王婆："那娘子是什么人？"王婆回答说："是彭监生的妻子。"姚宏禹又问："小生想跟她说几句话，不知道王婆能不能帮我通融下。"王婆明白姚宏禹的心思，想了想，心生一计，说道："想跟她说话有何难，现在彭监生没有钱，想把她卖出去。"姚宏禹听后，非常高兴，说道："如果是这样，就有劳你了。我等你的好消息。"说完就辞别了。

王婆想到彭监生现在没有钱，又欠着房钱，便上楼来见许氏。王婆坐在许氏旁边，说道："彭官人，你可以去午门外写些榜文，赚点儿银子。"彭监生听后，立即带着一支笔，来到午门前讨些字写。有一个校尉，从钦天监[③]府中走出来，拉住彭监生问道："你会写字吗？"彭监生称会，校尉便带他来到钦天监府见李公公。李公公叫他在东廊抄写表章。到了晚上，彭监生回到店中，对王婆、许氏说道："多谢王婆指点，我才能到钦天监李公公府里写字。"许氏说："如今好了，你要用心。"王婆听

①［监生］

明清两代称在国子监（封建时代国家最高学府）读书或取得进国子监读书资格的人。

②［听选］

指明清时期，候选者等候朝廷授职。

③［钦天监］

古代官署名，承担观测天象、颁布历法的重任。

后，喜不自胜，说道："彭官人，那李公公喜欢勤快的人。你明天到他家里写字，一个月不要出来，他一定会敬重你。等日后选官时，他也会扶持你。你娘子由我来照顾，你不必挂念。"彭应凤听从了王婆的话。

王婆来到姚举人家，说彭监生已经答应把妻子卖给他。姚宏禹听后很高兴，问聘礼多少。王婆说："七十两。"姚宏禹拿来七十两银子，又加上十两的谢礼，都给了王婆。王婆拿着银子问道："姚相公如今受了何处的官职？"姚宏禹说："陈留知县。"王婆说道："彭官人说在你准备好行李坐船出发时，把许氏送到你面前。"姚宏禹说："我这就收拾东西，到张家湾船上等候。"

王婆雇了轿子回来见许氏，说道："娘子，彭官人在李公公府上住得很好。他雇了轿子，要接你过去。"许氏听后，忙收拾行李，上了轿子。轿子来到张家湾，许氏下轿后，看到一条官船在等候她，便问王婆："我夫君接我去钦天监，怎么却到这里来了？"王婆说："实话对娘子说吧，彭官人觉得他太穷了，怕耽误你，把你卖给了姚相公。姚相公现在做了陈留县的知县，又没有结婚，你跟了他就是知县夫人了，这是多好的事啊！你看，彭官人的休书都在这里。"王婆把假造的休书拿给许氏，许氏看了，心里十分悲伤，却低头不语，只得随姚知县坐船离开了。

彭监生在钦天监住了一个月，出来后直接来到王婆家，发现许氏不在，遂问王婆。王婆连声叫屈："你那天用轿子把她接走了，现在你又回来假装说没见到娘子，难道要骗我银子不成？"说完后又嚷嚷说去府衙告状。彭监生现在身无分文，只得别过王婆，含泪而去。

半年后，彭监生迫于生计，做起了裁缝，赚些小钱糊口。一天，彭监生到吏部邓郎中府上做衣服。府上的一个小仆人给了他两个馒头当点心。彭监生见儿子正在睡觉，就把馒头放到一边，想等儿子醒了再吃。小仆人觉得很奇怪，问他："师傅你怎么不吃馒头？"彭监生把前情哭着一一告诉了他，并说："我现在不吃，留给儿子充饥。"小仆人又将此事报给夫人。夫人听说彭监生是山东人，跟丈夫邓郎中是同乡，便把他叫来，想问个明白。彭监生又将妻子被拐之事哭诉了一番。夫人说："你不必做衣服了，就住在府上。等我相公回来，我把你的事告诉他，让他推选你做

彭监生从胸前的口袋里拿出文引，邓郎中看后，说：『你的选期在明年四月份才会到。明天写一份文书，详细写一下你的情况，我好推选你。』

官。”过了一会儿，邓郎中回来了。夫人对他说：“相公，今天来了个裁缝，我看他不是等闲之辈，而且是山东的听选监生。因为妻子被拐，又身无分文，所以做起了裁缝。望老爷念他是同乡，扶持他一下。”

邓郎中听后遂把彭监生叫来，对他说：“你既然是监生，拿文引[①]给我看看。”彭监生从胸前的口袋里拿出文引，邓郎中看后，说：“你的选期在明年四月份才会到。明天写一份文书，详细写一下你的情况，我好推选你。”彭监生很是庆幸，回到家后立即写了一份文书交给吏部。邓郎中直接任他做陈留县县丞。彭监生来到王婆家，向她辞行。王婆问：“彭相公要去哪

①［文引］

古代时，朝廷对某人授官的凭证。

里做官？”彭应凤说道：“去陈留县，做县丞。”王婆听后，心中惶惶不安，说道：“你在我家待了快一年了，有些地方怠慢了你。我这里有一件青布衣，给大人你穿，还有一些小玩意儿送给孩子吧。大人你什么时候启程？”彭监生说：“明天启程。”又聊了一会儿，彭监生才辞别回去了。

两天后，等彭监生走后，王婆叫来亲弟弟王明一，对他说：“彭监生做了官，前天邓郎中委托他把五百两银子带回家。你去把他杀了，提他的头回来给我看。劫得的银子你得一多半，我得一小半。”王明一听从了她的话，连夜赶路，在临清县，见到彭监生，喊道：“站住！”挥起刀就要去砍。彭监生不知所措，问道：“是谁叫你杀我的？”王明一说：“你可曾在京师得罪了什么人？”彭监生战战兢兢地说应该没有，王明一便把王婆要杀他的事告诉了彭监生。王明一觉得他可怜，没有杀他，而是割下他儿子的头发。彭监生又把王婆送的衣服给了王明一。

王明一回来后，把孩子的头发和青布衣交给王婆，说道：“彭监生已经被我杀了，有发辫、衣服为证。”王婆见了，心中大喜，说道：“祸根已除。”

来到陈留数月后，彭监生的孩子贪玩，来到姚知县衙内，被夫人许氏看见。许氏惊讶地说道：“这是我的儿子，怎么到这里来了？”这时，姚宏禹还宴请了两位官员。许氏在屏风后偷偷一看，发现丈夫彭监生坐在席上。许氏跑出来，来到酒席边。彭监生看到许氏，很是惊讶。二人相拥在一起，哭着诉说各自的情况。姚知县哑口无言。夫妇二人回到府上，看到孩子，都感叹全家终于团圆了。彭监生写好状子，告到开封府。包公大怒，表奏朝廷，判姚知县充军；又把王婆捉来，打了一百大板。王婆从实招供后，被押到法场处斩。

张榜找鞋抓凶手

开封府四十里外，有一个地方叫江口，住着一个叫王三郎的人。他很富有，经常去外地做生意。他的妻子朱氏，美貌贤德。他们夫妻感情很好，相敬如宾。

某日，王三郎又要外出做生意，朱氏劝他不要去太远。王三郎同意，不再出远门，只是在近处做些生意。他家对门住着一个叫李宾的人，曾在府衙当差，后来被革职。李宾生性刁毒，好色贪淫，见朱氏美貌，便找机会接近她。

一天早晨，李宾见王三郎出门去了，就装扮整齐，来到王家门前，喊道："王兄在家吗？"朱氏见是邻居李宾，回答说："他有事出去了，晚上才回来。"李宾见朱氏楚楚可人，不自觉地用手扯住朱氏，说道："请嫂嫂跟我一起坐下，我有一件事要跟你说。王兄回来后，麻烦你帮我转达给他。"朱氏见李宾不怀好意，劈头盖脸地呵斥说："你堂堂七尺男儿，白天来调戏别人家的妻子，真是不知廉耻！"说完后走进房去。

李宾羞愧地回到家中，心想："倘若三郎回来，朱氏把此事告诉他，岂不是对我有了仇恨？还不如杀了朱氏，也好出口气。"想到这里，李宾拿着利刀，又来到王家。见朱氏正靠着栏杆，若有所思，李宾走上前，怒道："还认得我吗？"朱氏转身见是李宾，又大骂道："你这奸贼，怎么还敢来？"李宾抽出利刀，向朱氏的咽喉刺去。朱氏中刀，倒在地上。李宾脱下朱氏的绣鞋，走出门外，把刀子和鞋子埋在近江的一个亭子边。

朱氏的一个堂弟叫念六，经常出门做生意。这天，他坐船经过江口，便上岸来探望朱氏。到了傍晚，念六来到王家，叫门无人答应。又来到房中，转到栏杆边，寂静无人。念六走出王家，回到船上，感觉鞋子湿湿的，便脱下来放到火边焙干。夜里，王三郎回到家中，唤朱氏，没人答应。于是点起灯，来到房中，见妻子倒在地上，血流满地。王三郎赶忙抱起妻子，发现妻子咽喉下有一刀痕，大哭道："是谁杀了我的妻子？"次日，邻居们听说此事后都来看，果然是为人所杀，但都说没见过凶手。有一个人说："门外有一条血迹，可以随此血迹找到凶手。"王三郎带着一伙人，顺着血迹，来到念六的船上。王三郎跑上船去，捉住念六骂道："我与你无冤无仇，你为何杀我的妻子？"念六大惊，不知道发生了什么事。王三郎将念六绑到家中，乱打一顿后，将其扭送到开封府。

包公升堂审理，王家的邻居都说念六杀了人，血迹到了念六船上就没了。包公又问念六情由，念六哭道："我与三郎是亲戚，傍晚的时候到他家里探望，因为没有人在家，我就回来了。没想到鞋子上沾了血。至于朱氏的死，真的与我无关。"包公有点儿疑惑，心想："如果念六杀了人，他不应该把朱氏的鞋子拿走。"包公又让公差仔细把念六的船搜了一遍，既没有找到绣鞋，也没有找到凶器。于是包公贴出榜文：朱氏被人谋杀，鞋子不知下落，有人捡得者，重赏官钱。榜文贴出一个月，也没有消息。

一天，李宾来到一个村子里，与他的情妇饮酒。喝了几杯酒后，李宾对那妇人说："我看你对我不错，我给你说件事，你只要按着我说的去做，肯定能得到一大笔钱。"那妇人不以为然地笑笑说："自从你来到我家，何曾出过半文钱？有这种机会，你自己去办吧，不要哄我。"李宾说："我告诉你，是想让你得到这笔赏钱，我下次来时，你就会更奉承我。"那妇人问是什么事，李宾说："前些日子，王三郎的妻子朱氏被人杀了。他把念六告到开封府。念六被关在狱中，还没有处决。包大人张挂榜文，说如果有人捡到朱氏的绣鞋，交给官府，就会有重赏。我知道绣鞋的下落，你可以让你丈夫交给衙门领赏钱。"妇人问道："你是怎么知道的？"李宾说："前天，我在江口，看见亭子旁边好像有什么东西，走近

喝了几杯酒后，李宾对那妇人说：
『我看你对我不错，我给你说件
事，你只要按着我说的去做，肯定
能得到一大笔钱。』

一看，却是妇人的鞋子，还有一把刀子，用泥埋着。我想那鞋子可能是朱氏的。”李宾走后，村妇把这件事告诉了她丈夫。第二天，村妇的丈夫来到江口亭子边，果然在泥里挖出一双绣鞋，一把刀。村妇很高兴，又让她的丈夫把这些东西送到开封府包公那里。包公问她丈夫：“这些东西你是怎么找到的？”那人回答说：“是我妻子告诉我的。”包公暗自思忖，这村民的妻子一定跟凶手有关系。包公取来五十贯钱给了村民，让他回去。又叫来两个公差，吩咐道：“你二人暗地里跟着他，到他家里察访。如果发现他妻子跟别人在家饮酒，就把那人抓来见我。”公差领命而去。

话说村民得了赏钱，高兴地回到家，把得到赏钱的事告诉了妻子。那妇人也很高兴，说道："今天能得到这笔钱，是受了李外郎[1]的恩情，应该分给他些。"村民觉得是，便立即邀请李宾到他家里。那妇人见了李宾，笑容满面，格外奉承，把他请到房里坐下喝酒。妇人说："多亏了外郎的指点，才得了这笔赏钱，应该分外郎一部分。"李宾笑道："还是当作买酒钱放在你家吧，剩下的就当是我的歇息钱了。"那妇人听后，知道李宾的话中话，大笑起来。

这时包公派来的两位公差闯进房中，把李宾和妇人一起捉了起来，扭送到开封府衙。包公问那妇人："你是怎么知道鞋子的埋藏地点的？"那妇人很害怕，说是李宾告诉她的，还说出了她与李宾通奸的事。包公又问李宾，李宾以为事情败露，吓得魂不守舍，没等包公用刑，便如实供出谋杀朱氏的情由。最后，李宾被处决，那妇人被发配。

①［外郎］对衙门书吏的称呼，也指县府小吏。

新妇的考题

河南许州临颍县，有一个叫查彝的人，是个文雅之士。他娶了邻村的尹贞娘为妻。花烛之夜，查彝正想脱衣睡觉，尹贞娘说："我听说郎君自幼攻读儒书，应该发奋励志，扬名万里，不是那些凡夫俗子所能比的。你我今日洞房花烛，难道不说些话就睡觉吗？我现在说一句对联，你若能答上来，我就会跟你同床共枕；你若是答不上来，请郎君去学堂读书，今天恐怕就违你所愿了。"查彝只得同意，让尹贞娘出题。尹贞娘说道："点灯登阁各攻书。"查彝想了很久，也没有想出下联，觉得自己还不如一个女子，很是惭愧。查彝依妻子所说，提着灯来到学堂读书。学堂里的同窗刚好要回家，看见查彝，问道："今天是你的洞房花烛夜，现在应该陪伴新人，怎么跑到这里来了？"查彝把情况跟学友们说了一遍，众学友也没能想出下联，都辞别回家了。其中一个叫郑正的人，是个好色之徒。他趁着夜色来到查彝家，直接到房中与尹贞娘同睡。尹贞娘其实很后悔出此对联，害得丈夫羞愧而去。她见有人入房，还以为是查彝回家休息，问道："郎君刚刚不能对上对联，现在回来是不是想出了下联？"郑正沉默不答。尹贞娘以为丈夫生气，也没再问。两人上床共度良宵。不到天明，郑正偷偷地溜走了。

天亮后，查彝回到家中，对尹贞娘说："昨晚夫人出题，小生我学问荒疏，没能答上来，心里很是愧疚，所以没能陪你。"尹贞娘后，疑惑地问："你昨夜已经回来了，怎么说这些话？"尹氏再三询问，查彝仍然说

月光下，梧桐树影斑驳，很有意境。包公让随从把虎皮交椅移到树下，靠着梧桐树，共同赏月。

确实没回。尹氏方知昨晚被他人玷污，遂对查彝说道：“郎君如果真的没有回来，我愿郎君前程似锦，今后要刻苦读书，不需挂念我。”说完，到房中自缢而死。查彝发现后，极度悲伤，不知道妻子为何自缢。

在第二年的中秋节，包公巡行到临颍县，坐在县衙厅中。厅前有一棵梧桐树，月光下，梧桐树影斑驳，很有意境。包公让随从把虎皮交椅移到树下，靠着梧桐树，共同赏月。忽然，他想出一句上联：移椅依桐同玩月。下联怎么对？包公想了很久没有想出，不觉得躺在椅子上略有睡意。在似睡非睡之间，包公蒙蒙眬眬地看到一个女子，大约十六岁，美貌超群，跪到包公面前，说：“大人的下联小女子对得出，便是‘点灯登阁各攻书’。”包公见她对得严丝合缝，很工整，问道：“你家住何处，叫什么名字？”女子回答说：“大人若想问我的来历，只需问本县学堂的秀才就能知道。”说完后，这女子化作一阵清风走了。

包公醒来，辗转寻思这个梦有点儿怪异。第二天，吩咐学堂里的秀才，都到府衙考试。包公让考生以《论语》中“敬鬼神而远之”为题，写一篇文章，又将“移椅依桐同玩月”写在考卷后面，让考生对出下联。查彝也在考生之中，见到这句上联后，想起妻子尹氏说的句子，便写下“点灯登阁各攻书”这句下联。诸位考生答完题后，站在府外等候。包公一一审阅答卷，见到查彝所对的下联，跟昨天梦中女子所说一样，很是惊讶。包公立即唤来查彝，问道：“我见你写的文章很普通，但对的诗句却很好。我猜你这句诗是请别人对的。你实话对我说，不许隐瞒。”查彝便把妻子尹氏的事情详细告诉了包公。包公听后，说道：“那天你所告诉的人中，一定有个好色之徒。知道你不回去，便趁机跟你妻子同床，玷污了她。你妻子才会上吊自杀。”查彝想了一会儿，禀报说：“有一个叫郑正的生员，平时行为不端。”包公听后，立即派公差把郑正抓到府衙审问。郑正因受不了严刑，如实招供。包公依法将郑正押到法场处决。

画轴中的遗嘱

顺天府香县有一个官员叫倪守谦，有家财万贯。他的正妻生了长子善继。倪守谦年老时，纳了一个小妾叫梅先春，生了次子善述。

善继贪得无厌，吝啬爱财。为了不让弟弟与他一同分家产，整天琢磨如何谋杀善述。倪守谦知道大儿子的企图，在他染病在床时，叫来善继，说道：“你是嫡子①，又年长，能打理家事。我已写下遗嘱，把家产都留给你。善述年幼，我还不知道他能不能顺顺利利地长大成人。如果能，那你给他娶个媳妇，并分他一所房子和数十亩田，不要让他饿着肚子就行。先春如果想守节就留下来；如果想改嫁就让她改嫁，你也不要难为她。”善继见父亲将全部财产交给自己，心中很是欢喜，也打消了谋害弟弟的想法。

①［嫡子］正妻所生之子。

梅先春听说家产全部交给善继后，抱着儿子来到倪守谦床边，哭泣道：“老爷已经年满八十，妾身我只有二十二岁，这孩子刚满周岁。老爷把财产都给了善继，那我儿子长大后，该怎么办呢？”倪守谦说：“你现在很年轻，不知道能不能为我守节。如果你改嫁他人，就会误了这个孩子。”梅先春发誓说：“如果我不能守节终身，甘愿粉身碎骨，不得善终。”倪守谦听到此话，说道：“既然你这么说，我就把一幅画轴交给你，你一定要好好珍藏。日后，如果善继没有分家产给善述，你就等待廉明的官员来，将此画交给他，状告善继。不必写状子，自然会让你儿子成为富人。”数月后，倪守谦病故。

善述十八岁那年，要求哥哥善继分家财给他。善继全然不予理会，说道：“我父亲八十岁时，哪里还能生孩子？你不是我父亲的骨肉。而且遗嘱上写得很明白，不分家财给你。你凭什么跟我争？”梅先春听后，非常愤怒。她想起丈夫临终时说的话，又听说府衙的包公廉明无私，是个清官，便拿着丈夫留给她的画轴，来到府衙中向包公告状说：“我年轻时嫁给了知府倪守谦为妾，生有一个儿子叫善述。我儿子一岁时，丈夫因病去世。他临终时对我说，如果嫡子善继不均分家财，就拿着此画到廉明的官员那儿告状。我听人们都说您做官公正无私，故来告状。请大人为我儿做主。”

包公将画展开，只见画上画的是倪守谦知府端坐在椅子上，一手指地的画像。包公看不明白其中的意思，便退了堂，将画挂在书斋中。包公看着画思索了一番，说道：“莫非这画轴中藏有什么东西？”拆开一看，轴内竟有一张纸，上面写道：“老夫生嫡子善继，贪恋财物；小妾梅氏生有幼子善述，年仅周岁。我担心善继不肯均分财产，谋害善述，才立下此遗嘱——将家产和两所新屋留给善继；把右边的旧屋留给善述。旧屋中，在梁栋的左边埋了五千两银子，分装在五个酒瓮里；右边埋了五千两银子，一千两金子，分装在六个酒瓮里。所有的银子都给善述。如果有廉明的官员看到此画，猜出其中的含义，就命善述将一千两黄金做酬谢。”

包公叫来梅氏，说道：“你要求分家产，我必须亲自到你家勘察。”包公来到倪家，下轿子，假装见到倪知府，并和他施礼相让。来到倪家堂上后，又假装与倪知府谈话，拱手作揖说道：“你让夫人状告官府，要求均分家产，可有此事？”说完，停了一会儿，又说：“原来长公子贪财，怕他谋害弟弟，才把家产全交给他，但你次子住在哪儿？”包公又等了一会儿，又自言自语道：“右边的那所旧屋子给次子，那里面的财物怎么办？”又等了一会儿，说道：“把银子都给次子。”然后包公推辞说：“这怎么敢要？我自有处置。”

包公将画展开，只见画上画的是倪守谦知府端坐在椅子上，一手指地的画像。

说完，包公站起身来，环顾四周，假装惊讶地说：“刚刚分明是倪老先生跟我说话，怎么一转眼就不见了，难道我是见到鬼了？”善继、善述和堂中的其他人都非常惊讶，以为包公真的见到了倪知府。包公来到旧屋子里，对善继说：“你父亲显灵了，把你家的事都告诉了我。他叫你把这间小屋分给你弟弟，你看如何？”善继说：“凭老爷公断。”包公说：“这屋子里所有的财物都给你弟弟，外面的田园照旧给你。”善继说：“这屋子里都是些小物件，我愿意交给弟弟，毫无怨言。”包公说：“刚才倪老先生对我说，这屋子里左边埋着五千两白银，都交给善述。”善继听了不相信，说道："即便是有万两银子也是父亲给弟弟的，我绝对不要。"包公说："你就是要也不能给你。"

说完，包公就命两名公差同善继、善述、梅先春一起去挖，果然挖出五瓮银子，每瓮一千两。善继看此情景，更加相信父亲在大厅显灵了。包公又说道："右边也埋着五千两白银给善述，还有黄金一千两。刚才倪老先生说要把黄金酬谢给我，我绝对不会要。这些黄金留给梅夫人，做养老之用。"善述、梅氏听后，不胜欢喜，向前给包公叩头称谢。包公说："不必谢我，我不知道地下还有没有黄金和银子。这是倪老先生的灵魂告诉我的，想必不会有错。"说完立刻让人挖梁栋右边，果然跟包公说的一样，有五千两银子，一千两黄金。在场的人无不称奇。

胡居敬寺中逃生

山西阳曲县有一个生员叫胡居敬，年方十八，父母双亡，又没有兄弟。因为家境贫寒，一直没有娶妻。

胡居敬读书不通，考试一直名落孙山。一日，他将家中所有东西都卖了，换来六十两银子，去南京从师读书。途中，所坐之船被飓风掀翻，船上的人都淹死了。唯独胡居敬抱着一块木板，侥幸活了下来，但身上的六十两银子却不知所终。后来，一位渔翁把他救起，并给了他一身衣服和一些银两。胡居敬很是感动，问了渔翁的姓名和住址，而后一路乞讨来到南京。

胡居敬衣衫褴褛，在城内到处乞讨，艰难度日。后来，他来到报恩寺，想出家为僧。但因为他不会扫地，也不会烧香，寺中的和尚要赶他走。一位法号率真的老僧看到后，问他的情况。胡居敬回答说："我是山西生员，来南京是为了从师读书。没想到途中坐船遭到飓风，身上的银两都丢了，才流落至此。劳力活儿我都不会干。希望师父怜悯我，赠我些盘缠，让我回乡，此恩永不会忘。"僧人率真说："你家太远了，我怎么能给你这么多盘缠？况且你的本意是要到南京从师，现在又要回去，岂不是白白地跑了一趟吗？不如你住在寺中读书，吃喝由我供给。等你把书读好了，再去京城赶考。"胡居敬觉得这是个办法，但想到自己在寺中住久了，会被僧徒们厌恶，便拜僧人率真为义父，拜寺中的诸位僧徒为师兄弟。之后他一心苦读诗书，晚上也很少休息。过了三年，又赴京赶考，终

妇人见到胡居敬后，惊讶地问道：『谁跟你来到这里的？』胡居敬说：『我自己信步走上来的。你们是什么人，为什么会在这个房里？』

于荣登高第。

胡居敬虽然在寺中待了三年，但一直专心读书，很少出去闲游。中举之后，寺中的很多师兄请他去玩，才在寺中遍游各处。一天，胡居敬来到僧人悟空房中，好像听到楼上有下棋的声音，便径直上了楼，竟看到两个妇人在楼上下棋。妇人见到胡居敬后，惊讶地问道：“谁带你来到这里的？”胡居敬说：“我自己信步走上来的。你们是什么人，为什么会在这个房里？”妇人说：“我是渔翁安慈的女儿，叫美珠，被长老骗到此处。”

胡居敬说："原来是我恩人的女儿。"美珠问："官人是谁？我父亲于你有什么恩？"胡居敬回答说："这个寺中的举人就是我。以前我曾被你父亲救了一命，才有了今日。救命之恩至今未报，今天无意中遇见娘子，我一定会救你出去。"美珠说："报恩以后再说，你快点儿离开这里。今年有一个郎官误行到此，被长老勒死。你若是被撞见，命也难保。"胡居敬说："悟空是我师兄，都是寺中人，看见也没事。"又问："那一位娘子是谁？"美珠说："她叫潘小玉，是城外杨芳的妻子。她在回娘家的路上，被长老逼着吃了有麻药的果子，便迷昏过去，也被抬到了这里。"这时，僧人悟空登上楼来，见到胡居敬，笑道："贤弟怎么来到这里了？"胡居敬回答说："我偶然来到这儿的，没想到师兄还有这种乐趣。"

悟空立即下楼，锁上房门，叫来僧人悟静。他把胡居敬带到一间四面都是墙的空房中，并拿来一条绳子、一把剃刀、一包砒霜，让胡居敬选择。胡居敬大惊，说道："我也是寺中的人，你们怎么把我当作外人提防？"悟空说："我们曾秘密发誓，只有削发为僧的人，才能跟我们是一条心，可以知道此事；有头发的人，就算是亲父子亲兄弟也不认，更何况我们只是结义兄弟。"胡居敬指天发誓说："我如果害你，就遭天诛地灭。"悟空说："纵然不害我，此事传出去，也会损害我们寺院名誉。你今天就算说得再好听也是枉然。你若再说一句求饶的话，我就动手。"胡居敬哭泣说："我受率真师父的厚恩，希望死前能再见他一面。"悟空说："你求师父救你，如同是求阎王饶命。"过了一会儿，悟静把率真叫来，胡居敬哭着拜道："我是寺中的人，知道师兄的秘密也应该无妨。现在师兄要逼死我，望师父救我。"率真还没有说话，悟空便说："自古入了空门就如同割断了骨肉，还讲什么恩情？你现在求救，率真怎么救你？"率真说道："居敬我儿，这是你的命。不要烦恼，你死后我一定把你埋在一个好地方，并做功德超度你，让你来生再享富贵。我肯定不会救你。"胡居敬见率真如此强硬，便哭着说："可否让我晚点儿死？"率真说："如果是外人，绝对不会答应。念在你我的情分，明日午时再来要你的性命。"三个僧人出去，锁了房门。

胡居敬站在空房里，房内只有一条绳子悬在梁上，一个给他自缢用的凳子，还有一把剃刀，一包砒霜。四周没有其他的东西，唯有墙壁。胡居敬观察了一段时间，心中有了主意。晚上，胡居敬用刀子在墙上挖洞，又从凳子上拆下木条，钉到墙洞上，利用这个方法爬到房顶上。最后他又在屋顶上撞出一个洞，逃了出去。

胡居敬来到府衙，向包公告状。包公看了状子，立即让人来到寺中捉拿三个僧人。最终，被困的两个妇人得救，三个僧人被判死刑。

游总兵夺功

杨文广在边境征战，朝廷派包公犒赏三军。包公正在奔赴边境的路上，一阵旋风吹来，伴有哀号之声，让人听了毛骨悚然。包公说道："此地一定有冤情。"于是，他让随从停止前进，暂时在公馆住下。

晚上，为了查清冤情，包公的魂魄来到阴间。忽然看见一群鬼卒，共有九名，怨气极大，向包公告状。这九个鬼卒称自己杀退了三千辽兵，而游总兵不但抢了他们的功劳，还将他们杀了灭口。包公听完，问道："你们九个小卒，怎么杀得退三千辽兵？"小卒说："正因为听起来不可能，游总兵才将我们的功劳录在他的名下。像包大人这样的青天，听了此事一时也不敢相信。"包公笑道："你们详细说来听听。"有一小卒说道："当初辽军的攻势很凶猛，游总兵带着五百人冲上去，败阵而回。晚上，我们九个人思量去劫辽军的寨营。在一更时我们悄悄地摸过去，四下放火。当晚风力极大，火势借助风力，将三千辽军烧得一个不留。我们回到营中，本指望能论功行赏，没想到游总兵把功劳揽下，又把我们九个杀了。我们这些做小卒子的，有苦就要我们吃，有功却是别人的；没功要被砍头，有功也要被砍头。"包公听后，很是惊讶，说道："竟有这样的事！"于是吩咐鬼卒把游总兵带来。

不一会儿，游总兵被带到。包公审问道："好一个有功的总兵，你为何把九名小卒的功劳揽在你身上，还把他们杀了？你只知道杀人灭口，不知道没了头的人也会来告状吧？"包公吩咐鬼卒用极刑拷问，总兵招认

包公大怒，说道："你今生休想再回到阳间，要让你吃尽地狱之苦。"说完令一个小鬼卒将一粒丹丸放进总兵口里。游总兵立刻遍身着起了火……

说："是游某一时糊涂，冒领了他们的功劳，又杀了他们。求包大人放我回到人间，我立即旌表①九人。"包公大怒，说道："你今生休想再回到阳间，要让你吃尽地狱之苦。"说完令一个小鬼卒将一粒丹丸放进总兵口里。游总兵立刻遍身着起了火，鬼卒向他吹了一口孽风，他就又变回了人样。游总兵颤抖着说："早知今日受这种苦，就算把总兵之位让给小卒，也心甘情愿。"小卒子在一旁说道："快活快活！想不到今天出了这口恶气。"

①［旌表］

封建统治者用立牌坊或挂匾额等方式表扬遵守封建礼教的人。

忽然，门外喊声大震，啼哭不止。鬼卒报道：“门外来了数千人，是边境上的百姓。喊的喊，哭的哭，都说自己冤枉。”包公说：“放几个人进来，其余的都在门外听候。”鬼卒把两个边民带到堂上。包公问他们：“有什么冤情，就直接告诉我。”边民说：“听说今天包大人审问游总兵，我们特意来诉冤。我们是住在边境上的百姓，常常遭到辽兵的掳掠。一天，辽兵进犯，被杀败而去。游总兵乘胜追击，倒把我们自家百姓杀了几千，割下首级向朝廷邀功。这样的冤情我们不告到包大人这里，还能告到哪里去？”包公说：“游总兵竟有如此恶劣之行径，一定要你永世不得翻身！”鬼卒又拿来一颗丹丸，放在游总兵口中。过了一会儿，游总兵血流满地，骨肉化成泥。鬼卒又吹了一口孽风，游总兵就又变回了人形。边民说道：“快活快活！但就是割他一万刀也抵不了几千人的性命。”包公说：“告诉外面被冤杀的边民，辽兵也残杀了很多百姓，不要只是从游总兵身上报冤。你们可以变作几千厉鬼杀之，由九名鬼卒做首领。杀了辽兵，我自有酬谢。判游总兵永堕十八层地狱，永世不得转生。”包公好言好语安慰了小卒和百姓，这些鬼魂才欢喜而去。

巧判白鹅

同安县有一个人叫龚昆，娶了李氏为妻。龚家很富有，但龚昆却十分吝啬。

一天，龚昆命家仆长财带着一批贺礼，给自己的岳父李长者祝寿。临行前，龚昆嘱咐说："其他的礼物可以让他收下，这只鹅你一定要给我拿回来。"长财答应了。

李长者见到长财带了贺礼来祝寿，很欢喜，问道："你家主人为什么不来饮酒？"长财解释说："主人家事繁忙，不能亲自来祝贺。"长者让厨子收下贺礼。厨子见礼物都不怎么值钱，就挑了一些稍微贵的收下，那只鹅就在其中。长财见鹅被厨子收下，心里很不舒服，怕回去后受主人责骂。喝了几杯酒，长财就自己不声不响地挑着箩筐回家了。在离城一里外，一群白鹅在田中觅食。长财见四下无人，就下田里抓了一只较大的鹅，在鱼塘里把毛弄湿后，放进箩筐里。这时放鹅的人招禄来到田中，见长财把一只鹅放进箩筐中，便一边叫一边追他。长财不理会他，只管走路。走了一段时间后，招禄的主人从县里回来。招禄看见后，喊道："官人，前面挑筐的人偷了我们家的鹅，快把他拦住。"招禄主人听后，一手把长财拉住。长财嚷道："你这个人真的无礼，无缘无故扯住我干什么？"那主人说："你偷了我家的鹅，还问我拉住你干什么？"两个人争吵了起来。路过的人看到这种情况后，对招禄的主人说："既然你说他偷了你的鹅，我有个方法。把这只鹅放进你家的鹅群中，如果能合伙，就说

长财见四下无人，就下田里抓了一只较大的鹅，在鱼塘里把毛弄湿后，放进箩筐里。

明是你的；如果不能合伙，被群鹅驱逐，那就说明是他的。”长财说：“言之有理，拿回去试试。”长财把那只白鹅拿出来，放进鹅群中。因为箩筐里的白鹅羽毛都湿了，不是以前的样子，群鹅都驱逐它，用嘴巴啄它。路人都说：“这只鹅是长财的，你们主仆二人也太欺负人了。还给人家吧。”招禄的主人受了众人的白眼，觉得下不了台，便把招禄臭骂了一顿。招禄仍然辩解说：“我明明看到他把鹅捉上岸，放进筐子里。怎么这只鹅不合群了呢？”他心中不服气，上去跟长财扭打起来。

包公经过此地，见二人打闹，便问发生了什么事。二人见到包公，停下手来，向包公解释。包公看了看箩筐里的白鹅，心想：如果是招禄的鹅，为什么不合群呢？如果是长财的，那招禄怎么会平白诬赖人？其中必有缘故。包公吩咐二人把鹅留在县中，明日早上再来取。

次日，二人来到府衙中领鹅。包公说道：“这只鹅是招禄的。”长财不满地问道：“老爷，昨日众人都说是小人的，今日为什么又成他的了？”包公说：“你家住在城中，如果养鹅，一定会喂粟谷；他家住在城外，鹅都是放在田间，吃的都是野菜。鹅吃了粟谷，粪便一定是黄色的；若吃的是野菜，粪便就是青色的。这只鹅的粪便是青色的，你还狡辩什么？”长财仍不甘心，问道：“既然说是他的，那昨日为什么这只鹅不跟他家的鹅合群？”包公说：“你这奴才还强词夺理！你把鹅毛弄湿，其他的鹅当然不让它入群，能不追赶它吗？”包公把鹅还给招禄，重责长财二十板。乡里人听说后，都赞颂包公英明。

坎坷的陈郎

陈家和邵家是广州肇庆府的两大旺族。陈长者有个儿子叫陈龙；邵长者有个儿子叫邵厚。陈郎聪明俊朗，只是家贫如洗；邵郎狡诈奸猾，却很富有。二人是同窗，都没有娶亲。

城东刘胜祖上做官，女儿惇娘机敏好学，年方十五，诗词歌赋样样精通。很多未婚男子都请媒人向刘家提亲。一天，她的父亲跟同族的兄弟说："惇娘已经长大成人，求亲者接踵而至。我想选择一位佳婿，不以贫富而论，不知道行不行？"兄弟说："古人选择女婿，看重的是德行，而不是富贵。城中陈长者有一个儿子叫陈龙，气宇轩昂，好读诗书。虽然他现在贫穷寒酸，但我想此人日后一定会发达。贤弟如果不嫌弃，我做媒，成全这段姻缘。"刘胜说："我也听说过此人。待我回去跟家人商量一下，再做决定。"遂辞别回家。

刘胜回到家，对妻子张氏说了此事。张氏说："这件事由你做主，不必问我。"刘胜说："你把这件事告诉女儿，试探一下她的意图。"张氏来到女儿房间，把丈夫的想法告诉了惇娘。惇娘也听说过陈龙，听了母亲的话，口里虽然不说，但心里已生爱慕之情。过了一个月左右，邵家请媒人到刘家提亲。刘胜心向陈家，推托说女儿还年幼，等到明年再商议。刘胜让族兄前往陈家说亲。刘某对陈长者说："令郎才俊轩昂，我弟弟想把女儿许配给他，不论贫富，只要您答应，就择吉日过门。"陈长者听后很高兴，立刻答应了。刘某回报给弟弟，刘胜大喜，召来裁缝，为陈龙做了数件新衣服，等着择吉日送女儿过门。

邵长者听说刘家之女许配给了陈郎，不满地说道："我当日请媒人去提亲，他推托说女儿尚且年幼，现在却许配给了陈家。"邵长者心中很不平，便寻思着找个事报复他。第二天，邵长者忽然想起一件事：陈家原来是辽东的卫军，很久没去服兵役了。如果衙门再让他家当兵，应该轮到他儿子了。可以追究这件事，让陈龙成不了婚。于是邵长者写了状子，把陈家逃避兵役之事告到衙门。官府审理此案时，发现册籍上已经除去了陈某的军名，拒绝了邵长者的诉讼。邵长者便用钱贿赂官府，将陈家父子捉到大堂。陈家父子辩解不了，最终陈龙被发配远方充军。临走前的晚上，父子相拥而泣。陈龙说："现在家里贫穷，父母亲又年老体衰。我发配到远方，父母便无依无靠。让我怎么放心？"陈长者说："我虽然年迈，但也有亲戚来照顾我。只是你命不好，没有跟刘家完婚，不知道你们日后还能不能相见。"陈龙说："正是因为这桩亲事才被别人记恨，现在遭受这种祸事，也不敢妄想亲事了。"第二天，亲戚们都来送行，陈龙把双亲托付给众亲戚，挥泪辞别启程了。

刘家知道陈龙发配远方的事后，感叹不已。惇娘也心如刀割，恨不得马上见到陈郎。但事已至此，无可奈何。惇娘在家常常思念陈郎，幽情别恨却不知向谁诉说。

第二年春天，城里闹起了瘟疫，惇娘的父母亲不幸双双染病去世，刘家从此衰落。后来家产用尽，房屋也卖给了别人，惇娘孤苦无依，投身在姑母家。姑母很可怜她，待她如亲生女儿。当时有人来到家里，给惇娘商议亲事。姑母不知道惇娘的心意，对她说："我知道你曾许配给陈郎，但他从军远方，没有一点儿音讯，不知是生是死。现在为何不另嫁他人，以图终身之计？"惇娘听后，哭着对姑母说："侄女听说，陈郎是因为我才遭此祸事。如果让我转嫁他人，就是背弃了他，这是不义之举。姑母如果可怜我，就让我守在家里，等待陈郎回来。如果他遭到不幸，我愿跟他结来世姻缘。要我转嫁他人，我宁死也不从。"姑母见她这样贞烈，再也没有提及此事。从此，惇娘在姑母家守着闺房，姑母不叫她，她便不出堂。

这年的十月，海寇作乱，惇娘和姑母为避难，跟着乡人逃到远方。

第二年，海寇平息，逃离的人纷纷回到家乡。惇娘与姑母见房屋被海寇烧毁，不能居住，便在平阳驿站边租了一间小屋。

未到一个月，官宦之家的公子黄宽骑马在驿站前经过，看到惇娘在厨房做饭。黄宽见惇娘美貌，向附近的人打听她是谁家女子。知道的人告诉他那是城里刘某的女儿，遭受祸乱才寄居在这里。黄宽第二天派人来跟惇娘提亲，惇娘没有答应。黄宽便用权势对惇娘施压，想要强行娶亲。惇娘的姑母很是惊恐，对惇娘说："他父亲是做官的，如果你不嫁，我们怎么在这里生活下去？"惇娘说："他如果要强行逼婚，我只有以死相拒。你跟他说，等六十天我父母的孝服完满后，再商议婚事，慢慢地推托掉。"姑母出来对媒人告知。媒人回到黄家，把此事告诉黄宽。黄宽听后欢喜地说："那就等六十天再去娶。"

一天，有三个军人来到驿站投宿。两个军人做饭，另一个军人倚着栏杆休息。惇娘看到后，对姑母说："驿站里来了三个军人，请姑母去问问他们从哪里来。如果是从陈郎服役的地方来，我也好打听打听消息。"姑母立即出去，问军人："你们是从哪里来？"一个军人回答说："从辽东来，我们要把文书送到信州。"姑母又问："辽东军营中有个陈龙，你们可认识他？"军人听了，立即给惇娘姑母作揖说："您怎么知道陈龙？"惇娘姑母说道："陈龙是我侄女的丈夫，侄女曾许配给他，只是还没有完婚。"军人又问："那现在您的侄女嫁人了吗？"姑母说："还在等陈郎归来，不肯嫁人。"军人听后，潸然泪下说道："我就是陈龙。"姑母听后，简直不敢相信自己的耳朵，立刻跑进房中告诉惇娘。惇娘也不相信，出来向陈龙问起当初的事情，陈龙详细地陈述了一遍，惇娘听完后才相信，走上去与陈龙抱在一起大哭起来。其他两个军人看见后，都欢喜地说："这真是有缘千里来相会啊，现在用我们二人带来的盘缠，让陈郎在今夜完婚。"于是置备酒席，两个军人在屋外饮酒，陈龙、惇娘和姑母在屋内饮酒。酒席完毕后，陈龙与惇娘进入洞房，解衣就寝。二人诉说各自的衷情，不胜凄楚。

第二天，两军人对陈龙说："你刚刚结婚，不便离开。我二人送完文书，再回来找你。那时让惇娘与我们一起去辽东，你们夫妻俩就能永远在

惇娘也不相信，出来向陈龙问起当初的事情，陈龙详细地陈述了一遍。惇娘听完后才相信，走上去与陈龙抱在一起大哭起来。

一起了。”说完他俩就上路了。

二十多天后，黄宽知道了陈龙跟惇娘成婚的事，很是气恼。他让仆人到惇娘家中，将陈龙骗到黄家府上，以逃军的罪名把他杀了，尸体藏进瓦窑之中。次日，黄宽逼惇娘过门。惇娘听说陈龙被害的消息后，便在房中自缢。幸亏姑母发现，及时把她救了下来。姑母说道：“陈郎与你只有几天的姻缘，现在人都死了，你为什么这样轻生？你就委屈下嫁给黄公子吧。”惇娘说：“侄女一定要为夫报仇，怎么还能再嫁给仇人？”姑母劝了惇娘很久，惇娘都不从。这时外面的驿卒来报，说开封府包大人来到本地，准备迎接。惇娘听后，跪在地上，谢天谢地，然后写了状子把黄宽告到包公马前。

包公把悙娘带到府衙，详细询问案情。悙娘将前事逐一告诉包公，悲哭不止。包公让公差把黄宽抓到府衙审问，黄宽不肯招认。包公心想：必须找到尸首，他才会承认；如果没有尸首，怎么能审明白？正当包公困扰时，案前刮起一阵狂风。包公见此风起得怪异，说道："如果是冤枉，就带公差去查看。"那狂风在包公的面前绕了三圈，然后出了堂。公差张龙、赵虎跟着狂风来到城外二十里的地方，见狂风进入瓦窑。二人来到窑中，发现一具面色未变的男子的尸体，二人把尸体抬到堂上。悙娘见到后，痛哭起来。包公再次提出黄宽审问。黄宽见到尸体，知道再也隐瞒不下去，只能从实招供。包公将案件写成文卷，判黄宽偿命，并让黄家拿出殡葬钱给悙娘下葬陈龙；邵长者因贿赂官吏陷害陈家，发配远方充军；悙娘每月可以从官家库银中领取若干银两，以养活自己。

恶僧人拐骗良妇

贵州程番府有个一个秀才丁日中，常常在安福寺读书，与僧人性慧交往很深。

一日，性慧到丁日中家拜访，刚好丁日中不在家。妻子邓氏时常听丈夫说起性慧，说他在寺中读书时僧人性慧帮了他不少忙。因此邓氏出来招待性慧，留性慧吃了一顿饭。性慧见邓氏容貌美丽，谈吐清雅，心中不胜爱慕。

后来，丁日中又去寺中读书，一个月也没回去。性慧心生一计。他雇了两个人，装扮成轿夫模样，在午后来到丁家。轿夫对邓氏说："你相公在寺中读书，劳累过度，忽然中风昏迷过去，幸亏僧人性慧把他救醒。你丈夫现在奄奄一息，生死难卜，他叫我们二人来接娘子去看看。"邓氏有点儿疑惑，问道："为什么不送他回来？"二轿夫说："本来要送他回来，只是路途遥远，有十余里，怕他在路上被风一吹，病情又加重，那就难救治了。娘子应该亲自去看看，有个亲人在旁边，也好服侍病人。"邓氏听了，也没多想，立刻登上轿子，去寺中看丈夫。

傍晚，轿子到了寺中，邓氏被抬进僧房深处。性慧在房中摆好酒席等着，见到邓氏后邀请她一起饮酒。邓氏问道："我官人在哪里？领我去见他。"性慧说："你官人和一些朋友出城游玩。刚才有人来报说他中了风，现在已经没事了。这里离新寺有五里路，天色已晚，你还是暂时在这里歇息吧，明天再出去；如果非要出去，也要等轿夫吃完饭，娘子也吃点儿东西，吃完再走也不迟。”邓氏无奈，坐下来喝了几杯酒，又让性慧去催轿夫。性慧回来说：“外面天已经黑了，轿夫不肯出行，都回家去了。娘子再喝几杯酒，不要急。”邓氏又喝了几杯酒，觉得有点儿醉，便提着灯到禅房去睡觉。

来到禅房，邓氏见床上尽是锦衾绣褥，罗帐花枕，件件精美，心里很是疑惑，就没有解衣睡觉。到了半夜，性慧来到房中，走到床前，将邓氏抱住。邓氏喊道：“有贼！”性慧说：“你就是喊到天亮，也不会有人救你。我为了你，费尽了心机，今天总算如愿以偿。这也是我们前世注定的缘分，由不得你。”邓氏骂道：“你这野僧无耻至极，我宁死也决不受辱。”性慧说：“娘子如果从了我，明天就能见到你丈夫；如果执迷不悟，现在我就要了你的性命！”邓氏挣不过他，只得任其妄为。到了第二天中午，性慧醒来对邓氏说：“事已至此，你就削发出家，藏在寺中，衣食上我绝对不会亏待你。你如果再使昨夜的性子，这里有麻绳、剃刀、毒药，想死就死吧。”邓氏心想：身体已经受辱，死了就再也见不到丈夫了，这冤屈难报，不如暂且忍辱偷生，见到丈夫，报了此冤，再死也不迟。于是邓氏削发藏在寺中。

到了月末，丁日中来到寺中拜访性慧。邓氏听到丈夫的声音后，跑出来对丁日中哭道：“官人不认得我了吗？我被性慧拐骗到这里，日夜盼望你来救我。”丁日中看此情景，非常恼怒，扭住性慧便打。性慧立刻招来一群僧人，将丁日中锁住，想要拿刀子杀了他。邓氏挡在丈夫面前，对性慧说道：“先杀了我，再杀我丈夫。”性慧收起刀，把邓氏拉进房里，吊了起来，再出来杀丁日中。丁日中说：“我妻子被你拐骗，我到了阴间也不会放过你。你要杀我，就让我跟妻子一起死。”性慧说：“我不杀你，想积些阴德。寺院后面有一个大钟，我把你盖在下面，让你自己死。”遂把丁日中盖到钟下。邓氏日夜啼哭，向观音菩萨祈祷，希望有人能救她丈夫。

三天后，包公巡行来到程番府，夜里梦到安福寺的大钟下盖着一条黑龙。包公开始没有在意，可第二夜、第三夜连续梦到此景，包公觉得不可思议，带着手下到安福寺查看。果然在寺院后发现一口大钟。公差们将大

性慧说："你就是喊到天亮，
也不会有人救你。我为了你，
费尽了心机，今天总算如愿以
偿。这也是我们前世注定的缘
分，由不得你。"

钟抬开，里面竟有一人，饿得奄奄一息。包公让人端来一碗粥，给此人灌下。那人喝了粥，稍微清醒了，说道："僧人性慧把我妻子拐骗到寺中，削发扮作僧人，又把我盖在钟下。"包公立即让人把性慧拿下。但公差搜遍了全寺，却没有找到妇人。包公就让公差再仔细搜一遍。公差发现夹墙中铺了木板，揭开木板，下面有一个楼梯，通向地下室，里面灯火通明，有一个少年"和尚"坐在下面，公差把她叫上来见包公。这个"和尚"就是邓氏。她见到丈夫被放出来，性慧已经被锁住，便把事情从头到尾说了一遍。性慧不敢狡辩，磕头认罪。包公随后判性慧斩首示众，其他帮助性慧的僧人都发配充军。

丁日中夫妇回到家，请人刻了包公的木像，朝夕拜奉。后来丁日中科举高中，做了大官。

方春莲外逃

在浙江有一个商人，叫游子华，在广东做布匹生意。他继承祖上的家业，积累了万贯家产，还娶了一个当地的女子王氏做小妾。

游子华嗜酒如命，生性暴躁，王氏稍微违背他的意愿，就会遭到毒打。在某个深夜，王氏实在忍受不了这种折磨，便趁游子华熟睡时，投井自杀。第二天，游子华不知道王氏已经投井自杀，到处贴公告找人，几个月都没有消息。游子华讨取完货银，便收拾行李回到了浙江。

当时有一个叫林福的人，开了一家酒肉店，攒了些钱，娶了位妻子叫方春莲。方春莲为人轻浮，曾与人有染。林福的父母知道后，告诉了林福。林福心怀怒气，每天打骂妻子。方春莲委屈地对父母说："当初你们生下我来，见我这么丑陋，为什么不把我淹死？现在嫁给这种狠心的丈夫，嫌我长得丑，每天都对我发脾气，轻则辱骂，重则动手打人。我想我活不了多久了。"父母劝她说："既然嫁给了他，就低头忍受过日子，不要跟他吵闹。"父母虽然好言相劝，但方春莲依旧认为林福是薄情之人。

一天，方春莲早上起来开门烧水。光棍许达挑水经过，看见方春莲一人，挑逗她说："你今日起得这么早，趁你丈夫还没起，可以到我家喝一碗汤。"方春莲说："你家里有人在吗？"许达说："只有我一个人。"方春莲听到他家中无人，又想到丈夫每天吵吵闹闹，就跟随许达去了。许达不胜欢喜，从厨房拿来一些水果点心给方春莲吃，又把两根银簪送给了她。事后各家各户都已起床，方春莲回不了家，许达便把方春莲藏在家中，锁上门，到街上做生意去了。

林福起床后，找不到妻子，想到自己平日打骂方春莲，以为方春莲逃走了，便请人写了寻人告示到处张贴，并告诉了他的岳父方礼。方礼听后大怒，说道："我女儿一向被你嫌弃，跟我说你常常打骂她，让她受尽折磨。现在你骗我说她逃走了，想必是你把她打死了，拿这种谎话来哄我。我一定把你告到官府，替女儿申冤，方能消此恨。"于是方礼写了状词，把林福告到县衙。知县批准了状子，让公差把林福捉到县衙。

许达听说方礼、林福两家在府衙打官司，对方春莲说："留了你几天，没想到你父母把你丈夫告到了官府。如果官府查出你在我这里，如何是好？不如我们远走他乡，做真夫妻。"方春莲觉得可以，说道："事不宜迟，我们赶快出发。"于是，他们收拾行李，连夜逃走。二人来到云南省城，身上的盘缠用完了。许达叹息说："这里举目无亲，没吃没喝，该如何是好？"方春莲说道："你不必为衣食发愁，我若舍身，就够你吃穿。"许达不得已答应了她。方春莲从此沦为娼妓，改名素娥。

方春莲逃走的那一天，有一个老者向官府报告说井中有一具死尸。县官立即命人把尸体打捞上来，并让仵作检验。方礼谎称死者是自己的女儿，抱着尸体哭道："这是我女儿的尸体，果真被恶婿林福打死，丢在井中。"方礼禀报县官，哀求严刑拷打林福。县官提来林福审问说："你将妻子打死，藏进井中，可有此事？"林福辩解说："这尸体虽是女子的，但衣服、相貌都跟我妻子不同。我妻子年长，这妇女年少；我妻子身子长，这妇人身子短；我妻子头发多而且长，这妇女头发少而且短。方礼想用此尸体害我，万望大人明察。"方礼向前哀告说："林福说这些，是想抵赖，掩饰他杀我女儿的罪行，请大人验伤就能知道打死的情由。"县官命仵作验尸，发现尸体身上有伤痕，果真如方礼所说，便对林福施以严刑，林福受刑不过，屈打成招。

到了年底，包公巡行天下，来到此府。看到林福的案宗，包公知道他被人诬陷，叹息说："我奉旨核查冤案，现在看到林福这件案子很可疑，一定要为他申冤。"包公又对众官员说："方春莲是个淫妇，一定不肯死。虽然遭到打骂，也只是潜逃，一定是被人拐去。"包公想到井中女尸

素娥说："我本是良家女子，因为被丈夫打骂，不想受苦，便逃出来。为了养活自己，我才做了娼妓。"

必定另有隐情，于是令手下到处查找寻人告示。其中有一张是广东客商游子华的寻妾帖子，而游子华已经离开了广东，无法找到他。

一日，包公派官员汤琯到云南传达公文。汤琯投下公文后，住在公馆里，等候回文。他听说此地新来了一个娼妓叫素娥，于是来到素娥家中嫖耍。汤琯问道："你是哪里来的，在这里做娼妓？"素娥说："我本是良家女子，因为被丈夫打骂，不想受苦，便逃出来。为了养活自己，我才做了娼妓。"汤琯说："听你的声音好似是我的同乡，看你的相貌又好似林福的妻子。”素娥一惊，满脸通红，只得将前事告诉了汤琯，并请求汤琯说：“是右邻许达带我来这里的。希望你回府后不要透露此事，小女子愿加倍伺候你，过夜钱你也不用给了。”汤琯假装答应说：“你放心，只管在这里接待客人，我改天再来找你。我回家也不会把你的行踪透露给任何人。”汤琯回到公馆后，叹息说：“世间竟有此种冤枉事！林福是我的近邻，现在还在牢中受苦。”他恨不得立即回到家中，向包公报说此事。

翌日，汤琯领了回文，赶回家中，把方春莲被许达拐到云南做娼妓的事情告诉了林福。林福又报告给包公。包公立即让公差和林福跟随汤琯到云南省城捉拿方春莲、许达。二人被捉回家，押到包公面前。包公升堂审问明白后，把方春莲当庭嫁卖，财礼都归林福；判许达徒罪；判方礼诬告罪；林福无罪释放；赏赐汤琯三两银子。

吴员城偷鞋

江州城东永宁寺有一个和尚，俗名叫吴员城，是个好色之徒。

城中的张德化娶了韩应宿的女儿兰英为妻。因为婚后多年没有生孩子，张德化很是着急，每到节日都专门请吴员城到家中诵经。吴员城见兰英貌美，便动了色心，意图占有她。某日他趁张德化外出时，假装到张家化斋，贿赂婢女小梅，让她偷一双韩氏的绣鞋。小梅拿了和尚的钱，偷了兰英鞋子，交给和尚。吴员城得到绣鞋，喜不自胜。他回到寺中，每天捧着鞋子沉吟。某一天，张德化来寺中请僧人去做法事。吴员城故意把一只绣鞋丢在寺门口。张德化看到后，拾起鞋子，心中很是疑惑，回到家后向妻子追问绣鞋之事。随后，大怒的张德化休了兰英，把她赶回了娘家。

吴员城知道后，偷偷回到西乡太平原，改名为冯仁，蓄发二年。等到韩应宿准备替女儿改嫁时，冯仁给了邻居汪钦些银子，让汪钦去韩家替他求亲。韩应宿与汪钦的关系很好，便答应了这桩婚事。冯仁纳采亲迎，择吉日与兰英结婚。

到了中秋佳节，月色腾辉，乐声鼎沸。冯仁夫妇二人在亭子里喝酒。冯仁多喝了几杯，醉意蒙胧，拉着妻子的手，笑道："要不是当年的小梅，怎么会有今天的安乐！"韩氏听后很疑惑，询问缘故。冯仁将前事详细告诉了她。韩氏听了，敢怒不敢言，心里非常恨冯仁。喝完酒后，冯仁入房休息。韩氏在夜里三更时分，就上吊自杀了。

第二天，兰英的父亲韩应宿听说女儿上吊自杀的消息后，写了状子，到县衙告状。当时包公出巡来到江州，韩应宿便把状子呈给包公。

包公看后，将冯仁捉来审问，冯仁编造谎话抵赖。夜里包公坐在后堂，忽然一阵黑风吹进来。包公道："有什么冤情？"忽然一女子跪在堂下。包公问她说："你是哪里人？有什么冤屈？可以直接告诉我。"那女子将前事说了一遍，然后不见了。

第二天，包公坐在大堂上，让公差把冯仁从狱中提出来审问。包公向冯仁追究绣鞋之事，冯仁听后，心中一惊，以为包公知道了自己诈骗韩氏的事情，只得如实招供。包公将冯家的财产收官，判冯仁死罪。自此韩氏的冤情得到昭雪。

恶仆谋害主人

开封府有一个富人，叫吴十二，他喜欢结交名士。他的妻子谢氏，有些姿色，且风情万种。吴十二有个知己韩满，气宇轩昂，与吴家往来密切。谢氏常常用言语挑逗他，但韩满与吴十二交情深厚，一直把谢氏当兄嫂敬重，始终跟她保持一定的距离。

隆冬的某一天，外面雪花飘扬，韩满来到吴家，邀请吴十二去赏雪。吴十二外出不在家，他的妻子谢氏高兴地邀请韩满到房中坐下，在厨房做了些酒菜招待韩满。韩满与谢氏坐在桌上，边吃边聊。酒至半酣，谢氏柔情似水地说道："叔叔，今日天气很冷，婶婶也在家里等着叔叔回去一起饮酒吗？"韩满说："我家贫穷，酒倒是有，但没有这酒甘甜。"谢氏又劝了韩满几杯，略有醉意。她斟满一杯酒，走到韩满身边，说道："叔叔，请喝一口我杯中的酒，尝尝滋味如何！"韩满大惊，说道："贤嫂休得如此。如果被吾兄知道，我和他就做不成朋友了。从现在开始，请你自重，不要像刚才那样。"说完起身走了。刚到门口，韩满碰到吴十二冒着雪回来。吴十二想留下韩满，韩满说："今天有事，不能跟兄长促膝而谈。"说完就回家了。吴十二来到房中，见到谢氏，问道："韩满来到我家，你怎么没有留下他来？"谢氏气愤地说："这就是你结识的好朋友！趁你不在，故意到我们家。我好心好意准备酒菜招待他，他却出言不逊还调戏我。我骂了他几句，他才自觉没趣地走了，你还怪我没有留住他？"吴十二半信半疑，没有说话。

过了几天，天空一片晴朗。韩满来到城里游玩，在街头遇到吴十二。二人走进店里饮酒。韩满说："嫂夫人是个不良之妇，从现在开始我不再去你家，免得被别人说三道四。"吴十二很奇怪，问道："贤弟为什么这样说？就算你嫂嫂说了些不好听的话，你也要看在我们兄弟的情分上原谅她啊！"韩满说："兄长家的门户一定要看紧，我只嘱咐你这一句话，没有其他的。"二人喝完酒后，各自散了。

第二年的春天，韩满的舅舅吴兰邀请他去苏州帮忙打理生意。韩满临走时想跟吴十二辞行，但没有遇到他，所以才不辞而别。当吴十二知道时，韩满已经离开四天了。

吴十二家中有个仆人叫汪吉，长相俊美，伶牙俐齿，谢氏很喜欢他，曾与他私通。一天，吴十二要汪吉跟自己去河口讨账。汪吉因为想要和谢氏在一起，便推托不去。吴十二很气愤，痛斥了他一番。汪吉无可奈何，只得收拾行李，准备出发。临走时，汪吉来到谢氏房里，跟谢氏商量这件事。谢氏说："只要你在路上杀了他，回来后我自有主张。"汪吉听后很欢喜地同意了。几日后，他同主人来到九江镇，乘李二艄的船渡过黑龙潭。傍晚时分，李二艄把船停泊在龙王庙前休息。半夜汪吉扶吴十二出来小便。吴十二因为晚饭时喝了很多酒，不太清醒。汪吉趁机把吴十二推进水中，然后大喊："主人落水了！"李二艄听到后，赶紧爬起来，出来救人。但江水深不见底，又是深夜，伸手不见五指，最终没能将人救上来。到了天明，汪吉对李二艄说："没有办法，我只能回去报告夫人。"李二艄心中很疑惑，觉得吴十二的死不是这么简单。汪吉回到家，把吴十二的死讯告诉了谢氏。谢氏欢喜万分，虚设灵席，与汪吉日夜饮酒作乐。邻居中有知道的人，虽然看不惯谢氏的所作所为，但都不愿意管闲事。

韩满很喜欢暮春景色，常常出城游玩。一天，他来到临江亭，看到吴十二从远处走来，韩满赶紧迎上去，握住吴十二的手说："吴兄怎么来到这里了？"吴十二形容枯槁，皱起眉头，对韩满说道："自从贤弟走后，我一直思念你。现在我有一件事要拜托给你，你不要推辞。"韩满说："我们去前面的亭子里坐下说。"二人来到亭子里坐下，韩满说："前些日子，舅舅来信要我去他那儿，我想跟你辞别，只可惜一直没遇到你。今

临走时，汪吉来到谢氏房里，跟谢氏商量这件事。谢氏说：『只要你在路上杀了他，回来后我自有主张。』

天你我二人在此相聚，吴兄为何还闷闷不乐？”吴十二哭着说：“当时我没有听贤弟的话，才造成你我长久分离，真是一言难尽。”韩满不知道吴十二已经死了，疑惑地问道：“兄长是个堂堂的大丈夫，怎么会说这种话？”吴十二把被杀的详情告诉了韩满，请他替自己申冤。韩满听后，哭着抱住吴十二说：“吴兄你是在我的梦中吗？如果真是这样，我一定不会辜负你。你快告诉我还有谁知道你被推下水？”吴十二说：“镇江口李二艄知道。我与兄弟阴阳相隔，以后很难见面了。”这时韩满突然昏倒在地，很久才醒来，醒来发现吴十二早就不见了踪影。

韩满找到舅舅说道："家里来信催我回去，我特意向您辞别。我办完事后再回来。"说完就急急忙忙地上路回家了。回家后，乡里人都说吴十二已经死了，韩满买了些纸钱，在吴十二灵前哭了一番。谢氏因为憎恨韩满，不肯出来与他相见。

韩满回到住处，想要去告状，但没有头绪。韩满又来到苏州，把好友吴十二的冤情告诉了舅舅吴兰，请舅舅为自己出出主意。吴兰说："这是别人家的事，你又没有证据，就不要管了。"韩满说："我与吴十二是生死之交，因为嫂子不安分，我们俩才疏远。前几日，他托梦给我，要我为他申冤，我怎么能辜负他呢？"吴兰说："既然如此，我听说包大人刚刚从边关回京。你赶快写状子，到包大人那里告状，或许可以为吴十二申冤。"韩满听了舅舅的话，连夜赶到东京，一大早来到开封府衙告状。

包公看完状子，立即吩咐公差把汪吉、谢氏抓到大堂上审问。汪吉、谢氏一直为自己争辩，不肯招认。审问了好几天，案子也没有了结。一天，包公秘密地对韩满说："你朋友曾托梦给你，他有没有说船家是谁？"韩满说："船家是镇江口的李二艄。"

第二天，包公让公差黄兴到镇江口把李二艄叫到衙门，问他当时的情况。李二艄说："那天夜里，我听到吴家仆人汪吉的叫喊声，就赶紧起来救人。但吴十二已经落水，天又黑，没办法救。"包公把汪吉从狱中提到大堂上。汪吉见李二艄在旁边，心里很害怕，没等用刑，就从实招了出来。包公将汪吉、谢氏押赴法场处斩，并给了李二艄一些赏钱。

水沟里的银子

开封府阳武县有一个叫叶广的人。他的妻子全氏，生得面若西施，心灵手巧。夫妇二人住在村子偏僻的地方，只有一间正屋，没有邻居。家中以织席为生，夫妻二人虽然很勤劳，也只是勉强度日。

某日，叶广带着家中仅有的几两银子到西京做小生意。他留给妻子一两五钱银子，作为日常生活和织席子的本钱。

村里一个叫吴应的人，年近十八，容貌俊秀，还没有娶妻，他偶然经过叶家，看到全氏貌美，就生了爱慕之心。他从乡邻口里知道全氏的情况后，便心生一计。吴应伪造了一封叶广的书信，来到全氏面前，施礼说："小生姓吴名应，去年在西京与你的丈夫相识，交往很深。昨天我回家，他让我把这封信带给你，并嘱咐我照顾你。"全氏见吴应长得俊朗，言语诚恳，又听说是丈夫委托他照顾自己，心中很是高兴。二人眉来眼去，情不能忍，后来抱在一起，同床共枕。从此，吴应经常出入叶家，与全氏如同夫妻。

光阴似箭，岁月如梭。叶广在西京做了九年的生意，赚了十六两白银。某日因思念家中的妻子，便收拾行李回家。在夜里三更时分，叶广到了家，心想：家里就一间房子，简陋不堪，恐怕会招小人算计。叶广不敢把银子拿回家，而是藏在旁边的水沟里。叶广藏好银子，去叫门。这时谢氏与吴应正在房中睡觉。听到叶广叫门，吴应很害怕，躲在门后，等谢氏开了门后，又潜藏在屋外。全氏把丈夫迎进房中，又做了些酒菜。全氏问

张、李二人按包公的吩咐，贴了告示，把全氏押到府前官卖。过了半天，吴应来到衙门前，与谢氏窃窃私语了几句。

丈夫：“你在外面经商，九年没回来，不知道你赚了多少银子？”叶广说：“一共攒了十六两银子。家里太简陋，我怕小人算计，没有带进来，而是藏在旁边的水沟里。”全氏听后说：“这么多银子！藏在家里很安全，不要藏在外面，万一被人知道还不偷走吗？”叶广听了妻子的话，连忙到水沟里取银子。谁知吴应在外面听到二人的谈话，早就把银子偷了去。叶广没找到银子，与全氏大闹了一顿。第二天叶广来到包公这里告状。

包公看了状词，猜测全氏可能有奸夫。他于是把全氏叫到堂上审问，全氏不肯承认。包公写了一份告示，叫来公差张千、李万，吩咐说：“你们把这份告示挂在衙门前，押此妇人到外面官卖，得来的银子给她丈夫。如果有人跟这妇女说话，立刻抓来见我。”张、李二人按包公的吩咐，贴了告示，把全氏押到府前官卖。过了半天，吴应来到衙门前，与全氏窃窃私语了几句。张、李二人看到后，立刻把吴应抓住来见包公。

包公问吴应：“你是什么人？”吴应说：“小人是这妇人的远房亲戚，来看看她。”包公问：“你现在有没有娶妻？”吴应说：“小人家贫，没有成婚。”包公说：“既然你没有成婚，我将此妇女官嫁给你，只要你二十两银子。”吴应说：“小人家中贫穷，难以筹到这么多银子。”包公说：“二十两拿不出来，那就拿十五两。”吴应又说贫穷拿不出。包公说：“十二两总有吧。”这次吴应没有推辞，立即回家取出十二两银子到铺子上熔化重铸，然后交给包公。包公让叶广辨认。叶广看了又看，说道：“不是我的银子。”包公让叶广回家，又叫来吴应，说道：“刚才全氏的丈夫来过，说他的妻子漂亮，一定要十五两才能卖。你快回家向别人借借，补上剩余的三两。”吴应很无奈，只得回家。包公吩咐两位公差说：“你们跟在吴应后面，看他是不是拿银子去铺子上熔化。如果是，就告诉他银子不需要重铸，直接送到衙门里。”公差领命，跟在吴应后面。吴应回家后，拿出三两银子，本打算到铺子上销熔，但被公差阻止。吴应来到府衙，把三两银子交给包公。包公叫来叶广辨认。叶广看后，哭着说：“这正是小人的银两。”包公又怕叶广乱认，冤屈吴应，说道：“这银子是我从库中拿出来的，你认错了吧？”叶广说道：“这银子小人看过很多遍了。老爷如果不信，可以让我说出其中的分量。”包公同意，让叶广试试，果然分厘不差。包公把吴应捉来审问，吴应招供伏法，银子也被追了回来。吴应因通奸盗窃，杖责一百，并判三年徒刑。

黄贵谋朋友妻

张万和黄贵是平江县的两个屠户，二人经常往来，交情很深。张万家中不怎么富裕，但他的妻子李氏容貌俊美；黄贵很有钱，却一直没有娶妻。

张万生日那天，黄贵带着果子和酒来祝贺。张万很高兴，便留他吃饭，并让妻子李氏为他斟酒。黄贵见李氏貌美，不觉动了心。怎奈只能称呼李氏为嫂，不敢透露半点儿爱慕之情。黄贵回到家后，躺在床上思念李氏，辗转反侧，夜不能寐，直到五更，才心生一计。

次日，黄贵准备了五六贯钱，一大早来到张万家叫门。张万听到黄贵的声音，赶忙起来开门，问道："贤弟这么早来找我，有什么事？"黄贵笑着说："一位亲戚家有几头猪，让我去买。我特意邀请你跟我一起去，赚了钱，我们平分。"张万很高兴，忙叫妻子起来到厨房做些早饭。李氏又温了一瓶酒，对黄贵说："难得叔叔这么早来到我家，应该多喝些酒。"黄贵说："这么早惊动嫂子，还请见谅。"黄贵与张万喝了几杯酒，随后出发了。

中午，他们到了龙江，黄贵说："已经走了三十多里路了，口渴难耐。兄长先到渡口坐着，我去前村买一瓶酒来喝。"张万答应了。过了一会儿，黄贵拿着酒回来了，与张万坐在地上一起喝。黄贵频频劝酒，张万一连喝了好几杯。因为行路辛苦，又没有下酒菜，张万很快醉倒了。黄贵见四下无人，从腰间拔出尖刀，将张万杀死，把尸体抛入江中。

黄贵见四下无人，以腰间拔出尖刀，将张万杀死，把尸体抛入江中。

黄贵回来找到李氏，说道："我跟兄长去亲戚家买猪，可惜没有遇到那位亲戚，便回来了。"李氏问："叔叔既然回来了，那我丈夫怎么没回来？"黄贵说："张兄说要去西庄办事，我就跟兄长在龙江口分开了。我想他很快就会回来。”

到了晚上，李氏见丈夫还没回来，有点儿心慌。又过了三四天，依然杳无音信，李氏更慌了。这时，黄贵慌慌张张地跑来说：“嫂子，出事了！”李氏忙问：“出了什么事？”黄贵说：“刚才我到庄外走了一遭，遇到一群客商，他们说龙江渡淹死了一个人。我到了龙江渡，看见一具尸体浮在江口，仔细一看竟然是张兄，腋下被人刺了一刀。我和其他人把尸体移上岸，买了口棺材收殓了。”李氏听后，痛苦欲绝。黄贵假意抚慰了李氏几句，辞别回家了。

过了几天，黄贵把一贯钱送给李氏，说道：“怕嫂嫂日常费用不够，这些钱你尽管用。”李氏收了钱，又念黄贵殡殓了丈夫，很感激他。

过了半年，黄贵花钱买通一位媒婆，让她到张家，向李氏提亲。媒婆对李氏说：“人生一世，草茂一春。娘子还这么年轻，张官人也死了很久了，终日独守空房，多凄凉。为何不寻个佳偶再续良缘？如今黄官人家中富有，人也长得出众，不如嫁给他，成一对好夫妻，岂不是更好吗？”李氏说：“黄官人一直帮助我，我不知道怎么报答他才好。嫁给他好是好，但他与我亡夫交往很深，怕被别人说闲话。”媒婆含笑说道：“他姓黄，娘子的亡夫姓张，明媒正娶，别人有什么可议论的？”李氏听完媒婆的话，就答应了。媒婆回来禀报黄贵，黄贵听后非常高兴，立刻下了聘礼把李氏娶进家。夫妻俩生活得很是和睦，十年间，李氏为黄贵生了两个儿子。

到了清明时节，家家上坟烧纸。黄贵与李氏上坟回来后，在房中饮酒。黄贵喝得有点儿醉，问妻子李氏：“你还记得张兄吗？”李氏潸然泪下，问黄贵为何突然提起张万。黄贵笑着说：“本来不想跟你说。现在我们已经结婚十年，有了两个孩子，我想你不会恨我。当年我在江边杀死张兄也是在清明这天，没想到你现在成了我的妻子。”李氏听后，心里非常气愤，下定决心为亡夫报仇。但李氏强忍着怒气，说道：“世事都是注定的，不是偶然。”

李氏等到黄贵外出，收拾衣物逃回娘家。她把黄贵杀前夫的事告诉了兄长李元。李元立即写了一份状子，领着李氏到开封府告状。包公看完状子，让公差把黄贵捉到堂上审问。黄贵开始不肯承认。包公让人打开张万的棺材检验，并严刑拷打黄贵。黄贵没再隐瞒，一一招了出来。黄贵害人性命，谋人妻子，被处以极刑；黄贵家财尽归李氏。包公还表彰李氏为义妇。

牛舌案

有一个叫刘全的农民，住在开封府城东的小羊村。一天，他看到自己的耕牛满口带血，气喘吁吁，发现牛舌被人割了。于是刘全写状子向包公告状。状子是这样写的——

告为杀命事：农靠耕，耕靠牛，牛无舌，耕不得，遭割去，如杀命。乞追上告。

包公看了状词，觉得这一定是仇人所为，就问刘全："你跟哪位邻居有仇？"刘全不知道怎么回答，只是说："望大人给我做主。"包公拿来五百贯钱给刘全，让他回家宰牛，把肉卖给邻居。卖肉得的钱，再加上这五百贯钱，就能买一头耕牛。刘全不敢接受，说道："大人，牛舌虽然被人割了，但牛还没死。擅自宰杀耕牛是犯法的。"包公说："牛舌都没了，牛还怎么活？你快回去按我说的做，案子不难破。"刘全只好拿着钱回去宰牛。包公随后让人贴出告示：禁止私自宰杀耕牛，举报者可得钱三百贯。

刘全回到家，请来一位屠户，把耕牛宰了，牛肉卖给四邻。东邻有一个叫卜安的人，与刘全有仇。他看到刘全宰牛卖肉，就扯住刘全说："今天府衙前贴出榜文，捉住私自宰杀耕牛者赏钱三百贯。"说罢，卜安就把刘全拉扯到府衙见包公。

话说包公夜里做了一个梦，梦到巡官带着一位女子。那女子坐在马鞍上，手持一把刀，有一千个口，并说自己是丑年出生的。包公醒来，想了

他看到刘全宰牛卖肉，就
扯住刘全说：『今天府衙
前贴出榜文，抓住私自宰
杀耕牛者赏钱三百贯。』
说罢，就把刘全拉扯到府
衙见包公。

很久也没想明白这个梦的意思。

第二天，卜安拉扯着刘全来到府衙，告刘全私自屠杀耕牛。包公想起昨夜所梦，与此事恰好相符。巡官想必是“卜”字；女子乘鞍乃是“安”字；持刀就是“割”字；千个口，就是“舌”；丑即是“牛”。合起来就是“卜安割牛舌”。割牛舌的人一定是卜安，今天他又拉着刘全来府衙，那他们之间一定有仇恨。包公把卜安抓起来审问，卜安不肯承认。狱吏拿出刑具，摆在他面前。包公呵斥道："从实招来，免得受皮肉之苦。"卜安心慌，从实招供。原来卜安曾向刘全借柴薪，刘全不肯，卜安才跟刘全结下仇恨。前天晚上，卜安见刘全的牛在坡上吃草，就把牛舌割了，以解心头之恨。

包公审明案情，依律断决，判处卜安戴长枷示众一个月，众人都很佩服包公料事如神。

愚仆不慎丢良马

开封府有一大户，姓富名仁。他家里养着一匹上等良马。

一天，富仁骑马来到庄子上收租。到了庄子上，富仁让家仆兴福骑着马回去。半路上，兴福下马休息。有一个叫黄洪的汉子，骑着一匹瘦马从南乡来。他看到兴福后，也下马休息，走到兴福面前说："大哥从哪里来？"兴福回答："我送东家[①]到庄子上收租。"二人坐在草丛中聊了起来。黄洪觊觎兴福的马，便心生一计，说道："大哥你这匹马真是膘肥体壮啊。"兴福说："客官会识马？"黄洪说："曾经贩过马。"兴福说："这匹马是东家花了不少钱买下的。"黄洪说："能不能让我骑一骑？"兴福不知道此人有歹意，就答应了。黄洪跨上马背，骑出半里远，也没有回缰。兴福觉得不对劲儿，连忙去追。黄洪见他赶来，加鞭策马，从捷径而走。一匹好马，就这样被刁棍骗去了。兴福后悔不已，牵着那匹老瘦马回到庄上，向主人报告领罪。富仁大怒，痛斥了兴福一番，让他牵着老瘦马到府衙告状。

①［东家］ 旧时家仆对主人的称呼。

兴福来到府衙，来见包公。包公问他："你是何人？要告什么状？"兴福说："小人叫兴福，南乡人，是富仁家的奴仆。我有状子呈上。"包公看了状子，问兴福那刁徒的姓名。兴福说："我是在路上遇到他的，不知道叫什么。"包公责怪他说："你真是不懂事，无名无姓，怎么查案？"兴福哀求说："久仰大人

兴福不知道此人有歹意，就答应了。黄洪跨上马背，骑出半里远，也没有回缰。

断案如神，我才向您申告。”包公说：“我设下一计，成不成就看你造化如何了。你现在回家去，三天后再来。”兴福叩头而去。包公让公差赵虎把老马牵进马房，三天不给它草料，老马饿得嘶鸣不止。

过了三天，兴福来见包公，包公让他牵着那匹老马出城。张龙跟在后面，依计行事。他们来到兴福被拐骗的地方，便放开缰绳，让马自己走。遇到草地，兴福和张龙挡着马，不让它吃草。那匹马不用赶，自己直接跑到城外四十里的黄泥村，跑到一户人家的院里嘶叫。黄洪见自己的马回来了，心中暗喜，牵着马到山中放养。张龙、兴福赶到村子上，向村民打听，知道马被黄洪牵到山中去了。兴福来到山中，找到黄洪，把东家的马牵过来。黄洪正想过去夺，却被张龙一把扭住。黄洪被带到府衙，包公发怒道："你这厮光天化日下拐骗别人的马，难道不晓得我包某吗？诓骗别人的马匹，该当何罪？"黄洪自知理屈，不敢抵赖。包公判黄洪杖责七十，戴上长枷示众，并收了他家的马归官府。

李秀姐多疑害死人

霞照县农民黄士良的妻子李秀姐，生性多疑，经常猜忌别人；弟弟黄士美的妻子张月英，性格温和，知耻明礼。四人生活在同一屋檐下，妯娌[①]俩轮班打扫房间，每天交换簸箕扫帚。

① [妯娌] 指两兄弟的妻子之间的关系。

重阳节这天，黄士美外出，到庄子上办事，而李氏去了小姨家饮酒，家中只有哥哥黄士良和弟媳张氏。这天该轮到张氏扫地。张氏扫完地后，打算把簸箕扫帚送到大嫂房中，免得明天临时交付太匆忙。张氏来到大嫂房中，见房中没人，就把簸箕扫把放下回去了。

到了晚上，李氏回到家中，见簸箕扫把在自己房中，心里猜忌：今天是弟妹打扫房间，这些东西应该在她房间里，现在怎么放在我房中了？一定是我丈夫把她拉进房中想非礼她，才会把扫把带进来。

黄士良回来后，妻子李氏问他："你今天干了什么事，快跟我说。"黄士良说："我没干什么事。"李氏说："你今天非礼了弟媳，还想瞒我！"黄士良觉得李氏简直无理取闹，骂道："胡说，你今天喝醉了，发酒疯了吧！"李氏说道："你才发酒疯了呢！你是太浪荡吧，明天我就去告发你这老不正经的，免得连累我。"黄士良听了，骂道："你这泼妇，竟说出这种无边际的话来！你如果能找出证据也就罢了，如果凭空捏造，我一定饶

『都是我的错，不该把簸箕扫帚送到她房里。这种冤枉难以洗清，不如以死明志，免得污了我的名节。』随后，张氏自缢而死。

不了你。”李氏气急败坏地说：“你干出这种无耻的事，还要打骂我，我现在就告诉你证据。今天该弟妹扫地，簸箕扫把应该在她房中，怎么无缘无故跑进我们房里来了？一定是你把她拉进来的。”黄士良说：“是她把东西送到房里的，那时我也不在，也不知道她什么时候送进来的。这件事能证明什么？你不要说这种不知羞耻的话了，免得别人取笑。”李氏见丈夫气势上有点儿软了，就更加怀疑，大声骂起丈夫来。黄士良也发怒了，扯住妻子便一顿乱打。李氏又连带着弟妹张氏一起骂。

隔壁张氏听到打骂声后，静下来听听是什么原因，却听到李氏骂其丈夫与自己通奸。张氏想过去辩解，开门走出来。但想到自己过去肯定会使情况更糟糕，又退回到房里，心想："刚才我开门，大哥大嫂一定听到了。我又没有辩解退回来，大嫂一定认为我与大哥真的有奸情，所以不敢辩解。她是个多疑且嫉妒心极重的人，我要是再出去辩解，反倒会让她更愤怒。都是我的错，不该把簸箕扫帚送到她房里。这种冤枉难以洗清，不如以死明志，免得污了我的名节。"随后，张氏自缢而死。

次日早饭时，黄士良夫妇发现张氏死在房中。李氏说："你说没有非礼弟媳，为何她羞愧而死？"黄士良难以争辩，只能跑到庄上，把张氏的死讯告诉弟弟。弟弟黄士美很疑惑，问哥哥妻子为什么上吊自杀，黄士良也不知道张氏为何死，只是说她无缘无故自杀了。黄士美不相信，跑到府衙把妻子的死报告给了陈知县。

陈知县把黄士良捉来，问道："张氏为什么上吊？"黄士良回答说："弟妹偶染心痛病，忍受不了痛苦，就自缢死了。"黄士美说："我妻子从来没有染这种病。即便是得了这种病，也应该叫医生来治，怎么会轻生？"李氏说："弟妹性急，丈夫不在家，又不想叫人医治，所以就自杀了。"黄士美说："我妻子性情不急，嫂子说的这种话不足为信。"陈知县将黄士良、李氏夹起，动用严刑。李氏受不了，向陈知县报告说自己因为扫地之事怀疑丈夫非礼了弟妹， 与丈夫争吵起来，弟妹自杀身亡的原因实在不知道。黄士美听后说道："原来如此。"陈知县呵斥道："如果没有奸情，张氏也不会自缢而死。黄士良奸淫弟媳，罪该当斩。"黄士良被判了死罪。

此时，包公巡行到该县，重审黄士良的案子。黄士良上诉说："判我死罪真的是冤枉我了。人生在世，王侯将相都有死的那一天，死有什么好害怕的？只是我身负恶名而死，不甘心。"包公问："你已经被审了好几次了，还有什么冤情？"黄士良说："小人跟弟妹没有奸情，我可以剖心示天。现在我被判了死罪，为人所不齿；弟妹的名节受到质疑；弟弟又怀疑我和他大嫂。一案三冤，怎么会说没有冤情？"

包公反复看了案卷几遍，问李氏："簸箕放在你房中，那簸箕里没有垃圾废物？"李氏说："已经倒干净了，没有垃圾。"包公说："地已经扫完，垃圾也倒了，这说明是张氏自己把簸箕扫帚送到你房中的，免得第二天匆忙临时交付。如果张氏未倒完垃圾被拉进房中，那扫帚就不会带进来。黄士良肯定没有强奸张氏。至于张氏自缢，我猜测是因为她把簸箕扫帚送到你房中，导致你猜疑。张氏是个怕事知廉耻的人，见此事辩解没有用，污名又难洗，便以死明志。你陷丈夫于不义，让张氏有了难明之辱，又导致弟弟的猜忌，应该受到重罚，而黄士良应该无罪释放。”黄士美叩头说：“我哥哥平日里朴实厚道，而嫂子喜欢猜疑，我的妻子则重廉耻。开始我还以为妻子因与嫂子争气，愤恨自缢。后来听说哥哥非礼我妻，这才让我疑惑不决。幸亏包大人明察秋毫，解除我心中疑惑。”李氏说：“如果当时丈夫也像包大人这样分析，我就不会怀疑他了，更不会与他争吵打骂，求包大人赦免我的死罪。”黄士美说：“死者不能复生，亡妻的死因现在已经明了，我心中也没有了恨意，让嫂子偿命还有什么意义？”包公说：“论法当死，我怎能违背法律救她！”包公最终判了李氏死罪。

哑巴弟弟告兄长

一天，包公坐在厅上，有名公差前来报告说："门外有一个姓石的哑巴，手里拿着一根木棒，要献给大人。"包公让公差把哑巴带进来，亲自问他。哑巴说不了话，无法对答。公差禀报包公说："这个人每遇到新官上任，就来献木棒，任凭责打。大人也不要问他了。"包公听后，心想：这哑巴一定有冤枉的事，不然怎么会忍受责打，还执着地向府衙呈献木棒呢？包公思索了一番，心生一计。包公吩咐左右，将猪血涂在哑巴身上，又给他上了长枷游街，并派几个公差在街上打探，听到有人叫屈，就把叫屈的人带到公堂上。

有一个老者见到哑巴戴着长枷游街，叹道："这个人冤枉啊，现在受这种苦。"在一旁的公差听到后，便把老者带到厅前见包公。包公问他情由，老者说："这个人是村南的石哑子，从小就不能说话。他的哥哥叫石全，有万贯家财，但不分给弟弟一分钱，还把他赶出家门。石哑子每年都到府衙告官，但始终没能申冤，今天又被杖责，所以我才感叹。"包公听后，立即派人把石全抓到大堂上，问道："那哑巴跟你是同胞兄弟吗？"石全回答说："他是家中养猪的人，很小的时候住在我家，不是我的亲人。"包公听后，将哑巴开枷释放，石全也欢喜地回家了。包公等石全回去，又叫来哑巴，对他说："以后只要你碰到石全，尽管上去打他。"哑巴点头而去。

一天，哑巴在东街外遇到石全，依照包公指示，又加上对石全怨恨，

一天，哑巴在东街外遇到石全，依照包公指示，又加上对石全怨恨，上去推倒石全，扯住他的头发，乱打了一番。

上去推倒石全，扯住他的头发，乱打了一番。石全十分狼狈，又十分恼恨，写了一份状子，呈给包公，状告哑巴不遵礼法，殴打亲兄。包公问石全："哑巴如果真的是你亲弟弟，那他的罪过可就不小了，绝对不能轻易饶了他；如果哑巴跟你没有亲缘关系，只能当作斗殴结案。"石全说："他是我的同胞兄弟。"包公说："这哑巴既然是你的兄弟，为什么不分家产给他？是不是你因为他是哑巴才欺负他，一个人独占？"石全无言以对。包公随后命石全分一半的财产给哑巴。众人听到这件事后，无不拍手称快。

家仆为主人申冤

处州府云和县有一位进士叫罗有文，在南丰县做了好几年的知县。龙泉县的举人鞠躬，是罗有文的亲戚。一次，鞠躬带着三个仆人来到云和县拜见罗有文。罗有文很高兴，给了鞠躬一百两银子。鞠躬拿出五十两买了南丰县的铜镏金玩器、笼金梳子等等，装在皮箱里，用铜锁锁住。

辞别罗有文后，鞠躬带着皮箱来到瑞洪这个地方。他听说包公巡行南京，因与包公是旧相识，就想去拜见包公。于是派家仆章三、富十先走旱路到南京探问包公巡历到了哪个府衙，约好探问完到芜湖相会。

第二天换船，鞠躬雇了艾虎的船。水手葛彩搬鞠躬的行李时，发现皮箱很重，怀疑里面是金银财物。葛彩对主人艾虎说："有几只皮箱很重，想必里面装的是金银。"二人便起了歹心，商量说："中途不要再搭载别人了，以便行事。"于是二人对鞠躬假惺惺地说："我们见官人是读书人，一定喜欢安静，不喜欢与其他人同船。为了不打扰您，我们决定在中途不搭别人，只求您多赏我们些船钱。"鞠躬说："如此甚好，到了芜湖，我会多给你们些钱。"二人听到鞠躬这样说，更加确定皮箱里都是金银。

到了晚上，船开过九江，在一个偏僻的地方停船休息。半夜时分，艾虎持刀杀了鞠躬，葛彩杀了鞠躬的仆人贵十八。主仆二人都死于非命，尸首被丢到江中。两个恶贼打开箱子，发现里面都是些铜器玩器，有香炉、花瓶、水壶、笔山、笼金梳子等，而银子只有三十两。葛彩说："我以为

二人一把将店主抓住。店主不知道缘故，说道：『你们为何凭白无故抓人？』说完便与章三、富十厮打起来。

里面都是银子，一场富贵就在眼下，没想到原来是这些东西。”艾虎说：“有这样的好货，还愁卖不出去吗？不如我们开船到芜湖，沿途把这些东西卖掉。”

章三、富十打探到包公的消息，依照主人的吩咐，来到芜湖等待。

等了半个月也没见主人来。二人雇了一艘船向九江开去，沿路打听主人的下落，却没有结果。他们到了瑞洪，来到原来入住的店里询问，店主说："你们主人早就换船出发了，现在还没到吗？"二人愕然。他们又转回南京，依然没有主人的消息。此时二人盘缠都用完了，只能把衣服典当出去，当作路费，到苏州寻访。

章三、富十听说包公来到了松江，便到松江寻访，依然没有主人的消息。二人想见包公，希望包公能为他们想想办法。但是衙门戒备森严，闲杂无事的人不许进去，章三、富十便假称告状，才进了衙门，将主人失踪的事告诉包公。包公听了，问道："你家主人是怎么和你们分开的？"章三说："小人与主人到南丰县拜访罗大人，在那里买了些镏金铜器、笼金梳子等货物。我们离开南丰县抵达瑞洪时，主人听说大人您巡行至南京，就想去拜访您。他派我们俩先沿旱路到苏州打探您的消息。本来我们约定在芜湖相见，谁知等了半个月，也没有见到主人的身影。希望大人能帮我们找到主人。"包公问道："中途别过后，你家主人有没有可能回家？"富十说："主人的来意很坚决，绝对不会回家去。"包公又问道："你家主人在南丰得到多少银子？"二人回答说："仅有一百两。"包公又问："买了多少货？"富十回答说："买了一些铜器、梳子等，用了五十两银子。"包公说："你家主人喜欢游玩，既然没有回家，不是被贼人劫了，就是途中遇到风暴。我给你们写一道批文，再给你们二两银子，你们沿路查访。如果你家主人被劫，那盗贼一定会沿路卖货。你二人只要见到来历不明的人卖铜器、梳子的，就绑来见我。" 章三、富十领命而去。

二人一路打探，来到南京，路费差不多快用完了。他们来到一个铺子里，看见一副香炉，二人仔细辨认，确认此香炉是主人在南丰县买的，便指着香炉问店主："这件东西能卖吗？"店主回答说："本来就是卖的。"二人又问："还有其他玩器吗？"店主说："有。"章三说："有的话就让我们看看。"店主抬出皮箱，让二人任意挑选。章三、富十看后，问道："这些货是从哪里贩来的？"店主说："芜湖来的。"二人一把将店主抓住。店主不知道缘故，说道："你们为何平白无故抓人？"说

①［兵马司］古代官职，主要负责城内的治安。

完便与章三、富十厮打起来。这时兵马司①朱天伦恰好经过，看到后呵斥道："谁在这里闹事？"章三把店主拉扯出来。富十拿出包公给的批文，呈给朱天伦，并细说来历。朱天伦听完富十的解释后，问店主："你是何人？"店主说："小人叫金良。这些货物都是我妻子的兄弟在芜湖贩来的。"朱天伦说："这些东西不是芜湖出产的，你说在那里贩来，其中必有缘故。"店主说："要想知道这些货的来历，问一问我妻子的兄弟吴程就明白了。"朱天伦把所有人都带到衙门。第二天又把吴程抓来审问说："你在哪里贩来这些铜器？"吴程回答说："这些货都出自江西南丰。是一位客商把这些货物贩到芜湖，我用四十两银子买下的。"朱天伦继续问道："你知道那个客商是哪里人吗？"吴程说："萍水相逢，哪里会知道？"朱天伦听后，不敢擅自做主，就把四人交给了包公。

四人来到包公这里，章三、富十写了状子状告金良、吴程谋财害命。包公正忙着考察，抽不出时间审理此案，便委托给董推官。董推官升堂审问吴程。吴程为自己辩解说这些铜器的确是自己出钱从一位客商那里买来的，可以让牙人段克己做证。董推官把段克己叫来审问道："吴程说是你把卖铜器的客商介绍给他的，你可知道客商的姓名？"段克己说："来来往往的客人太多了，我记不得此人的名字。"董推官说："这件案子是包大人亲自委托给我的，况且此案可能出了人命。知情不报者，当以与盗贼同谋判决。吴程你赶快招出，免得受刑。"吴程指着牙人段克己说："古语说，'有眼牙人无眼客'，我买这些货是经过他的介绍。因利而贩货，这是人之常情。倘若不图利，谁还会冒着危险奔走江湖？"董推官说："你既然知道这些货物贱卖，就应该想到是盗窃来的。段克己你作为牙人，接触四方的商客，难道不知道这种事？你们二人相互推脱责任，其中一定有些事情还没交代。你们从实招来。如果盗贼另有其人，就赶快报上他们的姓名；如果盗贼就是你们自己，就快点儿承认，免得受刑。”吴程、段克己都不肯承认。董推官下令各打三十板，但他们依然不肯招。忽然有一片葛叶被风吹来，落在门上挂着的彩带上，又落到董推官身边。董推官心想：府衙内没有种葛①，怎么会有葛叶飘来？

①［葛］一种豆科多年生草本植物，别名甘葛、野葛等。

次日，董推官又提出疑犯审问，用刑后，疑犯依然不招。董推官只能将案情详细禀奏包公。包公回书命他继续调查。

董推官打算坐船前往芜湖查访。当时府衙的官船都被上司调用，公差们只能临时征用一艘商船。这次恰巧征用了艾虎的船。董推官登船问船家：“你叫什么名字？”回答说：“小人叫艾虎。”董推官又指着水手说：“那人叫什么？”艾虎回答说：“葛彩。”董推官这时想到前几日堂上有片葛叶从彩带上落下，恍然悟出害人者就是葛彩，遂不上船，命手下将船家和水手一起绑了，抓到府衙拷问。艾虎与葛彩吓得魂飞魄散。董推官问道：“你们谋害举人，牙人段克己已经把你们的名字报给了我。现在已经抓到你们，就应该从实招来。”艾虎说：“小人撑船，和那个段克己没有关系，他自己谋害了人，就把我们推出来做挡箭牌。”董推官见二人依旧抵赖不招，很愤怒，命人各打四十板。又提出吴程、段克己等人与之对证。吴程见到艾虎、葛彩，说道：“你们这两个贼人，谋得他人财物卖钱，害得我等无辜受苦，幸亏苍天有眼。”葛彩说：“你为什么要昧着良心说瞎话？我从没见过你，为什么说我们谋人财物？”吴程说：“铜器、笼金梳子等等，这些货物是我用四十两银子从你们那里买来的，可以让段克己做证。”艾虎、葛彩二人依然不肯招认，又被公差打了一百板。艾虎扛不住了，招供说：“这件事都是由葛彩引起。那时鞠举人雇了我们的船，葛彩搬三只皮箱上船时，发现皮箱非常重，以为里面都是金银，起了谋财之心。等过了九江，我们用刀子把人杀了，然后丢进江心。打开皮箱后，发现里面都是些铜器，后悔不已。我们把货物运到芜湖卖给了吴程，得到四十两银子。当时只想把这些东西脱手，才会贱卖。段克己发现这些货来历不明，又勒索了我们十五两银子。”段克己低头不语。富十、章三听后，叩头说道：“青天大老爷啊！恩主之冤今天总算是昭雪了啊！”董推官审问案子后，详细禀奏给了包公。包公又审了一遍，四人都如实招认。

最后，葛彩、艾虎被判秋后处斩；吴程、段克己被发配远方。

四个和尚

包公做知县时，一天晚上梦到城隍送来四个和尚，三个都是笑脸，一个却皱着眉头。包公醒来后，觉得此梦很奇怪，但不解其意。

第二天是中秋节，包公到城隍庙上香，看见庙中左廊下有四个和尚，想到昨夜所梦，于是问这四个和尚："你们这些和尚为什么不迎接我？"其中一个和尚说："本庙久住的僧人才会迎接大人。我们四个都是从远方来到此处的，闲云野鹤，不必迎接贵人。"包公见三个和尚身躯粗大，另外一个和尚细皮嫩肉，不像是男子，心中有点儿疑惑，又继续问道："你们几个都叫什么名字？"一个和尚回答说："小僧法号真守。这三个都是我的徒弟，法号分别是如贞、如诲、如可。"包公问道："你们都会念经吗？"真守说："诸经卷略懂一二。"包公于是对他们说："今天是中秋佳节，往年这个时候我都会请僧人到家里诵经。今天有幸遇到你们，就请四位到我家中诵一天经。"

包公将四位僧人带到家中，吩咐家仆在后堂点上香火蜡烛，并在走廊边摆出四盆水，给僧人洗澡。有三个僧人洗了，唯独小僧人如可不洗，推辞说："我受师父戒，从不洗澡。"包公拿出一套新衣服让其换上，说道："佛法以清净为本，哪里有戒洗澡之理？即便受此戒，今天你也该改掉。"说完命家仆剥去其衣衫，这才发现原来这和尚竟是个女人。

包公立刻锁了另外的三个僧人，问如可："我一开始就怀疑你是个妇人，才用洗澡来试探你。你这妇人为何竟跟这三个僧人混在一起，快点儿

包公立刻锁了另外的三个僧人，问如可：『我一开始就怀疑你是个妇人，才用洗澡来试探你。你这妇人为何竟跟这三个僧人混在一起，快点儿从头说出缘由。』妇人跪在地上，哭诉道……

从头说出缘由。”妇人跪在地上，哭诉道：“我本是宜春县孤村褚寿的妻子，家中有七十多岁的婆婆。去年七月十四日晚上，这三个和尚到我家来借宿。我的丈夫推辞说家中贫穷，没有多余的床被，不能留三位住下。这三个和尚说天晚了没有去处，出家人不需要床被，只借屋下坐一夜，明早立即上路，说完就在地上打坐诵经。我丈夫见他们不肯离开，又可怜这些出家人，就做了些斋饭招待他们，并腾出一些床被让他们歇息。没想到这三人心狠手辣，用刀杀了我的丈夫。我的婆婆想跑，也被他们抓住杀了，而我被他们强制削了发。第二天，三个贼人放火把我家房屋烧了，又拿出僧衣、僧鞋逼我穿上，要我跟他们一起走。我口里被药麻住，路上不能喊叫。稍有不慎，就会被他们打骂。我想到丈夫、婆婆都被他杀了，就寻机替他们报仇。只是我一个妇人家，胆小不敢动手。昨天是丈夫、婆婆的忌日。晚上这三个人买酒来喝，我则暗自悲伤，默默在城隍庙祈祷，希望有人能帮助我报仇。今天老爷叫他们来到府衙，我以为真的是请他们诵经，所以不敢说出实情。若知老爷已经怀疑我是妇人，故意用洗澡来试探，我早就说出来了。幸亏城隍显灵，让我遇到青天，得以替我死去的丈夫、婆婆报仇雪恨。现在就算让我去死，也心甘情愿。”

包公说：“你跟随这三个和尚有一年了，如果不说出昨夜在城隍庙祷告之事，我一定会判你的罪；你说曾祈祷求报婆婆、丈夫的冤屈，我相信你。”包公随后判三个和尚死罪，并送妇人回娘家，让她改嫁他人。

伍和争亲陷害人

永平县的周仪娶妻梁氏，生了一个女儿，叫玉妹。玉妹六七岁时，父母做主，把她许配给了本乡的杨元。玉妹如今十六岁，美貌过人，并遵从母亲的教训，四德①兼修，乡里人都很称赞。

①［四德］

即儒家“四德”，指的是德、言、容、功，这些都是针对女子的。德即品德，要立身正本；言指言语，说话要得体，措辞要恰当；容指相貌，出入要端庄，不轻浮；功指治家之道，包括相夫教子、勤俭节约、尊老爱幼等等。

当地的豪绅伍和到别人家讨债，路过周仪家门。他看到玉妹依着栏杆刺绣，一下子就被玉妹的美貌打动了，便问身边的仆人：“这是谁家女子，如此可人？”仆人说：“是周家的玉妹。”伍和又问：“许配人家没有？”仆人说：“不知道。”伍和从此对玉妹朝思暮想，并央求魏良做媒人，向周家提亲。魏良见到周仪说道：“伍和有家资万贯，田地数顷，世代富贵，门第高贵。今天让我做媒，想做你家女婿，还请你答应啊。”周仪回答说：“伍家的确权势大，而且富有，全县的人都羡慕，伍官人少年英杰，大家都很称赞，这些我都知道。只是跟小女无缘啊，小女很早就许配给了杨元。”魏良回来对伍和说：“事情不顺利啊。周仪的女儿多年前就许配给了杨元，不肯另嫁他人。”伍和听后很愤怒，说道：“论家财，论人品，论权势，我都远远胜过杨元。为什么拒绝我？我一定要设计害死他，才能如我所愿。”魏良说：“古人说得好，‘争亲不如再娶’，官人何必一棵树上吊死呢？”伍和始终不听劝，一直寻找机会状告杨元。周仪听说此事后，遂托媒人告诉杨元家，尽快择吉日成亲，免得节外生枝。

伍和指使人秘密地砍了几棵自家杉木，放在杨元家的鱼池里。随后他写了状子，将杨元告到衙门里。知县秦侯接下案子，将原告和被告的乡邻叫来做证。邻居们都说："这杉木是伍家坟山上的，现在却浸在杨元门前的池塘里。证据这么明显，还有什么可说的？"杨元说："伍和跟我争亲，没有如愿，就想用杉木陷害我。他这样做只是图心里的一时痛快。"伍和说："盗砍坟木，惊动先灵，死者都不得安生。"秦侯说道："伍和你为什么还要强词夺理？你其实是因为跟人家争亲不过，才陷害栽赃，发泄心中的怨气。"遂打了伍和二十板。伍和的阴谋没有得逞，怒气冲冲，痛恨杨元，心想：我不置此贼于死地，决不罢休。

一天，伍和见一乞丐在街上乞讨，给了他一些酒肉，问道："你在各个地方乞讨，哪家比较容易讨到钱米？"乞丐说："各处的大户人家都还可以。杨元家正在摆酒席做戏，最好乞讨。我们常常去他家，跟他熟了，也会多给我们些。"伍和又问："戏唱完了吗？酒席摆完了吗？"乞丐说："还没有。明天我还会去他家。"伍和说："我听说他家东廊有一口井，与别人共用吗？"乞丐说："只有他一家人打水。"伍和说："我再赏给你些酒肉，托你一件事，你能不能为我出力？如果做成了，我赏你一钱银子。"乞丐说："财主肯用我，又要谢我，要我下井取黄土我也愿意，怎么敢推辞呢？"伍和说："我不要你下井，你在井上面就能办成。"说完，拿出些酒肉给乞丐。

到了第二天清晨，伍和拿出一包金银首饰，对乞丐说道："你带着这些东西到杨家，偷偷地丢在他家井里，千万别让其他人看见，这件事只能你知我知。"乞丐拿着包裹出了伍家。路上，在一个偏僻处，乞丐打开伍和的包裹，发现里面有一对金钗，二根金簪，一对银钗，二根银簪，心中大喜，起了贪念。在一个卖胭脂簪钗的人那里，乞丐用二斗米、三分碎银，买了和原来包裹同等数量的铜钗、铜簪和锡钗、锡簪，还用原来的包裹包好。乞丐来到杨元家里看戏，偷偷地将包裹丢进井里，然后向伍和汇报。伍和给了乞丐些赏银，然后写了一份状子，状告杨元有盗窃之罪。

这时包公恰好巡行来到此处，看完状子，立即命该县的公差缉拿杨

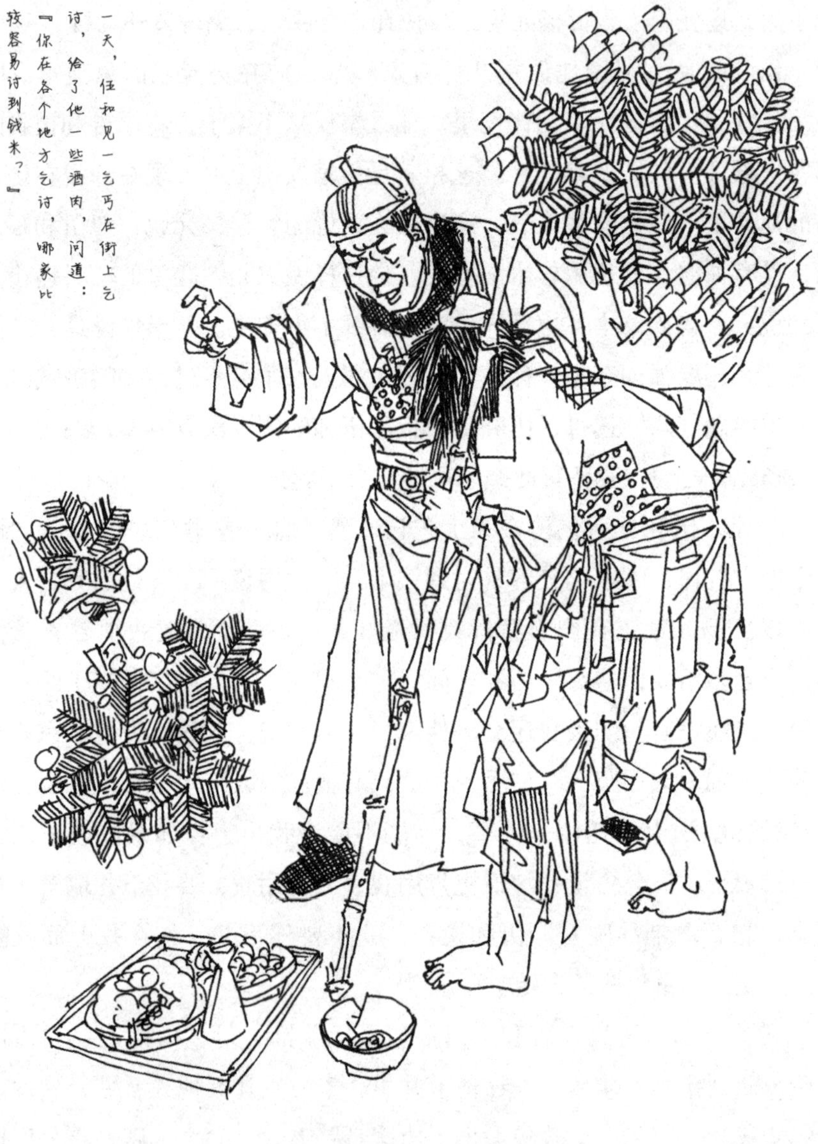
一天，伍和见一乞丐在街上乞
讨，给了他一些酒肉，问道：
『你在各个地方乞讨，哪家比
较容易讨到钱米？』

元。堂上，伍和称自己家的金银首饰被杨元藏在井中。公差下井搜检，果然得到一包首饰。杨元死不承认。包公说：“井是你家的，赃物又在你家井里，你还有什么可说的？”杨元受了刑，依然不肯承认。包公遂叫来伍和，问道：“你这首饰是什么人打的？”伍和说：“金首饰是黄美打的，银首饰是王善打的。”包公叫来黄美、王善到堂上做证。黄美、王善看了首饰后，黄美说道：“小人给他打的是金的，不是铜的。”王善说：“小人给他打的是银的，不是锡的。”包公听后，心里立刻明白其中有诈，将杨元暂时押进狱中，让伍和回去。包公吩咐公差秘密地跟随伍和，看他出去后与哪些人谈论此事，然后一起抓回衙门。公差悄悄地跟着伍和来到街市上，看见他问一个乞丐：“前天我托你干了那件事，已经送给你一钱银子，为何还要把包裹里的金银首饰换成铜的锡的？”乞丐装糊涂说：“我怎么敢做这种事？”伍和说：“包公让黄美、王善两个匠人看了。”乞丐这才无话可说。这时，在一旁的公差一把拿下乞丐和伍和，带回府衙，交给包公。包公让人用刑具将乞丐夹起，问道：“你为何把伍和的金银首饰换了？”乞丐胆小，马上招供说道：“伍和让我把这些首饰丢在杨元家的井里，小人贪财，就给他换了。那些金银首饰还在我身上，请大人饶了我这条小命。”包公对伍和的所作所为很气愤，立刻吩咐严刑拷打。伍和即便有百张口，也争辩不了，只好认罪伏法。

樵夫大意卖柴刀

有个樵夫叫邹敬。一日在山中砍完柴，挑到城里去卖。他把柴卖给了生员卢日乾，得银二分。但他的刀插在柴里，忘记拔出来。第二天午后，邹敬要去砍柴时，才想起刀随着柴一起卖给了卢日乾。于是他匆匆忙忙地到卢家去取。卢日乾心眼小，不肯给。邹敬性急，破口大骂起来。卢日乾是包公的得意门生，仗着这层关系，他写了一封书信，让家人送到包公那里。包公详细问了一下情由，知道此事甚小，就看在师徒的情分上，没有深究此事，而是责罚了邹敬五大板。

邹敬心中很不服气，又到卢家门前大骂不止。卢日乾穿得整整齐齐地去见包公，说道："邹敬刁蛮顽固，被老师责罚后，又来撒泼，在街上大骂。请老师严惩他。"包公心想：一个村民，怎么敢骂秀才，一定是因为他的刀的确插在柴里，他又受到责罚，心中不满，才大叫大骂。包公悄悄地对公差李节吩咐了一番。李节将邹敬锁起来，领到卢家，对卢日乾的妻子说："卢娘子，这个村民骂你，被你相公送进府衙，先是被责打了五板，后来又责打了十板。你相公叫我来告诉你，把刀还给他吧。"卢娘子说："我丈夫怎么没跟你一起过来？"李节说："你相公跟包大人见面后，在后堂喝茶，哪里能说回来就回来。"卢娘子信以为真，拿出柴刀交给李节。李节把刀呈给包公。邹敬看到后，说道："这正是我的刀。"卢日乾大惊失色。包公故意呵叱说："邹敬，不要怪本官打你，你既然要取刀，就应该用好言相求。他还没有去看，怎么知道刀是不是在柴里？你

包公悄悄地对公差李节吩咐了一番。李节将邹敬锁起来，领到卢家，对卢日乾的妻子说……

去了就出言不逊，口出脏话。我治你侮辱斯文之罪该如何处罚？我只打了你五板。秀才的信中已经说了会把刀给你，你还要去骂。现在刀已经归你了，但应该打你二十板。”邹敬叩头求包公赦免。包公说：“你在卢秀才面前叩头请罪，我才会赦免你。”邹敬立即在卢日乾面前一连磕了好几个头，然后转身回家去了。

邹敬走后，包公对卢日乾说：“他以卖柴为生，很是辛苦。你怎么能忍心把他的刀藏起来？我若是偏袒你，不考察明白，打了此人，那我就亏待了这个小民。我在众人面前说你自己肯把刀还给他，让邹敬叩谢，也是为了保全你的颜面。”包公的一番话，说得卢日乾满面惭愧，无言可答而退。

包公让人到卢家巧妙地取出柴刀，足见其智；在人前护着卢日乾，掩盖他的过错，足见包公为人厚重；事后又对卢日乾一番叮咛，责其改过，足见包公的教化之心。这真是一举三得。

包公为三娘子申冤

广东潮州府揭阳县有一个叫赵信的人，当地人也叫他三官人，他与同村的周义是好朋友。有一天，两个人商议去城里买布，并提前预订了艄公[1]张潮的船，打算第二天一早乘船进城。次日四更，赵信来到张潮的船上等候周义。艄公张潮见四周没有人，便把船撑到河水深处，将赵信推入河里淹死，之后又把船撑回岸边，假装睡觉。黎明时分，周义来到河边，叫醒张潮，一起等待赵信。然而，等了半天，赵信还是没有来，于是周义让张潮催一催赵信。

①［艄公］泛指撑船的人。一般都为男性。

赵信的妻子是孙氏，人称三娘子。张潮来到赵信家，连续叫了几声三娘子，孙氏才出来开门。张潮说："三官人和周义昨天相约要乘我的船进城，如今周义等了半天，还没见到赵信的身影，他让我问一问三官人为什么没有去赴约呢？"三娘子很惊讶，说："今天三官人很早就出门了，为什么现在还没有到船上呢？"张潮返回岸边，把赵信的事情告诉了周义。周义立即赶到赵信家里，同三娘子四处寻找赵信，可是找了三天，依旧没有发现赵信的踪迹。周义寻思：大家都知道我和赵信要进城买布，如今他下落不明，人们准会怀疑我。我还是先去官府报案为妙，况且艄公张潮、邻居赵质、赵协以及孙氏都可以为我做证。

知县朱一明受理了这个案子。他先审问赵信的妻子孙氏，

朱一明对周义说："赵信是带着银子出门的，你见财起意，所以杀死了他。"周义反驳说："我一个人怎么可能杀死他，又怎能埋葬他的尸体呢？"

三娘子回答说："我丈夫吃完早饭，带上银子出了门，之后的事情我就不知晓了。" 朱一明又审问艄公，张潮说："周义和赵信提前预订好我的船，打算乘船进城。第二天，天还没有亮，周义早早来到岸边等候赵信，过了很长时间，赵信还没有出现，在场的水手可以为我做证。之后，周义让我去催赵信，我到了赵信家，喊了几声'三娘子'，等了半天，她才给我开门。"朱知县又审问赵质、赵协，他们说："我们只知道赵信做买卖之前，同孙氏在家里吵了一架。赵信出门之后的事情，我们就不清楚了。"朱一明对周义说："赵信是带着银子出门的，你见财起意，所以杀死了他。"周义反驳说："我一个人怎么可能杀死他，又怎能埋葬他的尸体呢？况且我家比他家富裕，我们也是好朋友，我怎么会谋害他呢？"孙氏说："周义和我丈夫关系一直很好，他绝对不是杀害我丈夫的凶手。想必是我的丈夫早早到了船上，被艄公杀死了。”张潮辩解说：“河边有那么多船，我要是在岸边杀人，其他人不都看到了吗？周义在黎明时分来到船上，叫醒了我，他可以为我做证。孙氏说丈夫很早出了门，邻居都不知道；等我去叫，她还没有起来，门也没开，分明就是她杀死了赵信。”朱知县听信了张潮的话，严刑拷问孙氏。孙氏身体柔弱，经受不住大刑，只得承认说：“我的丈夫已经死了，我情愿去陪他。当初我没有拦住他，所以就杀了他。”知县又问尸体的下落，孙氏说：“是我杀死了他，如果你们要讨他尸体，就把我的身体还他，为什么还要追究呢？”此案经过州府复查之后维持原判。

第二年秋季，官府要处决谋杀亲夫的孙氏，却被明察秋毫的大理寺左任事杨清制止了。杨清看了卷宗，发现了疑点，做出了批示：“张潮敲门就叫三娘子，可见他知道赵信并不在家。”随即杨清让巡行官再次复查这个案子。当时包公巡视天下，来到了潮州府，派人将张潮抓到府衙，问道：“当初周义让你催赵信，为什么你喊‘三娘子’而不喊‘三官人’呢？原因是你知道赵信已经死了，家里只有三娘子一个人，所以你喊了三娘子。”张潮感到错愕，一时答不上来。包公说：“明明你就是杀人凶手，反而诬陷孙氏。”张潮不肯承认，被杖打三十；还不承认，又被杖打一百；最终他被包公关了起来。包公传唤当时在场的水手，不问缘由便打了水手四十大板。包公说：“你在去年杀死了赵信，张潮已经把你们供了出来，今天你就给赵信偿命吧。”水手被吓了一跳，招供说：“回禀大人，张潮才是凶手。当时正值四更时分，张潮见路上没有行人，便悄悄地把船撑到河流深处，将赵信推入水中。等赵信淹死之后，他又把船撑回岸边，假装睡觉。这一切都是张潮一个人干的，我是冤枉的啊！”包拯让张潮与水手对质，张潮再也不敢狡辩，只好承认了自己的罪行。随后，包拯将张潮就地正法，释放了孙氏，罢免了朱一明的官职。

包公审石碑

浙江杭州府仁和县有一人名叫柴胜，家里比较富裕，双亲都健在，娶梁氏为妻。梁氏孝顺亲人，知书达理。柴胜的弟弟叫柴祖，已经十六岁，也成了亲。

有一天，柴胜的父亲把他叫到跟前，教导他说："咱们家虽然积累了一些资财，可是你要明白得到这些资财很不容易，反而挥霍起来不难。一想起这件事情，我就心痛，夜里常常睡不好觉。现在的公卿和士大夫的子孙穿好的、吃好的，成群结队地游玩，大摆筵席取乐，从来不把财物放在心上，只是肆意浪费。他们不知道自己拿来炫耀的家财，正是他们的祖辈们平常辛辛苦苦积累下来的。你不要仅仅指望着我积累的这些家财过日子，我想让你的弟弟柴祖守家，让你到外地做生意，以补贴家用，你觉得怎么样啊？"柴胜说："父亲大人说得十分在理，我一定照办。您要让我到哪儿去做生意呢？"父亲说："我听说京城开封布匹生意特别好。你就在杭州买几担布，带到开封去卖，用不了一年半载，你就可以回来了。"

柴胜遵从父亲的话，买了三担布，辞别家人，前往开封。他夜里休息，白天赶路，没几天就来到了开封府，住在东城门外吴子琛的店里。过了两三天，柴胜没有卖出一匹布，因而心里十分不畅快，便令家童买了一些酒，两人喝得大醉。没想到，吴子琛的一个近邻，叫夏日酷，趁着柴胜酒醉，在半夜时分将布匹全部盗走了。

第二天柴胜起床之后，发现布匹被盗，心里十分慌张。他不知所措，找到店主吴子琛，说：“我是孤身在外的客人，你是这里的主人。正所谓‘在家靠父母，出门靠朋友’。昨天晚上你为什么趁着我酒醉，偷我的布呢？如果你现在还给我，这件事情就算过去了，否则的话咱们公堂上见。”吴子琛辩解说：“我是这里的店主，客人都是我的衣食父母，我怎么会偷取客人的东西呢？”柴胜根本就听不进去，坚决咬定布匹失窃跟吴子琛有关，便把他告到了开封府。包公说：“捉拿盗贼必须先看到赃物，如果没有真凭实据，这个案子怎么断定呢？”于是驳回了柴胜的诉讼。柴胜再三状告吴子琛，包公才正式受理此案。包公把吴子琛传唤到公堂，问他是否偷了布，吴子琛把之前与柴胜的对话原原本本地说了一遍。包公一时不能做出裁决，就把柴胜和吴子琛暂时关押在大牢里。次日，包公前往城隍庙上香，祈求神灵帮忙断案。

再说盗贼夏日酷把偷来的布匹藏在村里一处偏僻的地方，把布匹上的记号抹除，换上自己的印记，使人难以辨别。之后，他把布分批卖给了城中的徽州客商汪成，赚了八十两银子，自以为做得神不知鬼不觉。

包公在城隍庙接连烧了三天香，想到了一条妙计。他命令张龙、赵虎把衙门前的石碑抬到院子中，要向石碑讨还丢失的布匹。一会儿工夫，衙门里来了许多人围观。包公大声说道：“这个石碑真是可恶啊！”接着让自己的手下打它二十鞭子，前后一共打了石碑三次。围观的人越来越多，包公突然命令手下把衙门的大门关上，并把在最前面围观的四人抓了起来，其他人都没明白是什么意思。包公说：“我在这里断案子，不允许闲杂人等围观。为什么你们这些人不遵守礼法，竟然擅自出入公堂呢？虽然你们已经犯了罪，但我会网开一面。你们四人统计一下围观者的姓名，如果有人是卖米的就罚他米，卖肉的罚肉，卖布的罚布，其他人卖什么就罚他什么。在限定的时间内，你们四人把这件事情办好，我要当场验证。”那四个人立即领命，忙活去了。过了一段时间，四个人到府衙复命。包公一看，其中有一担布，便对四人说：“这些布暂时留在这里，第二天返还给卖主。其他的米、肉等物品，你们四人带回去，退还给原主，不得有误。”四人退出府衙，按照包公的话去做了。

包公立即传唤柴胜与吴子琛前来认布。包公担心柴胜会胡乱认布，

包公大声说道：『这个石碑真是可恶啊。』接着让自己的手下打它二十鞭子，前后一共打了石碑三次。

便先拿出自己夫人织的布匹，试探问道："你看这些布是你的吗？"柴胜看了看，说："回禀大人，这些布不是我的。"包公见他没有撒谎，又从一担布中抽出两匹，问道："你认识这些布吗？"柴胜看了，说道："这些布正是小人的，不知道大人是从哪里得到的？"包公说："你认得布上的记号吗？"柴胜说："这些布的首尾记号虽然都被人换过，但中间的尺寸却没有变化。大人要是不相信的话，可以丈量一下尺寸，如果跟我说的尺寸不一样，大人尽管治我的罪。"包公丈量之后，证实柴胜说的确实属实。随即，包公传唤那四个人到府衙，问："这些布是谁的？"四人说："是徽州客商汪成的。"包公立即命人拘捕汪成，查问这些布匹的来历，汪成说这是夏日酷卖给他的。包公又让衙役逮捕了夏日酷，经过一番审问，终于弄明白了事情的来龙去脉。夏日酷招供说："我偷了三担布，卖给汪成一担，其余的两担藏在村里。"衙役根据夏日酷的供词，找到了其余的两担布。柴胜、吴子琛两人消除了误会，感谢包公的明断后就离开了。包公又见有人供出夏日酷平日里的种种不法行为，就把他发往边疆充军去了。于是开封这个地方，一时之间盗贼少了许多。

无才考官屈杀英才

西京城里有一个秀才，名叫孙彻，天生聪明绝顶，读书还非常刻苦，精通经史子集，无论是写文章，还是作诗，都能一挥而就。人们都认为他是难得的大才子，这样的英才一定能在科场中出类拔萃，高中状元。谁知近年来，考官选拔人才完全不以文章好坏为标准，有的人一个字都不认识，反而会被考官录取；有的人虽然精通文章，却不被录用。只要能符合考官的心意，坏的也就成了好的；不合考官的心意，即使再怎么好，也都是坏的。这些考官曾是穷秀才之时，还能看得清楚文字；然而中了进士之后，眼睛和心都被金银财物蒙蔽了，主持考试之时颠倒黑白，根本就不把别人的死活放在心上。孙彻生不逢时，纵然有满腹才学却连年不中。

有一次科考，主掌贡试的官员叫丁谈，与奸臣丁谓同流合污。这一次考试跟其他考试不同，只要你门第高，钱财多，即使不会写文章，没有文采也会被录用。虽然考试实行糊名制①，但是有些人早已经打通关节，收买了丁谈。于是，丁谈随手拆了一些试卷，将考试录取者的姓名写在榜上，就当是考试完毕。可怜的孙彻又没有考中。孙彻有一个同窗叫王年，此人无才无能，反而榜上有名，令孙彻感到十分气愤，竟然郁郁而终。来到地府，孙彻向阎罗王递上了状纸，状告考官屈杀英才，恳请阎罗王还他

①［糊名制］

古代科举考试中防止考官作弊的一种措施。把考生试卷上的姓名都糊起来，使考官不能徇私，保证科考录取公平。

孙彻将自己的试卷呈上，包公细细看完，说：『真是奇才啊！考官是谁，为什么不录用你？』

一个公道。

阎罗王看了状纸，问孙彻：“你有什么大的才能呢，为什么说考官屈才呢？”孙彻说：“我不敢自诩有大才，可是那些中举的也不见得有什么大才啊。假如考官不徇私，公平对待，我孙彻一定会在王年之上。如今我还保留着我的卷子，希望您能看一看。”阎罗王说：“你的文章太深奥了，想必考官没有看明白。我是阎罗王，不曾参加过科考，不敢像阳间一字不通的官员那样胡乱看你的文章。除非包大人来看你的文章，就能知道你的水平了。他原是天上的文曲星，一定能看出你的文章好坏。”

阎罗王请包公断案，包公看完状纸，感叹说：“每一次科考，都会有许多人受尽委屈。”孙彻将自己的试卷呈上，包公细细看完，说：“真是奇才啊！考官是谁，为什么不录用你？”孙彻说：“是丁谈。”包公说：“他是一个不识字的家伙，怎么当上考官了？”孙彻说：“王年这样的人都考中进士，怎么能让人心服呢？”包公立即吩咐鬼卒，说：“赶快将他们两人带来，我要审问他们。”鬼卒说：“他们两人都是阳间的官员，怎么能轻易带他们来阴间呢？”包公说：“他们的官运就坏在了这件事情之上，马上把他们带来。”没一会儿，两人被带到阴间。包公说：“丁谈，你是一个考官，为什么屈杀英才孙彻呢？”丁谈说：“孙彻的文章写得不好，所以下官没有录取他。”包公说：“这是他的卷子，你再好好看看。”说完，将卷子扔给丁谈。丁谈看了一会儿，面红耳赤，说：“下官当日眼花，没有仔细看。”包公说：“你不看文章，怎么录用考生呢？你不录用有才的孙彻，反而录取不识字的王年，可见你徇私舞弊。你本来还有十二年的阳寿，但因你屈杀英才，导致孙彻死去，所以我剥夺你的阳寿。你以老眼昏花为借口，看错文章，我就罚你下辈子当一个双眼失明的算命先生。你收取贿赂，我就罚你来世做一个乞丐。究竟你转世之后成为哪一种人，你自己应该心知肚明。王年，你不会写文章反而中第，我就罚你来世做牛吃草过日子。孙彻，你今生满腹才学却不被重用，来世定能连中三元。”人人都同意包公的判罚，唯有王年说：“我虽然不会写文章，但是还能写几句。那些一句也不会写的人非常多，也被录取了，他们是不是也应该做牛吃草呢？”包公说：“我就是让你给他们做一个榜样。”随后，包公写成案卷，连同孙彻的试卷，还有相关人等一齐交给十殿①各司查验。

①［十殿］

佛教传说地狱分为十殿，分别住着主管地狱的十个阎王。

蜘蛛吃案卷

山东兖州府巨野县有一户姓郑的富裕人家，家主名叫郑鸣华。他的独子叫郑一桂，长得一表人才。只因郑鸣华对儿媳妇的选择标准太过严格，所以郑一桂一直到十八岁，还没有成亲。

郑家对门是杜预修家，杜家有一个女儿名叫季兰，贤良淑德，姿貌动人。杜预修的后妻是茅氏，她想把季兰嫁给自己的侄子茅必兴，但是杜预修坚决不同意，所以季兰到了十八岁还有没嫁人。郑一桂私下爱慕杜季兰，两人情投意合，常秘密幽会。时间过去了将近半年，两家的父母都察觉出他们的事情。茅氏为此重重责罚了季兰，还时刻防备季兰跟郑一桂私下往来。但是季兰非常爱慕郑一桂，仍然不顾反对背着茅氏与郑一桂私会。

有一天，季兰趁着茅氏去了娘家，约郑一桂晚上见面。当夜，郑一桂按时赴约，季兰对他说："你我私会有半年时间了，如今我已经怀了三个月身孕，你可以托媒人来我家提亲，想必我的父亲会答应。要是我的后母在家，她一定会反对我们的婚事，但是不要紧，她去了外祖父家。趁此机会，我们明天就把婚事定下来。此事要是成了，我们就能永远在一起；如果不成，我愿意为你去死。即使他人来娶我，我也不会同意，因为我心里只有你一个人。"郑一桂欣然答应。

次日五更天，杜季兰与郑一桂在猪门辞别，正巧被早起杀猪的屠户萧升撞见。他心想："肯定是郑一桂与杜季兰两个人私通，从猪门出入。"萧升来到猪门边，看见杜季兰，上前逼她求欢。季兰说："你是什么人，

半夜时分，他又去找季兰，等来到猪门旁边，被突然出现的萧升一刀杀死。

怎么这么无礼？”萧升说：“我知道你和郑一桂私通，为什么我们两个不能呢？”季兰生怕事情败露，便哄骗萧升说：“他要和我成亲，所以我们私底下商议这件事情。如果他不娶我，日后我会跟你成亲。”随即她走进房中，锁上了门。萧升回到家，心里非常不爽，他想：“你爱慕郑一桂，怎么会从了我呢？不如我杀了郑一桂，断了你的念想，就可以很快得到你了。”

第二天，郑一桂告诉父亲：“我要娶杜季兰为妻。”郑鸣华说：“即使是富豪家的女子，我也不会让你轻易娶。如今你要娶一个品行不正的女人当媳妇，不仅会辱没我们家的门风，还会被他人笑话。”郑一桂见父亲不答应这门亲事，感到非常愁闷。半夜时分，他又去找季兰，刚来到猪门旁边，被突然出现的萧升一刀杀死。次日，郑鸣华得知儿子被杀，十分悲痛，怀疑杜预修是凶手，把他告到了县衙。

巨野县的朱知县审理了这个案子。在公堂之上，郑鸣华说：“我的儿子郑一桂与杜预修的女儿季兰很要好，季兰让我儿子娶她，但是我没同意，当天夜里他就被杜预修杀死了。”杜预修辩解说：“我并不知道季兰跟郑一桂的事情。即使他没有答应我女儿，我也不会记恨，更不会杀死他。郑鸣华冤枉了我，希望大老爷明察啊。”朱知县问杜季兰：“你们有没有奸情？是谁杀死了他，你应该最清楚。赶紧给我从实招来。”季兰说：“郑一桂先是多次与我调情，之后我们就开始私通。他承诺说要娶我，我也愿意嫁给他，可是我实在不知道是谁杀死了他。”朱知县说：“你和郑一桂通奸半载，被你的父亲知道了，所以他杀死了郑一桂。”于是就给杜预修上了大刑。杜预修再三不肯承认罪行。朱知县又给季兰上大刑，季兰心想：“郑一桂对我是真心的。虽然他死了，但我还怀着他的骨肉，如果是个男孩，还能给他延续香火。倘若我受刑动了胎气，必定会断了郑一桂的香火，那么我活着还有什么意义呢？”于是，她招供说：“郑一桂是我杀的。”朱知县问：“郑一桂是你的情人，你为什么忍心将他杀害？”季兰说：“因为他没有娶我，所有我就杀了他。”朱知县说：“你们两个还没有成亲就私通，如今你又杀死了郑一桂。可见你不但不守妇道，而且心肠狠毒，理应让你偿命。”郑鸣华、杜预修都信以为真。半年之后，季兰顺利产下一个男婴。郑鸣华因为失去了儿子非常悲痛，如今有了孙子，便决定亲自抚养，对他十分疼爱。

又过了半载，包公巡行到了兖州府，于夜间阅览杜季兰一案的卷宗，忽然看见一个大蜘蛛吃了卷宗上的几个字。包公心里顿时产生了疑问，决定次日重新审理这桩案件。杜季兰说：“我和郑一桂相互爱慕，可谓情投意合，我怎么会杀死他呢？只因当时小女子已经有三个月身孕，担心受刑会伤了胎气，所以我就暂时招认了。我的父亲也不是杀人凶手，想必凶手另有其人。小女子只是替罪羊。”包公说：“你跟其他人有奸情吗？”季兰说："除了郑一桂，没有其他人。"包公想到昨晚蜘蛛吃字的情形，认为凶手姓朱，同时也想到知县虽然也姓朱，但他不是凶手。又问郑鸣华："你家附近有几户人家，他们都叫什么名字，赶紧给我报上来。"郑鸣华报上数十个人的名字，没有一个姓朱的。包公听到萧升的名字，又问："萧升是干什么的？"郑鸣华说："他是杀猪的。"包公想："猪与朱同音，他会不会与本案有关？"随即命令郑鸣华带领衙役捉拿萧升。衙役到了萧升家，说："包大人找你问话，是关于郑一桂被人杀害的事情。"萧升忽然感到迷乱，随口说："报应啊，当初我错杀了你，如今应该给你偿命。"衙役大声说："包大人只是让你去做证。"萧升猛然醒悟过来，说："我刚刚看见郑一桂来向我索命，没想到是衙役。一定是他的冤魂来了，我跟你们去府衙认罪。"到了大堂上，萧升主动招认说："那一天我早起杀猪，看见杜季兰送走了郑一桂。我上前诱奸杜季兰，她说她要嫁给郑一桂，不肯服从我。为了得到杜季兰，第二天夜里，我就杀死了郑一桂。既然包大人查明了实情，我也别无他话，情愿偿命。"包公立即判处萧升死刑。

当时杜季兰说："小女子感谢包大人的神断，保全了性命，来世再报答您的大恩大德。我已经是郑一桂的人了，但是至今没有过门。如今儿子已在郑家，我想正式嫁到郑家，侍奉郑一桂的父母，并且发誓永不改嫁，以此来赎前世的罪过。"郑鸣华说："我的儿子曾经想要娶她，但起初我认为她不检点，所以没有答应。今天我才明白她不是那样的人，既然她有守节之心，就让她留在郑家吧。"包公允许杜季兰到郑家侍奉公婆，照看孩子郑思椿。十九年后，郑思椿考中进士，被朝廷任命为两淮运使，其母杜氏季兰被朝廷封为太夫人。

才子佳人心如金石

宋仁宗康定年间，南部县城有一个叫李彦秀的读书人，乳名[1]叫玉郎。他年纪不大，刚刚二十岁，长得十分俊秀文雅，性格温良，学识和才艺都高人一等。他在县城内有一座高楼，名叫会景楼。登上这座高楼，既能望见远处的江水和山峰，又能看到城里的店铺和街巷，可谓一切尽收眼底。每到入秋时节，李彦秀就会到会景楼上读书学习。

有一天，一场秋雨过后，天刚刚放晴，不远处传来悠扬的丝竹之声。李彦秀顿时来了兴致，便邀请了一些朋友到楼上喝酒。其中一个人忽然笑着说："我们只能听见声音，却看不见是谁在演奏啊！"李彦秀说："如果看到演奏之人，而不欣赏声音，就会失去雅致了。"朋友都表示赞同。另外一个说："不如我们来以此景作诗，谁作不出来，就罚他喝酒。"众人都同意，让李彦秀先作。

李彦秀作完一首，刚要递给朋友们传阅。忽然有人走进来，告诉他们说："正堂先生来了。"李彦秀急忙把诗稿藏在袖子中，整理好衣服迎接先生入席。过了一会儿，李彦秀还担心先生会看到诗稿，便以换衣服为借口离开酒席，把诗稿揉成一团，随手扔了出去。之后他回到酒席，继续同大家畅饮，直到傍晚才离开。

①［乳名］

即小名，奶名。是父母给孩子起的昵称，非正式名字。其意思简单，叫着亲切。

张丽容摊开一看，竟是首诗，诗写得极有文采，又有风情，丽容心里非常高兴……

那团诗稿无意中落到了歌伎张妈妈的住所。张妈妈有一个女儿，已有十七岁，名叫丽容，又名翠眉娘。她天生丽质，聪明乖巧，精通音乐、女红[①]，以及书画诗文，在郡里的同龄人之中出类拔萃，可谓国色天香。她不染风尘，有人甚至肯花一百两金子只求一睹其芳容。张家的后院有一座小楼，叫对景楼，正好与会

①［女红（gōng）］古代女子从事的针线活儿和这些工作的成品，如纺织、缝纫、刺绣。

景楼相对。李彦秀扔诗稿的时候，张丽容恰巧在对景楼上休息，发现有人丢下纸团，便叫丫鬟捡了起来。张丽容摊开一看，竟是首诗，诗写得极有文采，又有风情，丽容心里非常高兴，心想："这首诗一定是李玉郎写的。他至今还没有娶亲，我也没有嫁人。上天要是能成全我们，我愿意和他白头偕老。"

第二天，张丽容和诗一首，写在白绫之上，并把白绫扔到纸团所在地。李彦秀经过那里，捡起白绫，边读边笑，说："我听说张翠眉这个人坚守操行，才貌出众，也早想见她一面，但是一直没有机会。今天看了她写的诗，才明白她的心思啊。"李彦秀看完诗，登上太湖石，朝对景楼望去，发现张丽容一个人坐在楼上，问道："难道你就是张翠眉？"张丽容笑着回答说："是。我昨天看了你的诗，你就是李玉郎吧？我听说你才高八斗，媒人多次给你说媒，都被你拒绝了，这是什么缘故呢？"李彦秀说："如果早有像你这样才貌双全的人，我就不必为婚事忧烦了。"于是，两个人各自表明了爱意，又对天起誓互不辜负，才相互告别。

李彦秀回到家，把这件事告诉了父母。李父说："她出自娼妓之家，即便坚持操守，也不能进读书人家的门，更不可以祭祀祖先，延续后代。我们不同意这桩婚事。"李彦秀又多次请求亲人说服自己的父母，但都没有成功。时间过了将近一年，李彦秀不但荒废了学业，而且精神萎靡，整天魂不守舍；他的心上人张丽容也变得十分憔悴，发誓非李玉郎不嫁。李彦秀的父亲实在不忍心儿子颓废，便让媒人带着聘礼到张家求亲。张家答应了李家的求亲，商议订下了婚期。

就在他们婚期将至之时，又起了变故。当地的省参政名叫周宪，任职期满，要进京面圣。当时有一条不成文的规定：凡是任职期满的官员，必须向丞相王右献上万两白金[1]，如果少于一万两，那么这个官员就会被丞相排挤。周宪当了九年官，所有的家当加起来还不到一千两，无奈之下，问手下的官员："我到底该怎么办呢？"有一个小吏说："王丞相积累了许多银子，已经不

①［白金］银子。

稀罕银子了，如今他更偏好美丽的女子。大人不如买一两个才貌双全的官妓，献给王丞相，必定能够让王丞相高兴。”周参政听了，随即命令手下到各府选官妓，最终选中张丽容。李家知道这件事情后，花费巨资让官吏通融，哪知几乎倾家荡产也没能让张丽容留下来。

没多久，张丽容和母亲被迫乘船进京。在船上，张丽容不吃不喝，张妈妈哭泣着说：“你死了固然能够保持节义，但我也会没命的。”张丽容不忍母亲伤心，只好吃一点儿东西。就在她们乘船行进之时，李彦秀在后面步行紧紧跟随，路人知道了都为之悲恸。两个月后，张丽容乘船到了临清，而李彦秀风餐露宿，步行了三千多里，已经不成人样。张丽容望见李彦秀，内心非常悲痛，立即晕了过去。醒来之后，她苦求船夫给李彦秀转达几句话：“我之所以还活着，是因为我还有母亲。如果母亲死了，我也不会再活在世上了。你还是赶紧回家，不要找罪受了。你要是为了我而死，只会增加我的痛苦。”李彦秀听完船夫的话，悲恸欲绝，倒在地上就再也没有起来。船夫可怜李彦秀，便把他埋在了岸边。当天夜里，张丽容在船里自缢身亡。

周参政得知张丽容死了，勃然大怒，说：“我让你享受荣华富贵，你却对一个穷书生念念不忘，还为他而死，真是岂有此理！”于是他命令船夫将张丽容的尸体在岸上火化。焚烧完毕之后，船夫看到张丽容的心一点儿变化也没有，觉得非常奇怪，于是走上前，踩了一脚，这心就忽然变成一个手指大小的小人儿形状。船夫用水洗净，发现小人儿是金灿灿的，而且比石头还坚硬，穿戴和相貌都十分像李彦秀。船夫赶紧把这小人儿呈给周大人。周参政见了，也感到很惊讶：“这是精诚的情感气化而成的。”其他官吏说：“张丽容的心是这样，那么李彦秀的心肯定也是这样。请大人焚烧李彦秀的尸体，看看他的心。”周参政下令焚烧李彦秀的尸体，也得到一个小金人儿，容貌装束跟张丽容一模一样。周参政说：“我让你们二人死于非命，但我得到了两件稀世珍宝，任何珍珠宝玉都不能同它们媲美。王丞相要是得到了它们，必定会非常高兴。”于是他命人把宝贝装进锦囊，再放进香木盒子之中，还给宝贝取了名字“心比金坚”。随后，周参政赏给张妈妈一锭白银，让她安葬二人；给前来的女子发放路费，让她们回家。周参政马不停蹄地赶到京城，拜见丞相，奉上宝物，并把事情缘由说了一遍。王丞相很高兴，赶紧打开一看，谁知只看到一摊污血，而且臭不可闻。王丞相勃然大怒，就把周参政的罪行详细地告诉了包拯，并请包拯将周参政关进大牢。

包拯审讯完周参政后，上书皇帝说："李彦秀与张丽容情真志坚，矢志不渝，所以他们死后，心里才会结成对方的人形。周参政抢夺张丽容，害死他们二人，应该判处他死罪。可是他一个人的性命不足以偿还两个人的性命，所以还要判处他儿子充军。王丞相手握大权，私收贿赂，间接导致两人身亡，应该罢黜他的相位，削职为民。"仁宗皇帝准奏。后来，李彦秀与张丽容的魂魄转世到了宋神宗年间，终于结为真正的夫妻。

陈世美抛妻弃子

陈世美原本是均州的一个秀才，娶秦氏为妻，育有一儿一女。儿子名叫瑛哥，女儿名叫东妹。大考那一年，陈世美告别妻子，进京考试，高中了状元，成了一名翰林院编修。谁知陈世美一直贪恋官爵和俸禄，时间一长就忘记了家中还有妻儿。秦氏自从和陈世美一别，已经两年没有他的音信，心里实在放不下，便带着瑛哥和东妹前往京都，寻找夫君的下落。

秦氏来到京都一个名叫张元老的人家里落脚，向张元老打听："您知道有个叫陈世美的秀才吗？"元老回答说："当然知道，陈世美前两年中了状元，现在是翰林院编修。他为官非常清正，衙门比五湖的水还要清澈。他善于明断，就像是秋夜里的月亮那么明亮，无论是鬼还是神，都畏惧陈老爷。"秦氏听后说："不瞒您说，陈世美正是我的丈夫。他到京城参加考试，一直没有回过家，所以我带着孩子前来寻找他。不知道您有什么办法可以让我见到他呢？"元老想了想说："你虽然是陈世美的妻子，但是也不能随便到衙门去找他。今天是十九号，正是陈老爷的生日，他必定会请翰林院的同僚吃饭。翰林院里有一个侍讲，非常喜欢听弹唱。你可以扮成一个卖唱的女子在衙门口等待时机混进衙门。进去之后，你把自己的事情唱出来，陈老爷听了，必定会认出你是他的妻子，把你接进府中。"秦氏听从元老的建议，手里拿着琵琶，到衙门口等候去了。

果然，衙门里走出来一个校尉，叫弹唱的人进入衙门。秦氏随着校尉到了衙门后堂，看到丈夫陈世美正在和同僚饮酒。陈世美定睛一看，弹唱的女子竟然是秦氏，顿时觉得脸上无光，万分羞愧，但仍不动声色，极力忍耐。等到酒席散去，同僚都离开了，陈世美让手下把秦氏押到大厅。陈世美看到跪在地上的秦氏，怒斥道："你怎么跑到这儿来了？"秦氏回答说："自从你离家之后，我一直没有你的消息，便带着两个孩子来找你。我们暂住在张元老家，他给我出了这个主意，所以我才能见到你。难道你现在显达富贵了，就不认我这个糟糠之妻了吗？"陈世美听了恼羞成怒，命令手下打了秦氏一顿，将她赶出了府门，又命令校尉捉拿张元老，将张元老捆绑起来，打了他四十大板。张元老被打怕了，回到家里，连忙将秦氏母子赶出家门。陈世美还写下一张告示，让校尉贴在城门口：任何人都不准私自窝藏远方来的女子。要是有人不听命令，一旦被查出，定会受到严厉处罚。

秦氏既看见陈世美抛弃自己和孩子，又看见告示，心里十分悲痛。无奈之下，秦氏带着两个孩子，直奔均州老家。陈世美认为秦氏有损自己的脸面，于是将骠骑将军赵伯纯找来，悄悄嘱托他："你速速追上秦氏，将她杀死，再把瑛哥和东妹接到府中来。"赵伯纯骑着快马追赶秦氏，到了白虎山，正遇到秦氏母子。他拔出佩剑二话不说直接将秦氏刺死。瑛哥和东妹看到母亲死了，十分悲伤，大声哭了起来。赵伯纯要他们跟自己回府，可是兄妹俩死也不答应，赵伯纯就自己一人回去向陈世美复命了。陈世美听说秦氏已死，才放下心来。

秦氏死后，上界的中元三官①菩萨认为秦氏贞烈，便下凡到白虎山，召唤土地判官，让他小心看守秦氏的尸体。土地判官在秦氏的尸体上放了一颗定颜珠，将尸体搬到了一个土穴之中，等待他日还魂。与此同时，三官菩萨变作法师的模样，在龙头岭等候瑛哥和东妹前来拜师学艺。

①［三官］指天官、地官和水官，分别主掌祭天、祭地和祭水的礼仪。

瑛哥和东妹将母亲下葬后，往龙头岭赶去。在龙头岭，他们遇到了一个名叫黄道空的高人，拜在他的门下，学习十八般武艺。几年之后，兄妹二人都学得一身好本领。当时，乌风源

赵伯纯骑着快马追赶秦氏，到了白虎山，正遇到秦氏母子。他拔出佩剑二话不说直接将秦氏刺死。

的海贼[1]很是猖狂，朝廷贴出皇榜招纳高手：如果有人能除去海贼，那么就能成为三品官，并且他的后代会永远继承爵位。瑛哥和东妹听说了这件事情，决定为民除害。得到师父的准许后，兄妹两人下山揭黄榜，消灭了海贼。朝廷封赏了秦家四口，封瑛哥为中军都督，封东妹为右军先锋夫人，封秦氏为镇国老夫人，封

①［海贼］
即海盗。在海上或沿海地区从事抢劫活动的人。

陈世美为镇国公。

封赏完毕之后，兄妹两人收拾东西，前往白虎山拜祭母亲。正当他们祭祀秦氏之时，秦氏突然从土穴中走了出来。兄妹两人十分惊讶，忙上前询问究竟。秦氏说：“多亏了三官菩萨帮我还魂，我才能获得重生啊。”

母子三人团圆，自然是万分喜悦。秦氏对孩子们说：“如今你们都当了官，我很高兴。可是你们的父亲抛弃我们，派人追杀我，简直禽兽不如，我定要讨回一个公道。否则我死也不会瞑目。”于是，母子三人把镇国公陈世美告到包拯那里。当时包拯官至太师，处理政务大公无私，执法严明，不避亲疏。见秦氏母子三人深受陈世美之害，包拯心中非常愤怒，就把他的罪行写成了一份奏章，上奏给朝廷，请求朝廷治陈世美的罪。

朝廷批准包拯的上奏，立即下了圣旨：陈世美瞒上欺下，犯了欺君之罪；又不念夫妻之情，不顾父子之恩，理应判处充军。包拯领命之后，派遣张千、李万捉拿陈世美和赵伯纯，最终将陈世美发配到辽东充军，赵伯纯承认了自己的罪行后被发配到云南充军。此后，世人再也不敢忘恩负义。

包公令城隍拿妖

有一天，开封府尹包拯为了接待安抚公，召集大小官员，准备宴席。小吏检查宴席所需器物之时，发现那些金银器皿全部都破损了，就向包拯汇报了这个情况。包拯立即派人去请银匠王温，让他到衙门打造新的器皿。王温想到自己走后家里就只剩妻子一个人，他有些不放心，于是嘱托王泰伯帮忙照看一下家里。第二天，王温告别妻子阿刘，独自一人去了衙门。

丈夫离开之后的一天夜里，阿刘听到有人敲门，便问："是谁？"门外人回答说："你赶紧开门，如若不然，我就取你性命。"说着阿刘感到一阵冷风吹过，只见一个妖精闯进了屋子。这妖精有七尺高，身体壮硕，一身青皮，满头红发，张着血盆大口，手里还拿着一把剑，二话不说，上前便抱住阿刘说："你要是从了我，就能得到很多好处。你若不从，我就取你性命。"阿刘非常害怕，只好顺从。

第二天，妖精警告阿刘说："我们的事情，不要让别人知道。如果你将事情泄露出去，我今晚就会取你性命。"说完之后，妖精离开了。就这样，阿刘每天都受到妖精的威胁，不敢向别人透露实情。一到傍晚时分，妖精就会到阿刘房中和她共眠。离开之时，妖精会留下一些食物，或是钱财布匹。阿刘只是保守秘密，不跟他人提起。

妖精和阿刘往来将近有半个月时间。有一次，阿刘的邻居王泰伯听到阿刘家有动静，还以为是王温回来了，便问阿刘。阿刘瞒不过，只好将自

夜深时分，王温果然看到有一个牛头马面，手持宝剑的妖精推门而入……

己被妖精奸淫一事，如实告诉了王泰伯。王泰伯感到十分惊讶，说："既然有妖精，你为什么不早点儿说呢？"阿刘说："妖精每次都威胁我，如果我告诉别人，他就会杀了我。所以，我一直不敢泄露出去。"王泰伯安慰了她一番，之后就去了衙门，把妖精的事情告诉了王温。王温听完，赶紧回到家里，怒骂阿刘不守妇道。阿刘哭着说："是妖精胁迫我，并不是我不守妇道。"王温不相信阿刘的话，当天夜里，手持宝剑藏在暗处，想亲自证实一下。夜深时分，王温果然看到有一个牛头马面、手持宝剑的妖精推门而入，要求阿刘和他同床共眠。王温十分害怕，也不敢出面，第二天，妖精离去之后，他才敢出来。他同妻子商量说："一会儿我去苗从善家占一卦，问问他这是哪里来的妖精。"

王温来到苗家，占了一卦。苗从善看了卦象，对他说："妖精是一个鬼魂变成的，你的妻子遇到了他，百天之后就会死去。"王温说："苗先生一定要救救我的妻子，他日我必定会报答你。"苗从善教导他说："你赶紧和你的妻子到城外砍一根桃木[①]，一旦见到妖精，你们就用桃木打他，这样他就永远不会来骚扰你们了。"王温付了卦钱，赶紧按照苗从善的话去做了。傍晚时分，妖精又带着宝剑前来。王温手持桃木，喝道："你是哪里来的小鬼？"接着便用桃木打妖精。那个妖精笑了笑说："苗从善这个人真是可恨。我和他没有怨仇，他却教你用这个法子对付我。"王温见桃木对妖精不起作用，便惊慌失措地逃走了。过了一会儿，妖精气冲冲地到了苗从善家里，将他家六口人全都杀了。逃跑的王温在路上想起再去向苗从善讨教除妖的方法，等他来到苗家，才发现苗家六口都死了，慌乱之中，王温不小心沾上了血迹。

王温在路上遇到了两个巡逻的士兵，一个叫王吉，一个叫李遂。两人见王温身上带有鲜血，就盘问他发生了什么事。王温把事情的来龙去脉说了一遍。这两人根本就不相信王温的话，把他带到了衙门。包拯立即升堂审案，问王温："你为什么杀死苗家六口人？"王温供出妖精一事，声称自己绝对没有杀害苗家人。包拯思索了片刻，没有妄下断论，而是命令手下将王温关进大牢，继续盘问王温，但是王温依旧咬定自己没有杀人。包拯为了证实妖精的事情，便派衙役张辛手持兵器，到王温家暗查。当天夜里，藏在暗处的张辛看到一个牛头马面的人，带着宝剑来到了阿刘的房间。张辛见状，拔出利刃向妖精砍去。妖精暴怒，抽出宝剑和张辛打了起来，结果张辛战败。张辛回到衙门，对包拯说："王温家的确有妖精。"包拯听后，立即派遣司理到王

①［桃木］在我国古代民间，桃木占有非常重要的地位，也被称为"降龙木"，常用于驱鬼辟邪。

温家查验。司理到了王温家，传唤阿刘，想要从她口中了解一些情况。可是衙役们搜查了半天，始终看不到阿刘。司理说："妖精肯定将阿刘掳走了。"包拯为了捉拿妖精，命人带着三副枷具去了城隍庙，给城隍爷和他的两位夫人都上了枷具。"你身为冥界的地方官，却纵容妖精随意害人，我给你三天时间，命你抓到凶手。三天后你若还不能给我一个交代，我就上奏朝廷，烧了你的城隍庙。"包拯说完之后，就回衙门了。

夜里，城隍爷责令鬼使带领十几个小鬼，三天之内务必抓到妖精。鬼使领命之后，便去忙活了。他们手持狼牙棒，带着铁蒺藜，搜遍全城以及山林、寺院、古墓，仍没发现妖精的踪迹。

有一只小鬼托生到了城东，忽然听到树林中传来女人的哭声，告诉了鬼使。他们沿着哭声走去，发现了一个古墓，里面有一个女人。鬼使问："你是何人？"女人回答说："我是城里银匠王温的妻子，被妖精掳到了这里。"鬼使听完之后，便带着女人乘风离开了。半路上，一个牛头马面、手持利剑的妖精拦住了他们的去路，说道："谁这么大胆，敢抢我的女人？"鬼使回答说："我奉城隍爷之命，前来抓捕你。"接着，双方打了起来，其中一个小鬼被妖精杀死。其他的小鬼赶紧带着女人，逃到了城隍庙，将经过告知城隍爷。

城隍爷又派遣了一支阴兵，捉拿妖精。阴兵围住妖精，一番争斗之后，将妖精拿下，连同阿刘押往城隍司。司王说："这件事情还是交给包大人处理吧。"当时，包拯正在断案，忽然一阵黑风袭来，烟雾四起，过了一会儿，阿刘和妖精出现在大堂上。包拯定睛一看，原来是参沙神在作怪。包拯问阿刘妖精为什么会杀害苗家的人。阿刘详细地诉说了一遍原因，还说："这个妖精把我掳到一处古墓，幸亏城隍爷派出阴兵打败妖精，我才能重见天日。"大堂上的司法官吏详细记载了案情，并且写成了文案。随后，包拯下令将妖精处斩，只见空中火焰一分为二，良久才消散，台下的妖怪已经不见了踪影。之后，包拯前去城隍庙拜谢，而王温同他的妻子阿刘复合，重新过起了平静的日子。

包公巧计擒猴精

东昌府城南住着一户姓周的人家。主人叫周庆玉，其父曾经做过枢密副使，立过大功。当时朝廷规定，有功之臣的后代不必通过考试就能当官，因此周庆玉被朝廷任命为宁陵知县，带领全家人前去赴任。

当时正值春季，风和日丽，鸟语花香，周庆玉一行人走了十几天，来到平原驿站，暂时休息。当地的乡老都来拜见周庆玉。周庆玉同夫人柳氏吃过午饭后，问乡老："这里离宁陵还有多少距离啊？"乡老说："过了三山驿站，就是申阳岭，之后乘船走水路，顺风的话五天就能到达。"周庆玉说："时间还不算晚。我可以在三山驿站住下，第二天趁早过申阳岭。"乡老建议说："三山驿站地处荒野，申阳岭是个多怪之地，大人带着家眷前行实在是不方便，不如今晚就住在这里，明日中午过申阳岭，这样比较安全啊。"周庆玉说："你说的很对，但是我必须尽早赶到安庆，不能延误了上任日期啊！"于是，他立即命人前往三山驿站。到了三山驿站，周庆玉发现一切都如同乡老所说的那样，这里荒废了很长时间，没有床被，只好打地铺过夜。周庆玉的夫人柳氏出自名门之家，如今睡在这种地方心里自然是闷闷不乐，一直辗转难眠。周庆玉起先也没睡着，就在将要睡去的时候，忽然窗外刮起了一阵冷风，让人不寒而栗[①]。

①［不寒而栗］因为害怕而发抖的样子。

第二天天亮，周庆玉发现身边的夫人失踪了，急忙召集众人寻找。大家都惊慌失色，看到大门完好无损，周围也没有什么异常，都不知道怎么回事。一个乡民告诉他们说：“这个驿站已经荒废很多年了，前面不远处就是申阳岭，经常发生怪异的事情。一旦有美丽的女子从这里路过，都会被怪物掳走，想必你的夫人也被怪物掳走了。”周庆玉十分悲伤，说道：“夫人跟随我到这个地方，如今却下落不明，我宁愿不当官也要找到她。”其手下胡俊劝说：“大人不要太伤心了。这里距离上任之地不远，大人可以先去上任，之后慢慢寻找夫人。如果您不去上任，朝廷就会怪罪您，这岂不是两边都耽误了吗？”周庆玉认为他说的很有道理，便听从他的建议，立即到宁陵县上任去了。

上任之后，周庆玉连续好几天都没有处理公务。一个小吏对周庆玉说：“宁陵县属于开封府管辖，大人理应去拜见开封府尹包大人。”周庆玉让人准备马车，去开封府参见包大人。包拯听说过周庆玉父亲的名号，对他很是尊敬，可是周庆玉由于思念夫人，言语举止都有失礼之处。包拯问他为什么心不在焉，周庆玉不再隐瞒，就把事情详细说了一遍。包拯很吃惊，说道：“世间怎么会有这么怪异的事情？你不必着急，安心处理县里的政务，我帮你寻找夫人的下落。”周庆玉非常感激包拯，拜谢之后返回县衙。

包拯想出了一条计策，第二天上书皇帝说：“臣听说登州地界不太平，请皇帝准许我前去安抚百姓。”仁宗皇帝同意了包拯的请求。包拯由朝堂回到府中，打扮成书生模样，带领两个公差前往登州地界。在登州，包拯接连走访了几个地方，但都没有发现妖怪的踪迹。

有一天，包拯来到一片茂密的树林中，隐隐约约听到了钟声，循着钟声走去，发现了一座偏僻的寺庙。包拯走进寺里，遇到一个老和尚，同他交谈了起来。老和尚问：“您从哪里来啊？”包拯回答说：“小生来自东京，要到登州府探望亲戚，途中经过这里，特来拜访。”老和尚说：“这里是荒郊野岭，寺庙又破烂不堪，没什么好瞧的。”包拯正想请教老和尚，忽然一个小和尚通报说：“申公请师父去一趟。”老和尚长叹一声，说：“这个畜生又来了。”说完，他便辞别包拯，去了后堂。包拯觉得事有蹊跷，命令两个随从在外面等候，自己转身往后堂走去，想要打听一下申公的情况。巧的是，包拯遇到了刚才那个小和尚，于是便问：“刚才你向师父提到了申公，他究竟是什么人呢？”小和尚说：“申公是一个千年猴精，居住在申阳岭白石洞。它生性好色，一旦遇到漂亮的女人，便兴起怪风将女人抢到洞里取乐。女人要是违背它的意愿，就会被撕碎。谁都拿它没办法，不过申公很敬重我师父，常来找师父攀谈。”包拯问：“如今申公在什么地方？”小和尚说：“刚才我师父好言劝说申公，谁知申公发怒，把师父也掳走了。”包拯又问：“它把你师父带走，你师父会有危险吗？”小和尚说：“申公过几天就会改变主意，把师父放回来。”听完之后，包拯来到走廊里，发现墙壁上写有一首诗。包拯便将此诗抄录下来，动身前往宁陵县。

周庆玉将包拯请到宁陵县衙门，热情款待了他。宴席期间，包拯将那首诗递给周庆玉看，周庆玉读完全诗，眼泪盈眶，说道：“这是我夫人写的诗，大人是从哪里得到的？”包拯详细讲述了事情经过。周庆玉恳请包拯想一个拯救夫人的好办法，包拯说：“你不要着急，我一定会帮你救出你的夫人。”当天，包拯离开宁陵县回到开封府，随即贴出了一张告示：谁能指出申阳岭白石洞在什么地方，谁就能得到四十两赏银。

宁陵县管辖的小石村，有一个叫韩节的猎户，身手敏捷，能攀登悬崖峭壁。有一天，他去打猎，追赶一只黄鹿，来到了石壁之处，望见上面有光，便沿着石壁爬了上去。之后，韩节看到了一群美丽的妇人。那些妇人见到他大吃一惊，问他：“你是怎么找到这里的？”韩节说：“我之前正在打猎，无意间来到了这个地方。”众妇人说：“你命不该绝啊！幸好妖精不在，要不你就会被它杀死。你赶紧离开这里，将我们的情况告诉我们的家人，定能获得丰厚报酬。”韩节问：“这是个什么样的妖精？”妇人说：“它的身体跟铁一样硬，兵刃根本就不能对它造成伤害。只有毒酒才能让它麻醉，再用麻绳把它绑起来，才可以制服它。”韩节说：“你们不要走漏了风声。我立即到开封府请包大人来救你们。”临走之前，韩节还与众妇人商定了来解救的日期。

韩节下来之后，来到开封府前揭了告示，进府衙面见包拯，报告了有

那些妇人见状大吃一惊，问他：『你是怎么找到这里的？』韩节说：『我之前正在打猎，无意间来到了这个地方。』

关猴精的事情。包拯非常高兴，心想：“周庆玉的夫人也一定在其中。”随即奖赏了韩节。之后，包拯派人准备毒酒，装进酒缸里；让衙役带着弓箭麻绳，跟韩节来到了石壁下方。韩节在腰间系上绳子，独自爬了上去，又把毒酒吊上来。众妇人一看韩节来了，都既兴奋又担忧。韩节把酒交给了那些妇人。众妇人说：“你们先在下面等候。猴精一旦喝醉，我们就把空酒缸扔下去，你们收到信号立即行动。”韩节点头答应，回到石壁下方。

突然一道金光闪过，猴精回来了。它先是与众妇人亲热一番，之后躺在床上休息。众妇人纷纷向猴精敬酒，很快就把猴精灌醉了。又过了一会儿，药力发作，猴精昏睡了过去。众妇人赶紧把空酒缸扔向石壁下方，收到信号的韩节爬上石壁，把衙役全部拉了上来。众衙役来到洞中，看见喝醉的猴精，用麻绳把它紧紧地捆了起来，又把它吊下去，抬到了开封府。

包拯得知猴精被擒，立即出来观看，说道：“应该趁早除去这个畜生，不能等它酒醒。”于是，拔出降魔宝剑，亲自斩杀了猴精。之后包拯问已经聚集在堂上的妇人们：“谁是周庆玉的夫人？”其中一人回答说：“小女子便是。”包拯让人把她带到后堂与周庆玉重逢，夫妻二人抱头痛哭。

包公扮客商识破骗术

许州有两个光棍，一个叫王虚一，一个叫刘化二。他们不仅专门以诈骗为生，还擅长偷盗之术。两人得知南乡富豪蒋钦囤有大量谷子，便密谋偷蒋钦的谷子。想出计策之后，两人带着十两银子，去了蒋钦家。见到蒋钦，两人说："我们今天来买一些谷子。"蒋钦说："你们带银子了吗？"王虚一将银子递给蒋钦，蒋钦得到银子，立即命人开仓取出二十担谷子交给王、刘两人。王、刘得到谷子后用障眼法弄了一些假的谷子充数。两人假装走了半里路，随后将谷子推回蒋钦家里，说是这笔生意不划算，要蒋钦退还银子，再到别处去买。蒋钦看着谷子入仓，将银子返还给王、刘。

后来王、刘二人又偷偷跑回来，偷光了蒋钦的谷子。在路上，农户张小一看见了正在运谷子的王、刘两人，便来到蒋钦家，说："恭喜你啊，你卖出了那么多谷子，肯定赚了不少银子吧？"蒋钦说："我没有卖谷子啊！"张小一说："我刚才明明看见有许多车在运谷子啊！我听说这一带有盗贼出没，您可要小心啊！"蒋钦听后，顿时起了疑心，赶紧让人打开谷仓，只见谷仓已经完全空了。蒋钦立即到开封府报了案。

第二天，包公打开义仓①取出二百担谷子，里面放了一些深蓝色染料作为标记。包公打扮成客商模样，乘船前往许州出售

①［义仓］

旧时地方上储备粮食的仓库。每当灾荒之年，官府就会开仓救济百姓。

包公问：『带银子了吗？』王虚一拿出银子，同包公商议价钱。包公收了银两，随即命人抬出二十担谷子，堆放在岸上。

谷子。王虚一、刘化二听说这件事情，上船拜访包公，问：“客官是从哪里来的？”包公说：“我叫尤喜，从湖广来。请问两位尊姓大名，找我有什么事情呢？”其中一个回答说：“我叫王虚一，他叫刘化二，今天来买你的谷子。”包公问：“带银子了吗？”王虚一拿出银子，同包公商议价钱。包公收了银两，随即命人抬出二十担谷子，堆放在岸上。那两人得到谷子，故技重施，随即返回岸边，埋怨包公说：“你的谷子太贵，我们吃了亏，所以我们把谷子退还给你，你把银子退给我们。”包公看着谷子重新入船舱，将银子还给他们。谁知那两人走后，包公再次打开船舱，发现谷子全部都不见了。

包公回到府衙，想出一个好计策，贴出告示说：“由于兴建贤祠缺少钱粮，所以官府希望百姓们踊跃捐助。捐一百担粮食的人，官府会举荐他为官；捐三百担的人，官府会免除他的劳役。”包公又命人将各个乡村的富户都统计姓名，报到府衙。当时王虚一、刘化二已经骗取了上千担谷子，有人非常眼红，便把他们俩上报给官府。他们二人也正想免差，被别人上报，感到非常荣幸。包公发现王虚一、刘化二的名字，差遣薛霸传唤他们到府衙办理相关手续。两人办完手续，派人把谷子运到了府衙。包公检查谷子，发现袋子里有深蓝色染料，证实就是自己丢失的那一批，于是质问他们两人：“王虚一、刘化二，你们怎么会有这么多谷子？”他们回答说：“我们是通过收租得到的谷子。”包公见他们撒谎，呵斥道：“你们这两个贼好大的胆，你们不但偷了蒋钦的谷子，而且还偷了我的谷子，到现在还嘴硬。我已经在谷子中做了记号，你们还敢狡辩吗？”随即包公命令衙役将王虚一、刘化二每人打一百大板。两人经受不住大刑，最终如实招供了。包公给他们判了刑，将这些谷子送入义仓，并退回蒋钦丢失的谷子，归还给他。百姓们听说此事，无不拍手称快。

婢女冤魂托梦

有一个叫张英的人，到外地上任做官，把夫人莫氏留在家里。莫氏常常与贴身侍婢爱莲一起到附近的华严寺游玩。

有一次，从广东来了一个卖珍珠的客商，名叫邱继修，暂时住在华严寺，无意间看到莫氏的美貌，便对她生了爱慕之情。第二天，邱继修男扮女装，带着珍珠，来到张府。莫氏买了几粒珍珠，让人打发邱继修离去，此时将近傍晚时分，邱继修对莫氏说："我住的地方离此地遥远，再说我孤身一人，身上又带着许多珍珠，害怕途中会遇到强盗。所以恳请夫人让我借宿一夜，明天一早我再离开。"莫氏答应了他的请求，便让他和侍婢爱莲同屋。一更之后，邱继修偷偷摸进莫氏的房间，向莫氏求欢，莫氏因丈夫长期在外，心中空虚，便顺从了，从此两人常常幽会，这件事情只有婢女爱莲知道。

半年之后，张英回到了家里，发现自己床上的席子貌似有两个人睡觉的痕迹。张英再三追问莫氏，莫氏三缄其口，始终不肯承认自己红杏出墙①。无奈之下，张英来问婢女爱莲："我不在的时候家里可曾来过其他男人？"爱莲早就被莫氏叮嘱过要保守秘密，就回答说："没有。"张英拿出刀威胁说："你把实情告诉我，还可以保全性命。否则的话，我就杀了你，把你扔进鱼池。"爱莲害怕极了，便向张英坦白了一切。张英听了，非常恼

①［红杏出墙］

比喻已婚女人有外遇。

怒，想要杀了莫氏，又担心爱莲会泄露家丑，还是把她推进了鱼池。确认爱莲死后，张英才离开。

当天夜里，张英在二更天起来对莫氏说："我睡不着，想要喝酒。"莫氏说："我叫侍婢去温酒。"张英说："不必了，夫人你亲自去酒瓮里取一些酒吧，我喝冷酒就可以。"莫氏下了床，来到酒瓮边，踩着一个小板凳取酒。谁知张英悄悄地跟在她身后，偷偷抓住她的双脚，把她推进了酒瓮之中。张英回到房中之后，便故意喊了几声夫人。得不到莫氏的回应，张英便召唤婢女说："夫人说她要喝酒，去酒瓮里取酒了，可是过了这么长时间她还没有回来，你们去看看。"婢女们打着灯笼去瞧，不一会儿就听她们大呼起来："夫人掉进酒瓮中淹死了。"张英听到声音，假装非常吃惊，还痛哭了一番。

第二天，张英将莫氏的兄弟请来观看入殓，莫氏的棺材里装满了金银首饰和锦缎华服。张英将莫氏的棺材放在华严寺，当天夜里命两个亲信打开棺材，将金银首饰和衣服全部偷走。天亮的时候，寺里的和尚上报说："莫氏的棺材被贼人撬开，衣服和财物都不见了。"张英听闻，随同莫氏的兄弟前去查看，果然正如和尚所说。张英便说华严寺私藏了贼人，使得莫氏棺材里的财物被盗。和尚们都十分恐惧，跪在地上边磕头边说："我们都是出家人，不敢做违法的事情，请大人明察啊！"张英说："华严寺里除了和尚，还有其他人吗？"和尚说："有一个广东珍珠客商暂时居住在这里。"张英说："那必定是这个人干的。"于是下令将邱继修捆绑，送到县衙。知县将邱继修严刑拷打一番，逼他招供。邱继修说："我没有盗取莫氏棺材里的财物，但是她的死跟我脱不了关系，我情愿以命抵命。"于是在供词上画了押。

当时包公正在巡查地方，来到张英所在的县城。张英立即去找包公，把事情经过跟他说了一遍，并请求包公处决邱继修。夜间，包公正在看邱继修的卷宗，看了几遍，有了困意，便睡了过去。在梦中包公见到一个小丫鬟对他说："小婢是无辜的，白天被人推进鱼池而死。夫人和别人有奸情，夜里被人推进酒瓮而亡。"包公从梦中醒来，自言自语："这个梦真是奇怪啊！小婢、夫人，跟棺材里的财物被盗没什么关系啊，还是等明天

夜间，包公正在看邱继修的卷宗，看了几遍，有了困意，便睡了过去。在梦中包公见到一个小丫鬟对他说……

再说吧。”

第二天，包公审讯邱继修：“你的同伙是谁，赶紧报上名来。”邱继修说：“我没有偷棺材里的东西，但这是前生注定的冤债，我甘愿一死。”包公想到昨晚的梦境，便问邱继修：“莫氏是怎么死的？”邱继修答道：“我听说她掉进酒瓮里淹死了。”包公诧异他的话跟梦中的言语完全相同，又问道：“张英察觉出莫氏出轨，把她推进酒瓮而死，如今他又着急处死你，难道说那个奸夫就是你吗？”邱继修说：“我和莫氏的事情，只有婢女爱莲知道。听说爱莲在鱼池淹死，我以为再也没有人知道，所以就为夫人隐瞒这个秘密，谁知夫人也被杀了。肯定是张英从爱莲口中得知我和莫氏的奸情，为了遮丑便把爱莲推进池塘，接着又害死莫氏。”包公听了，心中也有了主意。

张英前来向包公辞别，要去外地上任。包公便把梦中的话写了下来，递给张英看。张英看了，大惊失色。包公说：“你治家不严，导致夫人和别人私通，理应免去你的官职。你杀害婢女爱莲，应当罢了你的官。你冤枉别人偷莫氏棺材的财物，也应解除你的官职。如今你还要去哪里上任呢？”张英跪下，请求包公说：“此事他人并不知晓，还望大人饶过小人。”包公说：“你干的这些事情，他人不知道，但是天知地知你知鬼知。如今鬼魂托梦给我，让我也知道了。你夫人不守妇道该死，邱继修诱奸命妇[1]也该死，唯有婢女爱莲不该死。若不是爱莲的阴灵来状告你，今后你照样做官，家丑不会外扬，邱继修也会被处死，这不都顺从你的心意了吗？”一番话说得张英万分惭愧。等到秋季，包公依法处斩邱继修，随即向朝廷参奏张英治家不严，杀害婢女，理应革去官职，永不录用。朝廷准奏。

①［命妇］

泛指有封号的妇女，享有一些礼节上的待遇。汉代以后王公大臣的妻子称夫人，各朝各代对官员的母亲或是妻子加封，称诰命夫人。其封号品级与官员的爵位级别是一样的。

张兆娘冤死诉神灵

永安镇地处西京城五里之外，镇上有一个叫张瑞的人，家境殷实。他的妻子是城中大户杨安的女儿，不仅十分贤惠，也非常善于治家。夫妇两人养有一女，名叫兆娘，聪明伶俐，深受父母宠爱。夫妇两人常说："将来一定给女儿找一个好人家。"

张瑞家有两个仆人，一个姓袁，一个姓雍。姓袁的奸诈狡猾，姓雍的忠厚老实。有一天，袁姓仆人因为惹张瑞生气，被赶出张家。他怀疑是雍向主人进了谗言，心中怨恨雍，想要找机会报复。

之后不久，张瑞染了伤寒，病情十分严重，他知道自己时日无多，便把夫人杨氏叫到跟前，叮嘱她说："我们的女儿，你一定要给她找个好人家。雍这个人勤奋谨慎，家里的事情可以托付给他。"说完之后，就撒手西去了。

杨氏怀着悲痛的心情，安葬了张瑞，忙完之后便让媒婆帮忙给女儿兆娘订亲。兆娘听说此事，哭着对母亲说："父亲刚离开人世，我又没有兄弟，我要是走了，那谁来照顾你呢？我愿意在家侍奉您，等过两年再谈婚论嫁也不迟啊。"杨氏听了女儿的话十分感动，也就暂时不张罗女儿的婚事了。

张瑞死后，杨氏将府上里外的大小事情全部交给雍负责。雍做事认真，尽职尽责，把家里上上下下都打理得井井有条，杨氏深感欣慰。

有一天，正值缴纳税粮之际，雍向杨氏要缴税的银两。杨氏将银两

于是，袁拔出一把利刃，朝雍刺去。雍毫无防备，结果肋下中刀，气绝身亡。

交给雍便带着女儿到亲戚家赴宴去了。在街上游荡的袁得知杨氏不在家，就在晚上偷偷潜入张家。他来到雍的房间，发现雍正在床上数着银两，便愤怒地骂道："你向主人进谗言，把我排挤出去。如今你私吞财产，实在是可恨。"于是，袁拔出一把利刃，朝雍刺去。雍毫无防备，结果肋下中刀，气绝身亡。袁随即带着那箱银子匆忙逃走了。

杨氏母女从亲戚家回来，在院内喊人，却没人回应，走进屋内一看，才发现雍已经死了。杨氏大吃一惊，哭着对女儿说："张家怎么遇到了这么多不幸的事情呢？老爷刚死没多久，如今雍又被人杀死，天理何在啊？"兆娘也跟着哭了起来。

此事传开后，镇上有一个姓汪的佃户，曾经和张瑞结下梁子，他在得知了张家发生命案后，便向洪知县告发了杨氏，诬陷杨氏母女和别人通奸，由于被雍捉奸在床，所以指使奸夫杀人灭口。洪知县收了汪某的好处，责令杨氏母女招供。杨氏母女不肯屈服，坚决不招供。结果，洪知县给她们上了大刑，打得她们遍体鳞伤。两人不但身受大刑，而且家产也快耗尽了。兆娘再也忍受不了痛苦，对母亲说："女儿恐怕活不长了，我唯一担心的是，我死后再也没有人来照顾母亲。此冤难明，应该告知神明。希望母亲不要屈打成招，以免丧失了名节。"说完大哭不止。第二天，兆娘死在了狱中。杨氏也想自杀，却被监狱中人救了下来。

第二年，洪知县离任，包拯到西京任职。杨氏听说之后，将自己的冤情告知了包公。包公把张家的邻居都拘到公堂上，问他们案情。他们都说："我们也不知道到底是谁杀死了雍仆。杨氏母女平时都很守妇道，没有不检点的行为。"包公听完，更加确信这是一个冤案。第二天，包拯斋戒之后，向城隍爷祷告说："我受理了杨氏冤案，至今无法决断。如果她真有冤情，就请你托梦给我，让我尽早结案吧！"祷告完毕，包拯回到府衙，点上蜡烛，独自坐在床上。将近二更时分，一阵风吹过，包拯站起来往窗外看去，发现了一个黑影，仿佛是一只黑猿，包公便问道："你是谁？"黑影没有回应。包公打开窗子一看，果然看到一只黑猿逃窜而去，包公心中若有所悟。

次日清晨，包公升堂，问杨氏道："你们家可有姓袁的人？"杨氏回答说："我丈夫在世的时候，家里有一个姓袁的仆人，后来因为他秉性不良被赶了出去。如今我家没有姓袁的人。"包拯听完，立即派衙役捉拿袁，并且审问了他。然而袁不肯承认自己杀了人。包公让衙役搜查袁的家，搜到了一个小箱子，里面还有一些银子。衙役把小箱子呈给包大人，还没等包大人发话，杨氏就说："我认得这个箱子。当初雍问我要钱缴税，我就把银子装进这个箱子，一并给了他。”包公点了点头，对袁说：“你就是杀人凶手，如今物证就在堂上，还不认罪吗？”袁自知再也无法隐瞒，只好如实供认罪行。包拯判处袁死刑。汪某因为犯了诬陷罪，也被发配到辽东充军去了，而杨氏等人自然是无罪释放。人们都说：“杨氏的女儿兆娘死后，将冤屈告诉了神明，所以杨氏才能沉冤昭雪。”

判罚张贵妃以正国法

有一天，仁宗皇帝上朝，百官参拜完毕后，有人上奏说：“午门之外有许多老人请求面见陛下，想要上诉当地民情。”仁宗召见了其中的一位代表，问他：“你们有何事要上诉？”那个老人说：“我们都是陈州西华县人。今年陈州有三个县遭遇旱灾，粮食颗粒无收，很多人都饿死了。希望陛下可怜我们，开仓赈灾。”

仁宗皇帝听后说：“这件事情我早已知道了，并且已派赵皇亲带着十万钱粮前往陈州三县赈灾去了，你为什么还说让我开仓赈济呢？”老人说：“请准许小民直言，赵皇亲和监仓官侯文异、管库官杨得昭、封库官马孔目三人徇私舞弊。他们把粮仓的米公开叫卖，每斗三十贯钱，其中两成还是稻糠，根本就无法食用。有钱的人家姑且能过得去，但是贫穷人家只能饿死了。”

仁宗听了非常不高兴，先让那些老人都回去，又与大臣们商议说：“你们谁能前往陈州赈济灾民，替朕分忧啊？”

仁宗话音刚落，丞相王诚就站了出来，上奏说：“能够拯救陈州三县灾民的最佳人选，非包拯莫属。”仁宗说：“我素来知道包拯的名声，如今他在哪儿当官呢？”王诚说：“包拯最近当过定州太守，但是因为太耿直，与其他官员合不来，所以辞了官在东京普照寺隐居修行。我不知道他如今是否还在寺里。”仁宗说：“那么重新起用他，可以吗？”王诚又说：“这个人性子刚烈，请陛下允许我出面说服他，也许他会答应。”仁宗皇帝准奏。

王诚退出朝堂，带着一些人前往普照寺。寺里的长老赶紧出来迎接王诚等人。王诚问：“包先生在这里吗？”长老说：“我并不认识包先生啊。只是几个月之前，寺里来了一个赖皮行者，每天吃三顿饭，吃完就睡，不理会其他的事情。不知他是不是您要找的包先生？”王诚把那个行者叫来，一看正是包拯，心里非常高兴，便对包拯说：“朝廷想封你做官，让你到陈州赈济百姓，你跟我回朝吧。”包拯说：“我的官职很小，怎么能赈济陈州呢？”王诚说：“到了朝廷，皇帝会封你做大官。你看到我的幞头[①]动了，你就叩谢皇恩。”

包拯随他入朝拜见仁宗皇帝。朝拜完毕，仁宗对包拯说：“我封你为三道节度使，前去赈济灾民。”包拯见王丞相的幞头没有动，就没有谢恩。王诚上奏说：“包拯的官太小，怎么能管得住皇亲呢？希望陛下重新给他封官，才能保证万无一失啊！”于是，仁宗加封包拯为十五府提督，自行行使斩罚大权。皇帝还是担心有人不服，又任命了十位保官，协助包拯。这时包拯看到王丞相的幞头动了，才肯叩头谢恩。

包拯退朝往回走时，路过午门，见到一个娘娘，赶紧躲进了官房。他问周围的人：“这是哪个宫的娘娘？”一个叫张龙的人说：“她是偏宫的张贵妃，要到南岳[②]上香，她所乘的銮驾正是正宫曹皇后的。”包拯说：“偏宫的妃子怎么能乘坐正宫的銮驾呢，这还有国法吗？”于是包公命令手下将黄罗伞盖[③]拿走。张贵妃的随驾宫女都非常惊讶，向张贵妃报告了这件事情。第二天，张贵妃面见仁宗皇帝，说包拯抢走了黄罗伞盖。

仁宗皇帝龙颜大怒，立即宣包拯觐见，问：“你为什么怠慢朕的后妃，抢夺她的黄罗伞盖呢？”包拯说：“臣罪该万死，请问陛下张娘娘是哪个宫的妃子呢？”仁宗说：“她是朕的一个偏宫妃子。”包拯说：“她既然是偏宫妃子，为什么用皇后娘娘的銮驾呢？”仁宗说：“是朕允许她用正宫的礼仪，前去南岳上

①［幞（fú）头］
古代男子用的一种软巾，可用来裹头。

②［南岳］
即衡山，五岳之一，位于湖南省衡阳市南岳区，风景优美。同时它还是著名的道教、佛教圣地。

③［黄罗伞盖］
古代皇帝或达官贵人出行，乘坐的轿子顶上都有伞盖，以此象征权势和身份。黄色一般是皇家御用。

包拯说：『偏宫的妃子怎么能来坐正宫的銮驾呢，这还有国法吗？』于是包公命令手下将黄罗伞盖拿走。

香。”包拯说：“陛下的偏宫可以借用正宫的礼仪，难道您的位置也可以借给其他王侯坐吗？如今百姓遭受旱灾，都在忍饥挨饿，就是因为国法不正的原因。我既然不能让朝廷清正，还怎么去陈州赈济百姓呢？张娘娘用正宫之礼，不合礼制，应当罚她黄金百两。如此一来，国法明度，朝廷才能清正啊！”仁宗听完之后，无言以对。王丞相趁机上奏说：“包拯说得很对，希望陛下采纳包拯的建议，以儆效尤。”仁宗皇帝准奏，随即下旨罚了张娘娘百两黄金，充入国库。包拯叩谢皇恩，第二天便前往陈州赈济灾民，陈州的饥荒很快就得到了解决。

“三官”解救程文焕

奉化县有一个监生，名叫程文焕，娶李氏为妻，两人十分恩爱。程文焕到了半百的年纪，却还没有一儿半女，心里十分着急。有一天，他听说庆云寺中的神最灵验，有求必应，于是就和李氏商议去庆云寺求子。夫妻二人沐浴戒斋，准备好香礼，于第二天一大早赶往庆云寺。

夫妻二人祷告完毕，吃了斋饭，顺便游览了一下寺中的景胜。程文焕觉得疲惫，便坐在佛堂里休息，不一会儿就睡着了。李氏则坐在一旁守候。在李氏一侧，有一个和尚，名叫如空。这个和尚见李氏长得漂亮，趁着程文焕睡熟之际，便上前调戏她。李氏是一个贞烈女子，怒斥如空说：“你这个和尚怎么这么胆大，竟然对我不敬？”李氏的话语惊醒了程文焕，如空讨了个没趣，灰溜溜离开了。程文焕问李氏：“夫人，刚才发生了什么事情啊？”李氏说：“有一个秃驴[①]趁你正在睡觉，近前调戏我，被我骂了一顿。”程文焕非常生气，大声说道：“寺庙之中竟有如此不知羞耻之人，实在可恶。”

寺里的和尚得知此事，担心程文焕会状告到官府，于是私下商量说：“他们很早就来到了寺里，没有其他人看见，不如我们把男的除掉以绝后患。那个女人辱骂我们，就把她囚禁在寺中，时间长了她就会从了我们。”和尚们商议完毕之后手持刀械围攻

①［秃驴］

古代云游四方的和尚都爱牵着驴子化缘。有一些和尚由于不守清规，坑蒙拐骗百姓，所以百姓一看到这种牵着驴子化缘的坏和尚，老远就会大喊：“赶紧跑啊，秃头牵驴子来啦。”时间一长，秃驴就指代和尚，带有贬义色彩。

程文焕夫妇。程文焕寡不敌众，很快就被制服了。和尚们把李氏单独囚禁在一处僧房之中。

程文焕被和尚们擒住，自忖难逃一死，就对和尚们说：“你们已经抢走了我的妻子，想必也不会放过我，我只希望你们能让我自行了断。”于是和尚将他带到一处偏僻的房间，四面都是高墙。和尚给了程文焕一包砒霜，一条绳子，一把刀，说道：“你自己选择吧。”随即把门锁上。程文焕感叹：“我只是可以晚死几天，但终究还是逃不出他们的魔掌。”屋里没有桌椅板凳，程文焕只好倚靠柱子而坐，口中默念经文。

当时包公奉命到浙江巡查，路过宁波前往台州，夜里在白峤峄休息。由于旅途劳累，包公很快便进入梦乡，他梦见两个使者前来找他，说：“我们奉三官的法旨，请你去庆云寺走一趟。”包公问：“这里距离庆云寺多远？”使者说：“五十多里路。”包公跟随两位使者来到一处山门前，抬头看见大门上有一个金字匾，上面写着：敕建[1]庆云寺。包公游遍全寺，在一间屋子里见到一只猛虎蹲坐在柱子旁边。过了一会儿，包公从梦中醒来，暗忖：“这个梦真是奇怪啊，想必庆云寺有什么冤情。”

①［敕建］
即敕造。由皇帝下令建造。

第二天，包公问驿站的官员：“你可知道有个庆云寺？”官员回答说：“知道，就在此地五十里之外，寺庙很大，和尚们也都很富有。”包公说：“今天我就去游览庆云寺。”随即命令手下备马，径直来到山门。寺中的和尚出来迎接包公，并且陪同包公逛寺院。包公来到寺中，发现这里的景致跟梦中一模一样，深入寺里，看见一处上锁的屋子，貌似就是梦中老虎所在之处。包公命令和尚打开门上的锁，想要进去看看。和尚说：“从祖师爷开始算起，这间屋子从来没有人敢打开过。”包公问：“为什么不敢打开呢？”和尚说：“里面囚禁着妖邪。”包公说：“岂有此理！纵然里面有妖邪，我也要进去看看。如果出了什么差错，我一个人负责。”和尚还是不敢开门。包公命令手下强行砍掉大锁，推门而入，果然看见一个人靠在柱子上，已经昏迷不醒，

就在包公进入屋子之前，五六十个知情的和尚正要逃走。门外的衙役见和尚们走得匆忙，怀疑出了什么事情，便逮捕了一二十人。

包公急忙命人将他救醒，随即又下令包围寺院。就在包公进入屋子之前，五六十个知情的和尚正要逃走。门外的衙役见和尚们走得匆忙，怀疑出了什么事情，便逮捕了一二十人。程文焕醒来之后，向包公详细诉说了事情经过，并感谢包公的大恩大德。包公说：“你的夫人现在在哪里呢？”程文焕说：“夫人被和尚们抓走了，我不知道她在什么地方。”包拯拷问和尚，他们回答说：“她是一个贞烈的女子，最初不肯从了我们，之后我们把她安顿好，用酒饭款待她，希望她能改变心意，谁知她不肯进食，自杀了。我们将她埋在了后园的大树下。”程文焕得知妻子已死，痛哭了起来。包公劝他说：“你的夫人贞烈可嘉，我会上报朝廷，表彰她的气节。”随后，包公命令衙役打了老和尚和小和尚们每人八十大棍，并责令他们还俗，判处主犯和帮凶死刑。

之后程文焕将李氏厚葬，并在墓前立了碑，上面写着：贞烈节妇李氏之墓。后来程文焕官至侍郎，不再娶正妻，只娶了一个小妾，有了两个儿子。

刘安住认亲

宋仁宗庆历年间，东京汴梁城之外的老儿村有个人名叫刘添祥，很早就死了妻子，一个人过活。他的兄弟叫刘添瑞，娶田氏为妻，生下了一个儿子，叫刘安住。刘氏兄弟二人都以务农为生。

在刘安住三岁那年，当地遭遇洪涝之灾，刘氏兄弟的庄稼颗粒无收。有一天，刘添瑞对哥哥刘添祥说："今年的收成不好，这日子还怎么过呢？依我看，我们一起搬到潞州高平县下马村，投奔孩子的姨夫张学究家，到他那里去谋生吧。只要我们肯干活儿，就不会沦落到没饭吃的地步。"刘添祥说："我年纪大了，不便于长途劳顿，你带着侄子一同前去吧。"刘添瑞说："我要去外地谋生，带不走家里的田地和房产，不如我们请我的朋友李社长当见证人，我们立下合同文字。我们兄弟二人各自持有一份合同，作为日后的凭证，大哥认为怎么样呢？"刘添祥说："这样也好。"于是，两人把李社长请到家里，当着他的面，立下了合同，各收一份。忙完之后，刘氏兄弟准备宴席款待李社长。在宴席上，李社长对刘添祥说："我有一个女儿，叫李满堂，我看你们兄弟二人忠厚，决定许配给你的侄子刘安住，今天不如我们就商议一下这个事情吧。"刘添祥高兴地说："承蒙您不嫌弃我们，我们定会选个好日子，去你家下聘礼的。"

几天之后，刘添瑞处理完了家中事宜，随即带着妻儿和行李，告别哥哥，前往高平县下马村。到了村里，他向孩子的姨夫张学究说明了来意。张学究也没有意见，就让他们住在自己家里。

没过多久，刘添瑞的夫人患上了绝症，久治不愈，撒手人寰。刘添瑞非常悲伤，殡葬完毕之后，也病倒了。这样过了三四年，刘添瑞也去世了。

光阴似箭，岁月如梭，转眼间刘安住在张家住了十五年，长成一个知书达礼的小伙子。有一天，正逢清明佳节，张学究夫妇准备好祭品，带着刘安住上坟扫墓。来到坟前，摆上祭品，张学究对夫人说："我有句话想对你说。如今刘安住已经长大成人，今年又是一个丰收年，我想让他带着他父母的骨骸回乡，认他伯父。不知夫人意下如何？"张夫人回答说："这也是积阴德的事，就让他去吧。"张氏夫妇商议完毕，叫刘安住拜了祖坟，又让他到亲生父母的坟前祭拜，随后告诉他说："你挑选一个好日子，带着你父母的骨骸返乡，去认你伯父刘添祥，将你双亲的骨骸下葬吧。只要你记得我们夫妇的养育之恩就行了。"刘安住说："你们的养育之恩，孩儿一刻也不敢忘记。如果某天我发达了，一定会报答二老的恩德。"

回到张家，刘安住准备了一个担子，一头是双亲的骨骸，另外一头是衣服盘缠以及合同文书。在离别那天，张学究说："你的父母来的时候，没有带一丝盘缠。如今你挑着许多家私，路上一定要小心啊。到了家里，写信给我们报个平安。"刘安住说："放心吧。"随即拜别张氏夫妇，自己孤身上路了。

这些年刘添祥在老家又续娶了王氏，王氏带着一个孩子，跟他一起生活。在春季祭祀土地神的那一天，刘添祥出门喝酒去了，王氏在家。刘安住四处打听，终于来到了刘添祥的家里，放下担子，就要休息。王氏看见，问他："你来这里要找谁啊？"刘安住说："伯母，孩儿是刘添瑞的儿子。十五年前，我跟随父母到外地谋生，今日才回到家里，希望伯母收留孩儿。"就在他们谈话之时，刘添祥回来了，他见到刘安住问道："你是谁？"刘安住说："伯父，我是您的侄儿刘安住啊。"刘添祥问："你的父母呢？"刘安住说："自从我们告别伯父到潞州高平县下马村谋生，不到三年，我的父母就双亡了，只有侄儿一人存活。姨夫张学究把我抚养成人。如今我带着父母的骨骸返回故里，要将他们安葬，还望伯父收留侄

王氏对丈夫说：“把他给我打出去，免得他在这里胡搅蛮缠。”
刘添祥听了王氏的话，不由分说就将刘安住打了出去。

儿。”当时刘添祥大醉，王氏抢先说道：“我们家并没有人去外地谋生，不知你是什么人，敢来我们家随便认亲？”刘安住说：“我有合同为证，所以才敢前来认伯父。”刘添祥夫妇不肯看合同，王氏对丈夫说：“把他给我打出去，免得他在这里胡搅蛮缠。”刘添祥听了王氏的话，不由分说就将刘安住打了出去。

李社长知道这件事情之后，立即来到刘添祥家里问他打的是谁。刘添祥说：“这个人谎称是刘添瑞的儿子，随便认亲，还辱骂我，我就把他打了出去。”李社长连忙跑到街上找到刘安住，说：“孩子，挑上担子跟我回家吧。”

刘安住跟李社长来到李家，李社长对夫人说："夫人，你的女婿刘安住带着他父母的骨骸回来了。"李社长让刘安住把骨骸放在堂前，对他说："我是你的岳父，她是你的岳母。"又叫满堂："女儿快出来，参拜你公公、婆婆的灵位。"参拜完毕，李社长设宴款待刘安住，对他说："明天咱们就去开封府，向包大人诉冤，让他帮你讨回公道。"酒散之后，大家都各自安歇去了。

第二天，刘安住来到开封府，状告伯父和伯母。包公立即派人捉拿刘添祥和王氏，又让李社长当堂做证。在开封府的大堂上，包公指着刘安住问刘添祥："他是你的侄子吗？"刘添祥回答说："我不知道这个人是谁，他肯定不是我的侄子。他要是我的亲侄子，为什么这么多年一直没有音信？"包公比照两份合同，认定刘添祥在撒谎，决定将他收监问罪。刘安住见状，赶忙说："我的伯父已经上了年纪，自己还没有儿女，希望大人能网开一面。"包公又要将王氏收监问罪，刘安住又说："这件事跟她无关，大人要是问罪，就惩罚我吧。"包公说："你的伯父和伯母行为非常恶劣，如果不问罪，必定难以服众。来人啊，将刘添祥打三十大板。"刘安住说："我伯父虽然不肯认我，但他毕竟已上了年纪，请大人不要责打伯父，还是责打我吧。大人已经断清了我的家事，我不会忘记您的恩德。"包公见刘安住懂得孝义，便说道："你们先回家吧，我自会定夺。"

包拯将此事上报朝廷，朝廷赞赏刘安住的孝心，旌表他"孝义两全"，并破格任命他为陈留县尹。包公宣判完毕，让刘安住与刘添祥一家团聚。李社长选择好日子，让刘安住与李满堂成亲。一个月后，刘安住夫妇收拾行李，辞别李家和刘家双亲，前往陈留县上任去了。

张千金不改操守

东京城内有一个富翁，名叫林百万。有一年重阳节，他请张员外夫妻二人喝酒，酒过三巡，林百万的夫人对张员外的夫人说："我和你是同年生，如今又同年同月怀孕，不如我们两家指腹为婚，你觉得怎么样呢？"张员外的夫人说："若是一男一女，就让他们结为夫妇；若是两个男孩，就让他们结为兄弟；若是两个女孩，就让她们结为姐妹。"林百万与张员外都很赞同。

几个月后，林家产下一个男孩，张家产下一个女孩。林家准备宴席，庆祝孩子满月，邀请张员外出席。在宴席上，张员外说："林百万曾经用一百两黄金作为求亲的聘礼，所以我给女儿取名叫千金，给林家儿子取名叫林招得。"

时间过得飞快，不知不觉间，林招得已经十五岁了。虽然他聪明伶俐，但却嗜好赌博，没过几年，就把家里的全部财产输得精光。张员外见林家衰落，于是违背婚约，不答应曾经订下的婚事。林招得也无可奈何，只好主动写下了休书。张千金对父母说："忠臣不事二主，烈女不嫁二夫。当初林家富有的时候，你们把我许配给林招得；如今见他家衰落，你们就毁弃婚约，不守信用。要知道，在神明面前发过的誓言是不能反悔的。你们这样做会引起神明不满的，我坚决不会改嫁！"

林招得听闻张千金的心意，感动万分，便找到张千金倾诉心肠。张千金说："听闻包大人公正廉洁，你可以向他申诉我们的事情，我们也好再

公差来到张员外的花园中，见到两个人正在清理鱼池，其中一人打捞上一把刀。公差接刀来看，发现刀柄上刻着“裴赞”二字，随即返回府衙，将刀呈献给包公。

续婚约。”林招得说：“我现在一贫如洗，没有路费去告状啊。”张千金说：“今夜二更左右，你来花园，我让人给你十两黄金当作盘缠。”两个人约好之后，各自离去。谁知当地的屠户裴赞无意间听到了此事。当天夜里，裴赞提前来到花园等候，果然遇到了张千金的侍女梅香前来送黄金，裴赞将她杀死之后，拿着黄金逃跑了。稍后林招得来到了花园里，只见一个女人倒在地上，便上前去扶她，谁知女人已经死了，林招得吓得连忙离开了花园。

第二天，张员外得知梅香被杀，便去都监衙中报案。随即官府派出官差捉拿凶手。官差发现林招得家里有血迹，就抓捕了林招得，押赴监司衙中。开封府尹薛开府受理了此案，由于他提前收了张员外的好处，所以直接将林招得下狱，命令狱卒严刑拷打。林招得没有机会申辩，只能招认了。

有一天，包拯要去东京判决狱讼，有人向薛开府报告说："包大人就要到开封来了。" 薛开府做贼心虚，生怕包公查出问题，便决定于次日处斩林招得。就在林招得被押送到法场之时，天上忽然下起倾盆大雨。没一会儿，包公骑马赶到法场，问在场的百姓："今天是有何事？"有人回答说："薛开府要处决犯人。"包公说："这场雨下得不明不白，怎么还要处决犯人呢？其中定有隐情。"于是他命人将林招得押回监狱，再次查问。

三天之后，包公重审林招得一案，林招得供出事情原委，并口称冤枉。包公一方面派人寻找真凶，另一方面派人去杀人现场查探。公差来到张员外的花园中，见到两个人正在清理鱼池，其中一人打捞上来一把刀。公差接刀来看，发现刀柄上刻着"裴赞"二字，随即返回府衙，将刀呈献给包公。包拯命人把当地的一百多个铁匠找来，问他们："这把刀是谁打造的？"其中有一个叫张强的铁匠，见到刀柄上的字，便回答说："启禀大人，我受屠户裴赞之托，打造了这把刀。"包拯当即命令官差捉拿裴赞归案。

公堂之上，裴赞死活不肯招供，包公只好把他暂时关进大牢，择日再审。包公想到了一条妙计，吩咐手下说："你们找来一个妓女，让她扮成梅香的样子，夜里到监狱中向裴赞索命，看看裴赞有什么反应，并将裴赞的情况向我汇报。"到了夜间，那个妓女按照包大人的嘱托，呼叫裴赞的名字。裴赞听了非常害怕，上前悄悄说道："我当初不该杀了你，等到此事风波一过，我定会请人诵经超度你，希望你不要再来纠缠我了。"第二天，妓女把裴赞所说的话一字不差地告诉了包公。包拯得知事情真相，立即提审裴赞，裴赞知道真相已大白天下，再也无力狡辩，只得招认自己的罪行。于是，包公判定裴赞杀人要依法偿命，押往法场处死；林招得无罪开释。随后，张员外状告薛开府受贿三万七千贯钱。包公向朝廷禀明了这一情况，并得到朝廷的旨意，将薛开府发配到三千里以外的地方，永远不准返回故乡。

事后张千金和林招得终成眷属，成为真正的夫妇。成亲那天，张家给了林招得上万资财。林招得因此衣食无忧，第二年还考上了进士。

城隍助包公断疑狱

狮子镇距离西京城东门只有二十里，这里住着不少人家，其中有一姓吕的富贵之家。家主名叫吕盛，是家里的第九个孩子，由于他非常富有，深得乡亲们的敬重，所以也被称为九郎。吕盛的夫人是城中大户王贵恩的女儿，性格温良，处事得体，把家治理得井井有条，因此家里人都十分佩服她。王氏嫁到吕家第二年，生下了一个儿子，取名吕荣。吕公子聪明好学，勤读诗书，十五岁便考上了秀才。

吕九郎结交了许多官员，官员们也都很给吕九郎面子。然而吕九郎为人骄纵，仗着自己有权有势，不把某些职位较低的官员放在眼里。王府尹刚上任之时，城里的大户们都出城迎接，唯独吕九郎没有去。王府尹得知此事，心里记恨吕九郎，总想找个机会惩治他，以解心头之恨。

有一年，正逢元宵佳节，西京灯火通明，绚烂无比。吕家的人除了九郎的小妾春梅，都去报恩寺看灯去了。吕家有一个家仆，名叫李二，觊觎春梅的美貌，趁着主人出去看灯，就想占有春梅。当夜，春梅正在厨房忙活，李二走进去调戏她说：“几天前，你不是有话要对我说吗？我之前没有时间，所以没有详问，如今主人去看灯了，我也很清闲，有什么话你就直说吧。”春梅怒骂道：“你这个贼奴才，我前几天什么时候见过你啊，回头我禀报夫人，一定扒你一层皮。”李二仍然纠缠不休，正在这时吕九郎回家取香，正好碰见李二与春梅在拉拉扯扯。吕九郎见状，怒骂李二：“你这个下等仆人竟敢调戏我的爱妾，看我不收拾你！”李二来不及逃

包拯来到西京，在开封府衙办公，首先收到了吕荣的状纸，包拯看完之后，立即传唤吕荣问话。

走，被吕九郎抓住，绑在了柱子上，狠狠揍了一顿。

王氏从寺庙回来，看见被打的李二，就问丈夫是怎么回事。吕九郎便把李二调戏春梅的事情告诉了她。王氏说："家丑不可外扬，如果李二不乱说的话，把他赶出去就行了，何必还要责打他呢？"吕九郎听了夫人的话，渐渐平息心里的怒气，随后将他逐出吕府。李二怀恨在心，愤然离去。

时间过了将近半年，有一次，吕九郎来到西庄向廖某讨债。廖某的儿子私自改了借贷的账目，为此吕九郎同他发生了争执。吕九郎一怒之下，命令家丁把他抓到自己家里，逼迫他还钱。谁知在当天夜里，廖某的儿子趁吕家不备，挣脱锁镣，翻墙而逃。吕九郎闻知，立即派家丁去庄上缉拿他。李二知道后，认为这是一个报复的好机会，于是便找到王府尹，状告吕九郎谋杀廖某之子，并将其抛尸江中。

王府尹接到这个案子，暗暗笑道："吕九郎曾经仗着有钱有势，竟然藐视我。如今被我抓到了把柄，我一定不会放过他。"然后就命令官差将吕九郎缉拿归案。在大堂上，吕九郎辩解说："廖家欠我钱，一直赖着不肯还钱。我看不惯廖某儿子使诈，便把他关在我的家里，想要他坦白承认错误，没想到后来没找到，让他逃跑了。他要是被我杀死了，为什么没有见到尸体呢？"王府尹斥责吕九郎说："你杀死了廖家儿子，把他的尸体投进江中，你还有什么狡辩的？"随即命令衙役严刑拷打吕九郎。吕九郎虽然深受皮肉之苦，但始终不肯招认。王府尹只好把他关进大牢，择期再审。夫人王氏见丈夫吕九郎遭遇牢狱之灾，倾尽家财想要救他出来，但是王府尹一心想要取吕九郎性命。后来，吕九郎的儿子吕荣又上告到省里，哪知省里审查案卷后，还是不能为吕九郎平冤。

第二年，宋仁宗钦点开封府包太尹到西京决狱断案。吕荣得知这个消息后，便和母亲准备好状纸，等候包公。过了几天，包拯来到西京，在开封府衙办公，首先收到了吕荣的状纸。包拯看完之后，立即传唤吕荣问话。吕荣把之前的事情诉说了一遍。包拯又拿出吕九郎的案宗，见上面写着吕九郎谋杀廖家儿子的缘由，心生疑虑，就先命吕荣回家等候。

包拯斋戒沐浴，第二天来到城隍庙，宣读完文书，焚烧了纸钱，对庙祝[1]说："我来到西京之前，就听说城隍爷和判官都非常灵验。如今吕九郎的案子还没有了结，我限你三天之内传话给城隍爷，让他给我一个答复。"

大概过了两天，监狱中的吕九郎似睡非睡，突然举手大声高

①［庙祝］庙里供奉神佛需要烧香、点灯，负责这类事情的人就是庙祝。

喊："那个人就要来了，我要出去和他当堂理论。"狱中的其他罪犯都认为吕九郎在说梦话。第二天，包拯升堂办公，只见一人匆忙地走进衙门，跪在地上说："我是西庄廖某的儿子，今日特意前来投案。"包拯见他的双手好像是被人绑住了，一直抱着头不能放下来，就问他："这到底是怎么回事啊？"廖某儿子说："希望大人放开我的双手，容我细细道来。"包公知道是城隍爷作怪，便说道："请城隍爷放了他吧。"这样一来，廖某儿子才能垂下双手，说道："当日我的确欠吕九郎一些钱，而且还私自改了账目，想要耍赖不还钱。他见我耍赖便把我囚禁在他家里。我在夜里乘着他家防备松懈，便逃了出来，在三百里之外的地方藏身。没想到，昨天我突然像是被几个人抓住，手被绑在头上，身体不由自主就来到了这里。"

包拯随即传唤吕九郎上堂，辨认这个人。九郎看见廖家儿子，大叫道："你害得我坐了大牢，没想到我们今日又见面了，真是冤家路窄[①]啊。"廖家儿子低头认罪伏法。包拯问吕九郎："当初是谁告发了你？"吕九郎说："是家仆李二。"包公又问："他为什么告发你？"九郎说："李二想要同我的小妾私通，被我发现，我打了他一顿，将他逐出了吕府。他怀恨在心，所以才向官府诬告我。"包拯明白了案情经过，最后做出了判决："李二诬陷主人，造成冤狱，发配到远方充军；廖某拖欠吕九郎钱财，负债而逃，应该杖打七十，发配两千里。"之后，包拯弹劾王府尹公报私仇，为吕家彻底平反。

①［冤家路窄］指仇敌相遇。

崔君瑞通州充军

越州萧山人崔君瑞在金华县当了三年知县，任期满后，带着夫人郑月娘进京面圣。崔君瑞等人走到琥珀岭黑松林，遇到了一伙强盗，身上的文书、官印以及金银首饰全部被抢走了。不得已之下，崔君瑞将月娘暂时安顿在万花桥王婆的店里，自己则孤身前往苏州府，拜见尚书苏舜臣。崔君瑞见到苏尚书，将自己被劫的经过详细说了一遍，哀求尚书保住自己的官位。苏舜臣让崔君瑞留在府中，详细问他："你的母亲和夫人在什么地方呢？"崔君瑞回答说："我的母亲早就去世了，我至今还没有娶妻。"苏尚书说："我有一个女儿，名叫乔英，至今还没有嫁人。贤侄要是不嫌弃，我就让你们俩成亲，你觉得怎么样呢？"崔君瑞说："承蒙大人厚爱，下官不敢不从命。下官出身卑微，恐怕配不上令千金啊。"苏舜臣说："贤侄说哪里话？你就不要推辞了。"于是命人准备宴席，又令侍女梅香请夫人小姐出来与崔君瑞见面。苏舜臣见苏夫人和女儿乔英都没有异议，便让乔英与崔君瑞拜堂成亲。

半年之后，苏尚书开始为女婿崔君瑞的事情忙碌，派家仆王汴到京城疏通关系。半路上，王汴来到万花桥王婆的店里买酒喝，郑月娘上前打招呼，问："请问你从什么地方来啊？"王汴说："我从苏州来。"月娘问："你是从苏州来的，那你知不知道崔君瑞呢？他是我丈夫，我们半路遇到了强盗，之后他一个人前往苏州苏尚书家求救去了。"王汴与崔君瑞平日里就不和，赶忙说："你既然是他的夫人，为什么不跟着他一同前去

郑廷玉听完之后，说：『月娘妹妹，我是你哥哥廷玉，你抬起头来看看。』月娘一看，果然是自己的哥哥，忍不住大哭起来。

呢？”郑月娘说：“他把我一个人安顿在这里，半年多还没回来，也不知道他怎么样了。”王汴说：“他不但见到了苏尚书，还娶了苏小姐为妻，如今又要到别处去做官了。”郑月娘听完痛哭起来。王汴说：“你不要伤心，等我从京城办事回来，我带你去苏尚书家，让你们重逢。”说完，王汴跟郑月娘告别，只身去京城了。

不知不觉间半个月过去了，王汴再次来到王婆的店里，带着月娘前往苏府。郑月娘见到苏夫人和苏小姐，把自己的事情告诉了她们。忽然崔君瑞来到客厅，看见月娘在这里，非常恼怒，呵斥她说：“你这个贱婢，携带金银潜逃，我还没治你的罪，如今怎么还敢来这里？是什么人带你进来的？”不等月娘回答，崔君瑞便令手下将她打了一顿。随即崔君瑞写了一道解批[1]，让王汴将月娘押解到萧山县，并暗暗嘱咐他在半路上杀了郑月娘。就在起解[2]那一天，苏小姐让侍女梅香悄悄地塞给郑月娘二十贯钱，作为路上的花销，又叮嘱王汴不要杀死月娘。过了几天，王汴把月娘放走了，自己回到府中向崔君瑞复命说：“郑月娘已经死了。”崔君瑞听了，心里暗暗得意。

①［解批］

古代官差押送犯人或货物时，官府所写的公文。

②［起解］

旧时指官差押送犯人上路。

郑月娘来到广平驿站，恰巧遇到一位官员在这里休息。更巧的是，这位官员是郑月娘的哥哥郑廷玉。月娘想到自己被崔君瑞抛弃，吃尽了苦头，便乞求这个官员给自己一个公道。郑廷玉见跪在地上告状的人是自己的亲妹子月娘，便详细询问了事情的缘由。月娘把自己此前受苦的情形一一告知，又状告崔君瑞停妻再娶[3]。郑廷玉听完之后，说：“月娘妹妹，我是你哥哥廷玉，你抬起头来看看。”月娘一看，果然是自己的哥哥，忍不住大哭起来，说：“哥哥当上了大官，为我们家增了光。希望哥哥替我申冤，那么即使我死了也能瞑目了。”郑廷玉说：“妹妹尽管放心，我一定会给你讨回公道。”

③［停妻再娶］

指男人没有跟前妻离异，又和别的女人正式结婚。相当于今天的重婚。

第二天，郑廷玉前往包公府上，状告崔君瑞停妻再娶。包拯随即派遣赵虎、黄胜前往苏州缉拿崔君瑞。过了几天，崔君瑞被带到包府，包拯问：“下面跪的是何人？”衙役说：“崔君瑞。”包拯见是崔君瑞，当即怒骂道：“你这个无情无义之人，枉为朝廷命官。你的所作所为不但辱没了朝廷，就连你头上的官帽也以你为耻。如今你犯了停妻再娶之罪，理应将你发配充军。”崔君瑞无言以对，只能认罪伏法。随后，包拯向朝廷奏报了此事。朝廷同意包拯的上奏，下旨将崔君瑞发配到通州充军。自从包拯判罚崔君瑞之后，再也没有人敢停妻再娶。